Best Time

白 马 时 光

丁墨

著

美人为馅

大结局

百花洲文艺出版社
BAIHUAZHOU LITERATURE AND ART PRESS

图书在版编目（CIP）数据

美人为馅：大结局 / 丁墨著 . — 南昌：百花洲文
艺出版社，2021.9
ISBN 978-7-5500-4222-3

Ⅰ. ①美… Ⅱ. ①丁… Ⅲ. ①长篇小说－中国－当代
Ⅳ . ① I247.5

中国版本图书馆 CIP 数据核字（2021）第 059107 号

美人为馅：大结局
MEIREN WEI XIAN：DA JIEJU

丁墨 著

出 版 人	章华荣	
出 品 人	李国靖	
特约监制	何亚娟	夏 童
责任编辑	黄文尹	程昌敏
特约策划	何亚娟	
特约编辑	张 丝	甜木酒
营销编辑	于文燕	
封面绘图	starry 阿星	
内文绘图	客小北	
封面设计	小茜设计 Miniqian Designstudio Qq:31005x9311	
版式设计	赵梦菲	
出版发行	百花洲文艺出版社	
社　　址	南昌市红谷滩区世贸路 898 号博能中心 I 期 A 座 20 楼	
邮　　编	330038	
经　　销	全国新华书店	
印　　刷	三河市金元印装有限公司	
开　　本	880mm×1230mm　　1/32	
印　　张	9	
字　　数	267 千字	
版　　次	2021 年 9 月第 1 版第 1 次印刷	
书　　号	ISBN 978-7-5500-4222-3	
定　　价	45.00 元	

赣版权登字：05-2021-149

发行电话　0791-86895108　　　　　网　址　http://www.bhzwy.com
图书若有印装错误，影响阅读，可向承印厂联系调换。

目 录 CONTENTS

目　录　　　　　　　　　　　　　　　C O N T E N T S

第一章

亲爱伙伴

彻夜警戒。

几乎全市警力都已出动，在各条道路、建筑周围巡逻设防，包括黑盾组和全体刑警队，也悉数出动，全面戒备明早七时七分的来临。厅领导甚至下了死命令："我不管你们的难度有多大，明天一早，不准再死一个人。否则全刑警队记大过，秦文泷和韩沉去派出所烧锅炉！"

秦文泷平时虽是个笑面虎，却也是个火暴脾气，如法炮制将所有刑警耳提面命了一番，气势汹汹地坐镇在总指挥室里。

毕竟刑警再多，也不可能防住全城近千万人口，韩沉是神探也无济于事，否则中国历史上就不会有那么多未破的悬案了。苏眠有点担心韩沉被罚，他却淡淡地答："这回要还救不下来，我就去烧锅炉。"

苏眠无言以对。

凌晨三点。

徐司白穿着黑色呢绒大衣，驾驶雪佛兰，闪着警灯，行驶在一条空旷无人的马路上。

在得知苏眠又接到罪犯发来的短信后，他便也向秦文泷申请，加入了通宵巡逻的队伍。这并不是法医分内之事，但苏眠都连夜在外巡逻，他便不想待在宿舍安睡。

那样离她太远。这样巡逻，也算是为她分担了危险，她也就会更安全。

　　前方是红绿灯。尽管半夜已经没有其他车辆行人，徐司白还是缓缓地停下，耐心地等待绿灯。他每日规律作息，很少这样熬夜，清隽的脸上很快就有了倦意。他点了根烟，想着刚才在警局，看到她急匆匆下楼，上了韩沉的车。

　　内心浮起隐隐的痛，但他已熟悉了这样微弱、绵长而无可奈何的痛，只安安静静地抽着烟，告诉自己这样就好，她幸福就好。这才是爱一个人的初衷。

　　右侧公路上，驶来一辆大货车。

　　深夜里，这些外省大货车都开得肆无忌惮，忙着赶路。见它车速挺快，尽管已经变了绿灯，徐司白还是没有发动，礼让它先行。又有些分神地盯着指间的烟圈，到底是记挂着苏眠的安危，他无法做到心如止水。

　　眼看那大货车驶到了跟前，车前大灯也没关，亮得刺眼。徐司白微蹙眉头，下意识地眯着眼。却在这电光石火间，突然就见到那车一个转向，庞大的车头就朝他冲来！

　　徐司白心头突地一跳，惊鸿一瞥间，竟望见那耀目的灯光后，驾驶位上坐着个男人，戴着鸭舌帽和口罩，身材高大，那双深邃狭长的眼睛里居然还有笑意，不正是曾经被监控拍到的Ａ？！

　　徐司白虽然一直在办公室从事技术工作，脑袋和身体的反应却是极快极敏锐的，否则之前也不会被人称为"江城第一快手"法医。在这生死攸关的时刻，他不避不退，一脚油门踩到底，竟直接向前冲去！

　　毫厘之差，眼看就要跟大货车碰撞擦身而过，避过这可怕的一击！哪里知道Ａ的反应也是出乎他意料地快，眼中的笑意也更浓，双手猛打方向盘，只听轰的一声巨响，货车结结实实地一头撞在雪佛兰上，直接把它撞到了路旁的墙壁上，陷进去一大块。

　　接下来发生的一切，都十分迅速而无声。Ａ跳下车，Ｒ也从后车厢出来，两人合力将满头是血昏迷的徐司白，抬进了后车厢。然后将他的雪佛兰也开了进去。最后将地上的碎玻璃扫得干干净净。

　　几分钟后，离这个地点最近的巡警听到声响赶到后，看到空空如也的现场，又立刻调集路口监控，结果发现摄像头大概是被小孩子用弹弓打碎了。到底有巡逻的重任在身，巡警也就暂时把这事儿简单记录下来，立刻又在马路上继续巡逻。

时间一分一秒流逝，很快就到了早上五点多。

天还是黑的，距离案发，只有不到两小时。

唠叨和周小篆开着辆警车，又绕回了距离省厅不远的一条小巷旁。唠叨刚停好车，两人同时打了个大大的哈欠，看了看彼此，都是熊猫眼，嘿嘿地笑了。

说累，黑盾组无疑是最累的。这几天总共就没睡上几小时，现在又转了一整晚，一停下来，闭上眼几乎都能睡着。

不过，无论多困，对于周小篆来说，还有更重要的事，那就是吃。

他推开车门，又转头看着唠叨："你真不跟我一起下去吃？大战在即，一定要来碗热干面提提神啊！"

唠叨放平座椅靠背，跟堆烂泥似的瘫了上去："免了！我要抓紧时间睡觉，你吃完给我带一碗来，我完全可以边睡边吃。"

周小篆忍俊不禁，跳下车，一阵寒风吹过，他哆嗦了一下，双手插入口袋里，朝前走去。前方巷子里，只有一间铺子亮着灯。那是个六十多岁的老婆婆，开门总是很早，做的面也很好吃。周小篆是个心善的，每次只要经过，都会来吃。

又往巷子里走了一段，眼看就要到门口了，忽然间，他微微一怔。

因为他听到了身后那几乎微不可闻的脚步声。

不是唠叨。这么早，是路人？

某种奇异的直觉涌上心头，周小篆的后背和掌心都浸出了阵阵冷汗。如果真的是……他们，他能对付得了吗？

他没回头，也没停步，没有露出任何异样，继续往前走。这时，却听到那脚步声消失了。

那人去了哪里？想干什么？

突然间，肩膀一沉，竟然被人伸手搭住了："喂。"

周小篆条件反射地全身一抖，也暗暗握紧了拳猛地回头，结果就看到了他在监控里看了无数遍的、那张戴着帽子和口罩的脸。

A！

A 竟然就这么出现在他面前！

说时迟那时快，他只看到 A 的眼睛里露出笑意，一记凌厉的右勾拳，就狠狠揍在他腹部。力道如此之大，出拳如此之快，竟然完全不输冷面。周小篆尽管戒备着，也完全无法与之匹敌，被这一拳揍得直接撞在了墙上，弯着腰半晌直不起来。

然后，就听到了 A 的轻笑声。

小篆满脸都是血，低着头，就看到灯光之下，A 的影子缓缓靠近。

"别挣扎了，跟我走吧。" A 温和地说。

小篆暗暗咬了咬牙："你们、你们想干什么……"话音未落，他突然一扭头，就这么用头直接朝 A 的腹部狠狠撞去。

A 万万没想到黑盾组最弱的人，挨了他一拳，估计内脏都被打爆了，居然还能硬撑着使诈还击。他躲闪不及，这一下被小篆撞了个结实，竟也摔倒在地上，脸色瞬间铁青："你属牛的啊！"

小篆哪里还会放过这千钧一发的机会，扶着墙，抓起腰间佩枪，对着天空，就要鸣枪示警！

砰！

比枪声更微弱的一声闷响，更快地响起。

A 捧着下巴坐在地上，看着周小篆脸色一变，缓缓倒地，双眼紧闭，昏死过去。他从地上跳起来，看着站在阴影中的 R 走了出来，手里拿着支麻醉枪。

"你竟然输给了周小篆。" R 淡淡丢下一句，转身就走，"把他抱上车。"

A 那叫一个生气，扛起周小篆，轻哼了一声，追了上去。

六点半。

韩沉、苏眠、冷面等人，已经回到了警方的一辆移动指挥车上，监视全市的巡逻情况。

就在这时，桌上的通信器突兀地响起。

　　众人对视一眼，这样敏感的时间段，都看到彼此眼中的警惕。韩沉脸色冷冽地接起："说！"

　　那头的巡警声音急促而紧张："报告！扬子湖公园的男厕外，发现了两个小丑！"

　　"她会怎么选择？"

　　"我不知道。"

　　"无论她选谁，结局都一样。"

　　"呵……"

　　…………

　　天就要亮了。

　　数辆警车，正往发现小丑的扬子湖公园，飞驰而去。

　　苏眠跟韩沉坐在一辆指挥车里，望着公路前方未散的晨雾，她的心绪便似这雾霭般缠绕。她轻轻握住了韩沉的手。韩沉手肘撑着车窗，望着前方，将她的手牵过来，扣在自己大腿上。

　　6：35。

　　距离爆炸，还有半小时。再过几分钟，他们就能赶到。

　　全体警察彻夜不眠不休的努力，终于有了回报。这一次，两名小丑刚走出公园男厕，就被巡警发现。一来，他们未能去往更繁华的路段，引起新一轮的恐慌；二来，警方也有了更充裕的时间，去拆除炸弹。

　　"小篆的电话关机。"冷面放下手机，又打给唠叨。

　　韩沉微蹙了一下眉头，苏眠则咦了一声，扭头对冷面道："不对啊。小篆每天都随身带着充电宝，永不关机的。"

　　电话很快打通。足足响了四五声，才被接起。唠叨的声音听起来瓮声瓮气，明显刚睡醒："喂？冷面，什么事？"

　　冷面道："小丑出现，扬子湖公园。你们在哪儿？"

　　苏眠看着冷面，等待确认他们的行踪。韩沉也侧转头，手臂搭在苏眠身后的靠背上，眼眸微合地听着。

电话那头——

唠叨揉了揉眼睛，一下子坐直了，望着已经微亮的天色，有点发愣。刚才小篆一下车，他就睡着了。现在一看表，已经过了半个多小时，小篆还没回来。

他一边报告自己的方位，一边推门下车，说："小篆去吃早饭了，我在车上睡觉呢。我现在过去找他，找到马上过来。"

挂了电话，他就急匆匆地往巷子里跑去。

…………

"小篆去吃早饭了。"冷面放下电话，"他们马上过来。"

韩沉没说话，眸色幽黑。苏眠哦了一声，但总觉得小篆关机这事儿挺奇怪的。她正要掏出手机，自己打给他，这时车却一个急刹，停稳了。

所有人都同时抬头，望向车外。郁郁葱葱的公园里，雾气像轻纱般萦绕。偏僻的公共厕所前，已围了几辆警车，远远看到两个小丑，站在正中。几名刑警穿着防暴服，正在他们身旁安抚。

车厢门刷地拉开，所有人下车。苏眠来不及给小篆打电话了，又将手机塞进口袋里。韩沉在她身后跳下车，转头却对冷面道："调一队人，去看看唠叨和小篆。"

冷面领命去了。苏眠和韩沉对视一眼，他的眼漆黑沉静，伸手按了一下她的背，示意她跟自己朝前走去。

唠叨一走进巷子深处，就感觉不对劲。

他闻到了一点血腥的气息。这让他的心，倏地抓了起来。

前方，老婆婆的面馆亮亮堂堂地开着，两三桌客人在吃早餐；巷子另一头，零零散散的路人走过来。哪里有周小篆的影子？他屏气凝神，贴着墙根，循着那一丝血腥味往前找，一眼就看到斑驳的墙角下，溅了几滴鲜血，几乎干了，只有些许湿润——正好与小篆进巷的时间吻合！而地上的泥土被踩得很凌乱，看起来就像是发生过激烈的斗殴。

他的眼睛陡然睁大，立马疯狂地沿着这小巷寻找起来，抓住路人一个个急急地询问。唠叨再抬头看向白亮白亮的天，竟只觉得寒意彻骨、心惊胆战。

"第一名受害者叫王远德，第二名受害者叫苏大勇。"最先抵达现场的巡警，快速向韩沉等人汇报着情况，"都住在离这里不远的居民区，都是昨天大半夜被人闷棍打晕，醒来就在厕所了。"

韩沉、苏眠等人也都穿上了防暴服，然后对了一下表：6：42。距离爆炸，还有二十五分钟。

省里最厉害的拆弹专家，也已抵达现场，正扑在两名受害者身旁，仔细端详。这次，时间虽然也紧张，但比前两次已经好太多。所以警方双管齐下：专家想办法拆；同时，黑盾组负责破译密码。只要有一条路能走通，人就能救下来。

韩沉戴上黑手套，走到第一个人面前，苏眠紧随其后。

尽管有警方一直安抚，受害人的情绪反应依然很激烈，哭着哆嗦着，话都说不出一句连续的。

韩沉抬眸看着他，嗓音有点淡："别哆嗦。好好配合，否则我们怎么救你？"许是他的表情太沉着，气场又太强大，受害人抽泣着望着他，竟然奇异地安静下来。

"凶手教你唱的歌，内容是什么？"苏眠问。

"歌？"受害人又吸了吸鼻子，摇头，"没、没唱歌。他让我背了……背了一首诗。"

这时旁边的刑警将记录本和笔递过来："这是他刚才口述的内容。"

韩沉接过，眉目沉凝地看着。苏眠一看内容，愣住了。

宇宙最简单的存在，
交错复转；
生命最繁复的形式，
朝失暮得。
可以覆盖每一天，
可以占据每一年。

错失依旧会复得。

于我虚无的梦境中，

他的名字，

终不会被时光掩盖。

　　两人看着这首诗，一时都没说话。身旁其他刑警也是丈二和尚摸不着头脑，最后，全都抬头，看着韩沉。

　　这样火烧眉毛的时刻，这样众目睽睽之下，韩沉居然还很冷静，拿着那张纸，修长的手指在纸的背面轻轻敲了几下，忽然抬头，看向的却是苏眠。

　　于是众人也全都看着苏眠。

　　"小白，我需要你从犯罪心理的角度，先帮我确定两件事。"他说。

　　苏眠微愣了一下，答："好。"

　　韩沉问："这首诗是谁写的？"

　　"R。"苏眠张口就答。

　　她明白韩沉为什么要问她。论对那三个人的了解，大概谁也比不上她。而从犯罪心理角度，写诗的人不同，含义和密码就会天差地别——哪怕他们同为七人团成员。

　　A必然写不出这样的诗。L的风格会更夸张、煽情和抽象，但本质不会太复杂，那才是他的Style。而眼前这首诗，是简洁的，你却能感觉到它的含义深沉。三个人里，只可能是R。况且L还被韩沉打成了重伤，怕是没心情和体力写诗的。

　　韩沉盯着她的眼睛，白皙的脸静静的，眼眸却显得有些氤氲，像是若有所思。

　　"你认为这首诗，到底是在讲什么？"他又问。

　　旁边的人也都大眼瞪小眼，是啊，这首诗到底在讲什么？苏眠微微沉吟了一下，目光又落在纸面上。其实刚刚看到这段文字，她的第一感觉，就是……

　　"我怎么觉得，是在讲数学和哲学？"她说，"你知道，一直有一种说法，数学才是最简洁、最基本的存在，衍生出复杂的学科和生命。这首诗读起来有点那个意思。后面几句，比较抒情，整体串起来，有点哲学的意味。"

讲到这里，她的目光变得有些幽深。

一直以来，他们对于 R 的了解，都是最少的。他是一个医生，他是视频中的一个黑影，他拿走女人的心脏不留下任何痕迹。却没料到，R 的思维，是这样的特点。他大概是喜欢数学的，喜欢探究事物背后的含义，也许他极具洞察力，甚至他的思维会极具魅力。

一个谜一样的男人。

不过……

苏眠心念一动，数学？韩沉这人虽然跟哲学扯不上半点关系，但是个数学帝。

想到这里，她一抬头，就撞见韩沉沉思的表情。乌黑的眉眼，清朗的轮廓，衬衫领口因为整晚忙碌微皱着，神态却十分专注。

旁人也都大气不敢出，心里想的也都是，韩沉虽然号称神探，但疯子写的诗，他要怎么琢磨出来。苏眠却不这么想，在读这首诗时，她没把 R 当成疯子。韩沉擅长数学，R 显然对数学有感情。这根本就是两人的一次 PK。

结果谁也没想到，韩沉这么思索了一会儿就抬起头，将那纸折好递给苏眠，眼神淡淡的："密码是 18749019。"

大家都愣住了。

到底事关重大，他看一眼众人，语速极快地解释道：

"最简单的存在：1。

"生命最繁复的形式：8。从 0 到 9 的数字中，只有它，既与正无穷的符号相似，又与 DNA 链形状一致。至于第一句第二句末尾的'交错复转'和'朝失暮得'，就像苏眠所说，更像是在抒情。大概是凶手自己对这两个数字的感觉。

"可以覆盖每一天：7。一周七天，全部覆盖；

"可以占据每一年：4。一年四季。

"错失依旧会复得……"

他微一沉吟，苏眠等人听得专注，呼吸仿佛也随着他的声音一顿。却见他眼中掠过淡淡的嘲讽的笑意："这句话不过是凶手玩的文字小游戏。'错、失、复、得'四字，同样出现在我刚才说的数字 1 和 8 的末尾句中，'依旧'，表示再来一次，所以 1 和 8 相加是 9。同时，'错失复得'的字面含义，也有长久之意，与 9 谐音。"

苏眠瞪大眼，低喃道："太狡猾了……"

韩沉的眼睛依旧漆黑难辨，他继续说道："'虚无的梦境'，虚无，只可能是 0。最后，'他的名字，终不会被时光掩盖'……"他看向苏眠，"还记得上一首诗，是如何结尾的吗？"

旁人还一头雾水，苏眠一挑眉，脱口而出："明白了！以 S 为中心，所以这里的'他'，指代的就是 S。S 在字母表中的顺序是……"她到底不擅长数学，立马在心里默算着，但已有了八成把握。

韩沉眸色清冽地道出答案："是 19。所以，18749019。数列归零后，再往 1 和 9 收敛，这也符合他整首诗始终强调的——循环、轮回的意义。"

韩沉一说完，所有人都静了下来。此时空旷的公园里，雾霭已经散去，阳光穿破云层照射下来。众人静静地矗立着，唯独受害者胸口炸弹上显示的时间，还在一秒一秒快速流逝着，气氛紧张而严肃。

对于韩沉的推理，苏眠是最有信心的。很简单的道理——若单看字面内容，可能会有许多种解读。但懂数学的人，他们的思维模式一定是最相近的。所以，韩沉所解读的，最有可能是正确答案。

短暂的静默后，韩沉和苏眠对视一眼，苏眠用力地点了点头，两人同时转头，望着受害人。而其他警察，也都看着他。

受害人刚刚也听到了韩沉的推理，他舔了舔干涸的嘴唇，颤颤巍巍地说："你、你确定是这个吗？"

韩沉走到他跟前，抬起手指，眼眸微合，只丢给他两个字："信我。"

明明是最简单的两个字，他低沉轻慢的嗓音，却无端端地叫人心头一定。苏眠屏气凝神看着他的动作，受害人一咬牙，浑身颤抖地闭上了眼睛。拆弹专家点了点头，暂时退到一旁。而周围，警车旁、防暴盾后，所有的人都跟苏眠一样，屏住呼吸注视着。甚至在相隔甚远的省厅办公室里，厅领导们也都抬头，全神贯注地看着这一幕。

炸弹上的时间，还在迅速倒数：13：02，13：01，13：00，12：59……

韩沉低着头，眸色轻敛，手指在密码锁上快速跳动——18749019！

全场寂静。

苏眠的心跳仿佛漏了一拍。受害人的脸上一下子掉落泪水。

12：57。

数字定格。

受害人呆呆地望着胸口不再跳动的时间，韩沉、苏眠和拆弹专家的脸上同时浮现笑意。周围警察们在短暂的沉默后，竟爆发出雷鸣般的欢呼，全都拥抱着、击掌着、大喊着，那声音几乎响彻整个公园的上空！

在头几次的猝不及防后，今天，警方终于成功营救下第一名受害者！

这样震耳欲聋的欢呼声中，苏眠一抬头，就对上了韩沉隽黑的眼睛。他眼中有淡淡的笑，盯着她。而她的心头，就像是被他眼中的暖流环绕着，悸动，却无声。

两人只静静对视了一秒钟，就同时抬头。

还有第二名受害者。

…………

大概是看到另一个人被救，第二名受害者早就开始歇斯底里地大喊："救我救我！"但当韩沉和苏眠走到他跟前，却发觉他的神色比之前更加惊恐绝望，眼泪掉得更凶，倒不像是看到获救希望的样子。

苏眠心里咯噔一下，隐隐有不祥的预感涌上心头。而韩沉眸色轻敛，问："诗的内容？"

旁边陪伴受害者的刑警动了动嘴唇，而他本人简直面如死灰，颤声答道："没有、没有！他什么、什么都没跟我说，就走了！"

周围的人面面相觑。

韩沉不发一言，而苏眠垂落在身侧的双手紧握成拳。

没有？没有用于解密的诗？难道 A 已经不想继续这个游戏，也不再遵守游戏规则，铁了心地要炸死这个人？

受害者看到警察们的反应，哭得更加慌乱。倒是他身旁的拆弹专家，朝韩沉点了点头："我再试试，有希望拆除。"

这话终于让受害者停止哭泣，巴巴地望着拆弹专家。众人的注意力，也都到了拆弹专家身上。韩沉和苏眠并肩而立。晨色之中，黑色夹克衬得他的脸如同寒玉般白皙。他看着受害者，理了理自己的黑色手套，话却是对苏眠说的："你怎么看？"

然后就听到苏眠低低地嗯了一声，答："我在想，如果我是 A，今早即使一句话也不说，也会想要设置什么样的密码。"

韩沉动作一顿，转头看着她。

初升的阳光中，她的头发绑得很高，人也站得很直。连日的辛苦，令她眼睛下方全是黑眼圈，肤色又白，看起来跟熊猫似的。此刻她的表情却很坚定，坚定地、专注地望着受害者。

韩沉静静注视她片刻，抬头跟她一起，望着受害者，忽然又开口问道："'他什么都没说，就走了。'——你见过凶手？"

这话令受害者和苏眠同时一愣。他点了点头，又立马摇了摇头："看是看到了，可是他戴着口罩和帽子，看不到脸啊。"

苏眠却一个激灵，如获至宝般冲到他跟前，一字一句地问："那他当时都做了什么？有什么动作，站在什么地方？你仔仔细细全告诉我，说不定我们还能搏一把！"

A 是个那样热爱游戏的人，他不可能设置一个解不开的炸弹。直觉告诉她，密码是存在的。并且很可能，是她知道的、一串具有特定意义的数字。这样，对 A 来说，才有游戏的意义。

他要她猜，要她冒极大的风险，凭空去猜。

可这串数字，会是什么呢？

她的话，令受害者也是一呆，脑海中迅速浮现，今天早些时候，看到的那一幕……

光线暗淡、夹杂着腥臭味的厕所里，他浑浑噩噩地醒来，恐惧如同潮水般淹没他的心。而那个男人，就坐在不远处一张破破烂烂的椅子里。

那人戴着顶深蓝色的、磨出毛边的鸭舌帽，帽檐下，露出一双十分冷漠的眼睛。他靠在椅子里，戴着塑胶手套的手指，慢慢地、一下下地敲着，像是在思考。

任受害人怎么哭喊求饶，他也不搭理。过了一会儿，他从裤兜里拿出手机，低头开始看。

…………

"他在看什么内容？"苏眠问。

受害人一愣，摇头："我、我不知道……"

但是苏眠的追问，倒让他想起一个细节。那人拿出的手机款式很旧，像是诺基亚，屏幕只有现在手机的一半大。他的手指在屏幕上一下一下地滑动着，应该是诺基亚最早推出的触屏手机。因为光线暗淡，所以当他的手指滑动时，画面光线映在他脸上，一闪一闪的。

…………

"他在看照片。"身旁的韩沉忽然出声。苏眠点了点头："老手机，老照片。"

然后呢？然后又怎样？

那人看了一会儿老手机，眼中似乎有了笑意，又从口袋里掏出另一个手机，却是大屏、精致的。看了一会儿，他才将两个手机都放回兜里，转头看着受害人。

而当时，他的眼神那样安静，竟令受害人心中萌生一丝希望，更加苦苦哀求他放自己走。他却像是没听到似的，起身离开。

…………

密码，是什么？

他在看的，在想的，又是什么？

韩沉静静地注视着苏眠，伸手，扶住了她的肩膀。

"如果有答案，只有你知道。"

苏眠静默片刻，抬头看着他，用只有两个人能听到的声音，低声说道："他若有所怀念，怀念的必然是过去的七人团、过去的我。而他后来看的，应该是现如今的照片。这串密码应该是跟我有关的、我应该知道的数字。如果说最符合条件的，还是20090420。因为那一天之后，苏眠变成了白锦曦。”

　　韩沉沉吟不语，却听她继续说道：“但纵观他过去每一次犯罪，几乎每一次都不会完全重复。所以这一次，密码也不会重复，否则就跟上一名受害者完全一样了。那还有什么数字，是我知道，他也知道的？他知道我失忆了，所以我曾经做卧底时，跟七人团有关的日期、数字，我都记不住。那么，就只剩下几个可能——

　　“一、上一次我们推断的，他第一次犯案的日期。但这个日期跟我没有关系，所以排除；

　　“二、我和他重逢的日子，也即他闯入我们家里，留下书信的那一天。若说衔接现在与过去，那一天的确具有纪念意义。但是那一天，也是我们和他们三个对战的开始。从受害人描述的 A 当时的神态来看，并不是兴奋激动的，而是安静温和的。所以这一天也不符合。他不会抱着温和怀念的心态，去想向我下战书的那一天……”

　　苏眠一口气说了这么多，话锋一转：“这么排除下来，我能知道的、有意义的数字，已经所剩无几。但是，如果他当时想的是我，要我猜出这个答案，并且，他也怀念这个答案，那么还有一串数字，符合条件——

　　“19890317，苏眠的生日。他怀念的，是过去。如果七人团没有分崩离析，那么我也不会成为白锦曦。在我跟他重逢时，他也是叫我苏眠，没有叫白锦曦。如果是想要戏谑我，叫白锦曦不是更有趣吗？但是从始至终，他都叫我苏眠、叫我姐。他认可的，是苏眠，即使她是警察、是卧底。”

　　五分钟后。

　　第二个炸弹，成功拆除！

　　现场陷入一片沸腾的欢呼声中，两名受害者也是喜极而泣。监控屏幕前，厅领导们纷纷点头露出笑容。

　　韩沉和苏眠站在众人当中，都笑了。韩沉朝其他刑警们下令：“立刻勘查现场，寻找痕迹证据；调集周边监控，查找嫌疑人……”

　　拆弹专家也很欣慰，毕竟能否拆除炸弹，他自己也只有五六成把握。现在受害人提前被救下，没有比这更好的结果。

　　被拆下来的炸弹，当然由专家来处理。他打开防暴箱，照例将两个炸弹放入，带走再销毁。刚要合上箱盖，突然一怔，竟惊呆了。

"疏散！快疏散！跑！"他大喊一声，就拉着身旁的几个警察，朝外围跑去。

韩沉和苏眠心神一凛，同时回头，便看到专家放在地上的那箱子里，刚才明明已经定格住的计时器，突然又开始跳动了！

"01：32，01：31，01：30……"

所有人都震惊了，高呼声此起彼伏，"跑！""隐蔽！要炸了！"大家全都往外围飞奔，足足跑出数百米远，躲在防暴盾后，屏住呼吸盯着中心的两枚炸弹。而韩沉抱着苏眠，卧倒在地，眼睛盯着前方。而苏眠却喃喃低语："怎么会这样……"

00：10，00：09……00：01，00：00……

公园里，死一般的寂静。

众人抬起头，你看看我，我看看你。没有爆，居然没有爆。

韩沉拉着苏眠，刚要起身，这时她裤兜里的手机，却嘀嘀响了两声。

自从上次收到 L 跳舞的视频后，苏眠现在一听到短信声，就会一个激灵，心微微提起来。而在这个时分，手机突然收到短信，毫无疑问令她心生不妙的预感。

韩沉也注意到她脸色的异样，低头看着她。她掏出手机，收到的竟然是两段视频，发信号码又是未知。

她深吸一口气，点开第一段视频。画面刚开始播放，她就彻底呆住了。

小篆！

竟然是周小篆！韩沉也看到了，漆黑的眼睛瞬间像寒冰一般。

那是个陌生的房间，背景墙上什么都没有。周小篆被绑在一张椅子上，额头还有未干的血迹，脸色却如同死灰一般。

他的胸口，绑着个炸弹。炸弹显示时间，正是 30：00，然后开始倒数跳动。

苏眠的呼吸都有点抖了，怔怔地看了几秒钟，像是有某种强烈的预感，她又点开第二段视频。

徐司白。

　　与周小篆完全一致的处境。他的脸上也有血色痕迹。只是比起周小篆，他的表情显得更安静，眼神看着屏幕，有些空。那样清隽如阳春白雪般的一个人，却这么狼狈地被绑上了炸弹。

　　就在这时，她的手机又进了一条短信——

　　拆弹密码是你的右手无名指指纹。你的时间只够救一个人。

第二章

她的选择

为什么？

他们为什么要这么做？逼她做选择。

目的，是什么？

…………

这些念头，在苏眠的脑海一闪而过。她抬起头，看着头顶明晃晃的天。警铃在耳边呼啸，韩沉依旧将车开得风驰电掣。清晨的马路上，有不少人回头看过来。

苏眠的脸上没有半点表情，手握着车门把手。因为用力，掌心很疼。

韩沉一侧眸，就看到她这副失魂落魄的样子。这叫他胸口有些发疼，转头看着前方："拆弹专家就在后面的车上。另一个由他去救。"

苏眠不吭声。

也许还有希望，但也只是也许。

两个平民身上炸弹的终止，触发了两个警察死亡倒计时的开始，并且由她决定谁生谁死。这样的残忍和放肆，才是七人团对黑盾组真正的报复和嘲弄。

眼泪涌进眼眶里，被她生生压了下去。

小篆，徐司白，这些年陪在她身边最亲密的伙伴，他们逼她做选择。

可是，已没有其他办法。

在刚刚收到视频后，现场的技术人员立刻追踪信号，只花了两三分钟，就确定了大致位置，但精确地点还需要进一步锁定。两个位置都在东城区，但是，一个在南，一个在北。也就是说，苏眠从当时的公园出发，往东走一段距离后，就必须做出选择。而救完其中一个，剩下的时间是绝对赶不及去另一个地点的。

复制她的指纹膜也行不通。视频刚播完，韩沉第一时间就把匆匆赶到现场的唠叨拎了过来。唠叨看完视频，脸都白了，喃喃道："不行……不行！这孙子贼精，用的是高精度指纹扫描仪，能感知皮肤细纹和温度，普通的指纹膜不行！得回局里拿我的工具。小白、小白如果跟我回局里，来回至少要二十分钟，根本来不及！"

…………

"我再想想。"她轻声说，同时低头，看向驾驶面板上的导航仪。她向来是最路痴的人，不辨东南西北，此刻却将两人所在的地点和营救路线，牢牢刻在脑子里。

八公里。

还有八公里，就到了岔路口。按韩沉的驾驶速度，也就三四分钟。她必须做选择，向南，还是向北。否则开过了这个岔路口，方向偏离更远，一个都救不下来。

"我来选。"韩沉忽然开口。

苏眠霍地抬头，看着他。他的双手搭在方向盘上，眼睛定定地看着前方，眉梢眼角都是冷冽气息："我来做选择。我选谁，你救谁。就这样。"

苏眠的眼泪差点掉下来。

如果另一个人没有救下来，这样的选择，谁做，谁不会背负这后果一辈子？

韩沉要替她背。

她咬着下唇，摇头："不，我自己选。"她的眼睛里仿佛聚集了水汽，乌黑又氤氲，缓缓说道，"他们俩都算是我的人，我要自己选。"

"没的商量。"韩沉的语气比她更决绝，将车开得更快。

苏眠怔怔望着远处那渐渐拉近的红绿灯，嘴里骂道："韩沉……你浑蛋。"

　　就在这时，她的手机响了。这个关头，哪怕一丁点转机，也是她强烈渴望的。她一把抓起手机："冷面，怎么了？"

　　冷面就在后头的一辆指挥车上，他的声音听起来没有半点波澜，静静沉沉："小白，我们已经找到刚才通信的线路了。现在把信号切过来给你。"顿了顿，"你可以看到他们。"

　　"……好。"

　　两个平板电脑，是刚才技术人员就交给她的，用作通信。现在她拿起来，心仿佛也随之提起来，痛痛沉沉，一直提到嗓子眼堵住。只过了几秒钟，她就收到了通信信号，点击，接通。

　　苏眠瞬间没了呼吸。而一旁的韩沉，也转过头来，朝画面上的两个人看了一眼，静默片刻，复又抬头盯着前方。

　　这一次的图像，比视频中更清晰，也更安静。

　　左手，是周小篆。右手，是徐司白。

　　今天早些时候。

　　周小篆醒来时，只感觉腹部依旧乱棒搅动般地疼痛。他睁开眼，看到自己在一个陌生的房间里。墙壁白生生的，天花板也光秃秃的，只有一颗橘黄的灯泡吊在头顶，窗帘紧闭着，这狭小的屋子显得简陋而惨淡，空气里有灰尘和樟脑丸的味道，倒像是个储物间。

　　他就被绑在一张椅子上，胸口是沉甸甸的炸弹。全身上下，唯独双手十指可以勉强动一动，但是手臂也被绑得很紧，根本无法移动。

　　A就坐在离他不到半米远的另一张破椅子里，依旧是那副装扮：鸭舌帽、口罩、连帽衫，尽管只能看见他的眼睛，你却能清晰地感觉到他眼中得意的笑。

　　"嗨！"他的手指在扶手上敲了敲，起身，将一个看着像是平板电脑的东西，放到了周小篆的双手中，"想不想临死前再见我姐一面？"

　　周小篆胸中仿佛有万股气流在奔腾，尽管身体不能动弹，却张嘴狠狠地呸了一声，将口水喷在A的脸上："我是人民警察，死就死了，有多大不了！别以为你能吓唬我，王八蛋！"

　　A 被他喷得额头和口罩上都是口水，瞬间眼睛都瞪圆了，伸手一把擦去额头上的水渍，一脚踢在周小篆的椅子上："神经病啊你！"

　　周小篆都快要被他气疯了："你才是神经病！"

　　他这么骂，A 却像是忽然想到了什么，没有再生气，而是再度弯下腰，低头看着他，笑得更加猖狂："周小篆，我在你身上装了个炸弹，在徐司白身上装了个一模一样的，放在跟你相反的方向，而拆弹密码是我姐的指纹。等一会儿，臭警察们都被我引到一个地方，他们的时间只够救一个人。你说，在徐司白和你之间，他们会选谁？我姐，会选谁？"

　　这话终于让周小篆倏地怔住了。

　　A 的眼中却露出更加开心的笑，起身，开门，扬长而去。

　　屋内重新恢复沉寂。

　　周小篆愣了好一会儿，才低下头，看向手里的那块平板电脑。屏幕是黑的，他的手指可以勉强移动，在屏幕上拼命地按，却没有半点动静。显然 A 已经做了什么设置，让他无法跟外界联络。

　　只能等。

　　等小白，还有黑盾组其他人，选择救哪一个。

　　就像 A 所说，用这个平板电脑，等着见小白他们，最后一面？

　　周小篆的鼻子忽然就酸了，但是拼命忍住了。

　　时间一分一秒流逝。数十分钟后，相隔甚远的某幢大楼、某个房间中。

　　徐司白以同样的方式被捆绑着，手中同样被塞入一个视频通信设备。他抬起头，看着坐在对面的男人。

　　这一次，A 显得很安静。

　　他的帽檐也压得很低，并没有急着对徐司白说什么，而是哼着歌，很奇怪的调子，唱的是刚才 R 写下的那首绕来绕去的诗："宇宙最简单的存在，交错复转；生命最繁复的形式，朝失暮得。可以覆盖每一天，可以占据每一年……"

　　他的语调竟然是有些哀伤的，唱完一遍之后，竟抬头笑看着徐司白："你是不是也觉得，我是个神经病？"

　　徐司白看着他，静默不语。

　　A 轻轻哼了一声，也不知道在生谁的气。他转过脸去，起身，语气很
淡地说道："她的时间，只够救一个人。你觉得在周小篆和你之间，她更
重视谁？"忽地又笑了，"不会在她心里，你不仅不如韩沉，连个周小篆
也比不上吧？"

　　他走向门口，最后说了句："我们拭目以待。"

　　门被关上了，关得死死的。徐司白缓缓地、缓缓地抬起头，首先望向
窗外，蓝天、白云，建筑林立。阳光照射进来，他身上甚至有一丝暖意。
昨晚被撞伤的额头还很疼，脑袋也晕晕沉沉的。他闻到自己身上，满满的
血腥气息。那都是他昨晚流的血，现在大概终于干了。

　　他低下头，又看向掌心中的通信设备。他没有像周小篆那样去做尝试，
因为知道 A 肯定不会给自己求助的机会。

　　他只能等待，等她选择他，或者选择另一个人。

　　他深深地吸了口气，又慢慢吐出来。

　　她会选择谁？

　　我心爱的女人，若此刻做选择的是我，我一定会不顾一切地选择你。

　　你会……选我吗？

　　苏眠再次看到他俩的第一眼，人就怔住了。

　　周小篆。

　　他在一个阴暗逼仄的房间里，还穿着昨晚失踪时的黄色外套，很亮眼
的柠檬黄色，令苏眠脑子里突然就闪过一些不相关的念头——这家伙每次
遇到大案，总要搞些小动作。譬如穿上颜色喜气的衣服，譬如去那家小面
馆吃碗好吃的热干面。"这样才是好精神好兆头嘛！"——他总是这样说。

　　可此刻，他看起来一点也不精神。他的嘴角还有干涸的血渍，头发乱
糟糟的，鼻青脸肿，看起来要多惨有多惨。他的神色看起来有点呆，圆圆
的眼睛直愣愣地看着前方，不知道在想什么。

　　这一幕看得苏眠完全受不了了，失声喊道："小篆！"

　　一旁的韩沉，单手开车，伸手一把搂住她的肩头。他一直看着前方，
没有说话。

而画面中的小篆，像是若有所觉，忽然低下头，朝镜头看过来。他的眼睛瞬间一亮，眼眶里忍了很久的眼泪，也唰地掉下来："小白！小白……"

与此同时，另一个画面中的徐司白。原本静坐不动，脸上也没有半点表情的徐司白，像是也察觉了信号接通，低头看了过来。

他的境况，看起来竟比周小篆更糟糕。额头上一道蜿蜒的干涸的伤口，平日柔顺的短发和白皙的脸，全是半干的血迹，衬得他原本清秀的容颜，竟有狰狞阴森之感。他还穿着昨日的浅灰色外套，外套上也全是血。而此刻，他就用那双依旧澄澈的眼睛，隔着屏幕盯着她。那眼中有隐约的痛，也有欲言又止的情绪。

"锦曦。"他轻声喊道。然后，什么也没说。

"徐司白……"她喃喃道。

而前方，韩沉的车，已逼近红绿灯路口，只有几十米的距离。

"小白！小白！"周小篆的声音忽然再次响起，苏眠将目光移回他身上。他的脸又红又白，眼睛瞪得很大。眼泪掉了下来，他吸了吸鼻子，带着哽咽的鼻音，他很用力地说道："小白，老大，你们听我说，我听不到你们的声音，只能看到小白的嘴在动。听我说，小白，你去、你去……救徐法医！不要救我！"

苏眠差点哭出声来，伸手捂住自己的嘴，明知他听不到自己说话，却忍不住吼道："小篆你说什么？"

周小篆讲出这句话，人却反而像是平静了。他又吸了吸鼻子，甚至还露出一丝笑容："小白，我们是刑警，徐司白只是法医。如果要牺牲，也应该我牺牲。况且……况且徐法医那么能干，比我能干多了，他活着，将来能救更多人的命。就这么说定了。"

苏眠一直掉眼泪，一直掉。喉咙就像堵了根尖锐的刺，张嘴就是痛，发不出任何声音。一旁的韩沉脸色冰寒如铁，前方堵了几辆车，迟迟无法靠近路口。他一脚踩在油门上，从两车之间生生挤了进去。两旁的车全都吓得避闪，纷纷探头出来咒骂，结果看到路虎后头跟着一长排的警车，又全都把脑袋缩了回去。

他们离红绿灯，越来越近。

徐司白始终透过镜头看着她，沉默不语。而周小篆在此时此刻，竟然温暖地笑了笑，又开口了："小白，你知道黑盾组，为什么叫黑盾组吗？"

"我不知道……"尽管他听不到她的声音。

小篆深吸口气，抬起头，目光似乎有些怔忪，又似乎放得很远。

"小白，有件事你们不知道。我加入黑盾组第三天，就碰到厅长了。那是大清早，我在宿舍下面锻炼，就看到领导走了过来。他也在锻炼。"

周围的喇叭声、喧嚣声，苏眠统统听不见，只静静地听着周小篆说话。韩沉的脸色也更加静默，侧脸线条绷得很紧，一动不动地听着。

小篆笑笑说："我那时候傻啊，就问他：我这个人其实挺平庸的，唯独考试厉害了点，省厅为什么把我招进来？我感觉挺不好意思的啊。你知道他怎么说吗？他说：小篆啊，黑盾组的名字，是我起的。你知道这三个字的含义吗？人民警察，向来就是以护卫人民的盾牌自居。我们的警徽，就是盾牌的形状。保护普通百姓，免受侵害。有什么伤害和危险，先往我们这面盾牌上来。

"我就答：这个我知道啊，警校都教过的。

"厅长又笑了笑说：而黑盾组，你们面对的，是最可怕的案件；你们对付的，是最凶残的罪犯。你们是我放在最黑暗的边界上的一块最坚硬牢固的盾牌。聪明也许重要，经验也许重要，但最重要的，是永不会被磨灭的铁血意志，永不让被你们所保护的人失望。周小篆，我同意让你进入黑盾组，今后，你能做到这一点吗？"

…………

这一刻，周小篆的眼睛竟然是平静而明亮的。他看着苏眠，用力点了点头："小白，我能做到。"

小白，我能做到。

请选择让我死去。

我是永不会被打败的黑盾。

我虽死犹生。

只是今后，你身边少了一个人陪伴。是否会难过，是否会寂寞？但我已无法陪伴你更久、更多……

苏眠埋头痛哭出声。韩沉的眼中也闪现泪光，霍然转头看着窗外。

"都会救下来。"他的声音又低又狠，"让拆弹专家必须救下来！"

苏眠哽咽不语，心中又痛又恨，剧烈翻滚。而两个画面背后，周小篆和徐司白，都看着她痛哭的容颜。小篆的眼泪又掉了下来，吸了吸鼻子。徐司白虽然听不见周小篆的话，也听不见她的话，却就这么静静地望着她，竟只觉得移不开目光。

二十米、十五米、十米……

苏眠骤然惊觉，抬头望向前方的路口，然后又猛地转头，看着身旁的韩沉。此刻的韩沉就像是被冰封住了般，浑身上下举手投足都是戾气。他看着前方，没有看她。而她也没有说话。

这条路是三车道，左侧是左转道，往北救周小篆；右侧是右转道，往南救徐司白。而他们此刻，正行驶在中间的直行车道上。前方一路畅通，往左还是往右，必须马上做出选择。

五米、三米、两米……

眼看韩沉的双手紧握方向盘，像是要转弯了，苏眠也不知哪里来的冲动，一把抓住方向盘阻止了他："不要！"

吱嘎——尖锐的轮胎摩擦地面的声响，韩沉竟也同时一脚踩住刹车，在红绿灯前生生停了下来。他抬起的俊脸，执拗而静默。

就在这一瞬间，直行灯绿，左转灯绿，右转灯红得刺眼。

这是个很大的路口，大量上班的人潮正在过马路，右转的路完全封死。

韩沉看着前方，手按在方向盘上，一动不动。苏眠也无法动弹。两人就这么僵在路口。

三十秒、五十秒、一分钟、两分钟……这个红灯，竟漫长得如同生死煎熬。这一瞬间，苏眠什么声音也听不到，只能听到自己急促颤抖的心跳声。

身后的车喇叭声和叫骂声不断："干什么啊？走不走啊？""警察也不能挡道啊！"

而右侧，大波骑自行车的上班族仍在穿行，依旧无法转过去。

左转，只有左转的灯是绿的。

苏眠的眼泪无声地往下掉。在这一刻，她对七人团恨之入骨。手机声突兀地响起，她一把抓起，按了免提，是唠叨打了过来，他的声音竟也有些哽咽："小白，只有十五分钟了。再耽误一分钟，可能就赶不上了……"

苏眠一把丢掉电话，像是用尽全身力气喊道："韩沉，往左！"就在她丢掉电话的一瞬间，韩沉一个急转弯，也已做出选择，车越过路口，朝左飞驰而去。

一路畅通。

路口的喧嚣渐渐远去，前方是明媚的阳光，还有林立的高楼和行色匆匆的路人。一切看起来这样宁静平凡，苏眠慢慢地、慢慢地低下了头，看向画面中的两个人。

周小象依旧是平静而温暖的表情，视死如归的平静。他大概还不知道，她已做了选择。

而另一个画面里……

苏眠只感觉到一阵钻心削肉般的痛、一阵彻骨寒凉的冷。她看着徐司白那安静清隽的容颜，他也望着她，什么也没说，仿佛他只是在离她不远的地方，静坐等待着。

然而，就像是终于察觉了什么，察觉了她的决定。他忽然转过脸去，避开了她的视线，然后闭上了眼睛。

苏眠心痛得不能自已，却发不出半点声音。这时却见他抬起手，手指出现在屏幕上方，轻轻按了下来。

屏幕瞬间黑掉。

是他关掉了通信？

苏眠呆呆地看着屏幕，几秒钟后，手机再次响起，传来冷面略显焦急的声音："徐法医的通信中断了，当地分局已经赶到了他所在的建筑，但是这样就无法确定他的精确位置……"

这个房间里恢复了宁静。

徐司白放下通信器，转头，看着窗外。

尽管听不到她的声音，却能看到她的嘴型：往左！

往左，即往北，救周小篆。

他还能透过屏幕，看到她沿途的建筑景物，正是往北那条路上的风景。

…………

他不怕死。

他已见惯了死亡。

他把生死当作谁都会经历的一种轮回。

刚刚，他甚至想，如果死的是他，不知道尸体会被炸碎到什么程度，是否还有研究价值？

可原来，当她做出选择的一瞬间，他会这样难过。

原来，她真的不会选择他。

北面，是一片工业园。写字楼、仓库、工厂错落林立。早上七点刚过，园区里阳光灿烂、人流不绝。看到门口停着的警车和数名警察，工人们都惊讶地驻足张望。

韩沉的车刚开进大门，就有早已抵达的分局刑警迎了上来："人已经找到了，就在后面的一间储物室里，暂时没什么事。周围人群已经疏散，设置了警戒线。"

韩沉点头。一转头，就见苏眠也从车里下来。她的眼睛还有些红，但是已没有再哭了。她脸上没有表情，眼珠定定的跟木偶似的，没有看任何人，径直朝囚禁周小篆的方向跑去。

韩沉追了上去，很快就与她并肩，静默不语。

穿过警戒线，远远地就看到那间小储物室的门敞开着，两名警察站在门口，看到他俩，一脸如释重负的表情："到了到了！"

苏眠微喘着跑到门口，一眼就看到周小篆坐在里头，跟视频画面一模一样。他瞪大眼望着他们："小白，老大，你们怎么……"

周小篆一副快要哭出来的表情，也不知是高兴还是难过。苏眠看着他，这一路被折磨的心才感觉到温暖的安慰。可更有巨大的悲痛，无声无息地侵上心头。

韩沉看着他俩的表情，亦只感到胸中隐痛如潮，压抑难平，嗓音却是沉冽冷静的："马上解除炸弹。"

"嗯。"苏眠迅速在周小篆跟前蹲下，低头看着他胸口的炸弹。

中央的电子表显示：04：49。

刚才在车上，时间太过紧迫，苏眠并未仔细看画面中扫描仪结构，此刻看得一清二楚：就在电子表下方，安装了一个类似上班打卡的指纹扫描仪，但是看起来更小更精致。左侧，是一方小小的透明扫描屏，屏幕下方投射出隐隐的蓝光。右侧，还有个从 0 到 9 的数字键盘。

苏眠微怔了一下，没顾得上细想，伸出右手无名指，抬头与周小篆对视一眼。小篆用力朝她点了点头。韩沉也在两人身旁蹲下，伸手按住了她的肩膀，跟她一起看着扫描屏。

苏眠的手指放了上去。

一道蓝光，徐徐闪过。

04：42。

倒数计时就此定格。

甚至还听到啪啪啪数声轻响，原本绑在小篆身上的炸药包，就这么弹开，自动解除了袢扣和束缚。

周小篆的表情还有点呆，像是没反应过来，自己已经从鬼门关被拉了回来。韩沉立刻伸手，帮他一起解开身上的炸药包和绳索，同时示意门外刑警，抬担架过来。

苏眠脸上露出怔怔的笑容，却是一屁股跌坐在地上，竟只觉得全身乏力，难以动弹。

下一秒，却被人从地上拽了起来。

韩沉抓着她的胳膊，眼眸漆黑如同海底坚硬的暗礁："走！"

两人对视一瞬，苏眠一骨碌从地上爬了起来。

周小篆已经躺到了担架上，看着他俩迅速跑出门外，跳上车绝尘而去，一时竟只觉得心中同样悲痛激昂。他抓着担架边缘，挣扎着爬了起来："我也要去！送我去他们那儿！去救徐法医！"

来得及吗？

也许还有一丝希望？

不，哪里还来得及！

苏眠的后背死死地抵在椅子里，任韩沉将车开得风驰电掣。前方已实行交通管制，他们一路畅通，韩沉的车速也从140提到180、200……快得吓人。尽管这样，他们也只有区区四分钟的时间。

可还是不想就这么放弃。

放弃徐司白的性命。

韩沉又是那副模样，全身上下都是戾气。修长十指牢牢握着方向盘，从头到尾没跟她说话，完全不能分心。苏眠静默片刻，再次拿起手机。

"喂，唠叨，找到徐司白了吗？"

唠叨大概在奔跑，呼吸听起来急促而焦急，背景里还有很多人嘈杂讲话的声音："没有啊！拆弹专家已经到了一会儿，徐法医关掉了通信设备，我们就无法确定他的精确位置。只知道他在这幢大楼里——建丰大厦，正一层一层地找呢！"

苏眠握着手机，没吭声。

她万没想到，徐司白竟然执拗到这个程度。

他以为她会选他的，对吗？

眼眶有些酸痛，被她用力压了下去。

他就不知道，如果是在她自己和他之间，她一定会选他吗？

察觉到她的沉默，唠叨轻咳两声，说道："小白，你要有心理准备。"

苏眠丢掉了电话，头往后靠在椅子里，闭上眼睛。

"韩沉，我们来得及救他吗？"她轻声问。

过了几秒钟，韩沉的声音传来："来不及。但是不到最后一秒，我不会放弃。"

又过了一两分钟，像是若有所觉，苏眠睁开了眼睛。他们这一路飙驰，竟生生在四分钟内开了十多公里的距离。而前方，就是高架桥的出口，数栋高楼大厦矗立。其中一栋的楼顶上，"建丰大厦"四个字在阳光中闪闪发亮。

一切发生得平静而毫无预兆。

轰的一声巨响后，大厦高层的某个房间，突然爆出耀眼的火球，烟雾和火光瞬间吞噬了那里的一切。这一瞬间，大厦周围地面上的行人、高架桥上的车辆，仿佛全都被震慑住，一时竟没人呼喊求救，四下一片寂静。

韩沉的车猛地刹住。

苏眠静静地望着这一幕，一动不动。韩沉也抬起隽黑的双眼，看着楼宇中的火焰，静默不语。

焦土、烟雾、废墟。

苏眠深一脚浅一脚地走在其中。韩沉紧随其后，冷着脸，一言不发。旁边有刑警走过来，想要说什么，韩沉眉也不抬，一挥手让他走开。

苏眠看着眼前的一切——

整个房间都被炸空了，窗户全没了，只剩几条残破的窗棂，可以看到外头空荡荡的天。房屋正中的地板被炸出了一个大洞。那应该正是囚禁徐司白的点，也即爆炸发生的点。A的定向爆破技术如此之高，那里连条凳腿儿都没留下，更别说徐司白的肢体残骸与衣物，唯有成堆成堆的碎渣和粉末。

而苏眠的心，就像这空洞洞的房间，仿佛有大股大股的风不断灌进来。她没有说话，也没有触碰任何东西，转身就往外走，却被韩沉一把拉进怀里。

旁边的冷面和唠叨都站得笔直，没有说话。

"难受吗？"韩沉低声问，那嗓音竟也令她感到空旷而温柔。

她整个身子都是软的，感觉到深深的乏力感。而他的怀抱温热无比，带着些许汗味，还带着那令人安心的气息。苏眠一把回抱住他，将头埋进他怀里。韩沉没再说话，只紧紧地抱住她，靠在被炸得零落的墙边，抚摸着她的长发和脸颊。

韩沉去勘查现场了，苏眠一个人站在破洞般的窗边，看了一会儿，转头对唠叨说："我想去车里等。"

"好、好。"唠叨赶紧点了点头。

韩沉要负责现场，就把陪伴保护苏眠的任务交给了他。徐司白出事，唠叨心里也不好受。可看着苏眠安安静静的样子，却更叫他难受。

谁不知道她跟徐司白的交情？谁又看不出徐司白对她痴痴情深？要不韩老大之前能看徐司白那么不顺眼？因为徐司白无论走到哪里，无论身边有谁，他眼中好像就只有一个苏眠。

可今天，她却被逼做了这样的选择。

唠叨走到前头去，领着她下楼梯。爆炸发生，这幢楼已经封了，电梯也停止运作。楼梯间里暗暗的，一直有警察和消防员上上下下。两人就这么沉默地走了一段，唠叨忍不住开口："小白啊，你也别……太难过了好不好？发生这种事谁也不想的，我想徐法医的在天之灵，也希望你开开心心，他一定能理解你今天做这样的选择。"

苏眠脚步一顿，低着头，手扶着栏杆，扯起嘴角笑了笑："你错了，他不理解。他到死都负着气。"

她的声音很轻，听得唠叨又困惑又心疼。楼梯间里只有一扇高高的窗，阳光斜斜地照进来，空气里满是灰尘。苏眠望着这些灰尘，竟有些出神。而擦肩而过的警察们，看到这沉默伫立的两人，纷纷侧目。

唠叨鼻子一酸，又安慰道："小白，你就别想了。赶紧下楼，一会儿回家洗个澡睡一觉成不？你这样老大该有多难受，大伙儿该有多心疼。而且……"

他忽然就没了声音。

苏眠原本心不在焉地听着，听到他话音戛然而止、呼吸声却骤然粗促，便抬起头，却看到唠叨一副见了鬼的表情，呆呆地盯着楼梯下方。

苏眠便也循着他的目光，转头望去。

"锦曦。"

第三章

我欲杀人

"锦曦。"

温和得仿佛潺潺泉水般的嗓音，比月光更澄澈明亮的眼睛。

那个人，他就站在几级台阶的下方，衣衫褴褛，满脸灰土，抬头望着她。

这一刹那，苏眠的世界里，所有的影像和声音统统褪去，只看到他活生生地站在自己跟前。他的眼神是平静的，他的眼神是悲伤的。他就这么凝视着她，当他的睫毛掩下，仿佛也掩去了所有复杂的情绪。

"没死！没死！徐法医没死！"身旁的唠叨，发出喜极而泣的惊呼声，转身就往楼上跑去，"老大！冷面！徐法医没事！"

而楼梯下方，几个警察也停下脚步，你看看我，我看看你，露出欣喜的笑，全都传开了："赶紧告诉大家，人质没事！""他活着！歹徒没有得逞！"

唯独他和她，隔着几步之遥，静静望着彼此，没有笑，也没有哭。

几秒钟后。

苏眠松开楼梯扶手，三两步跳下台阶，伸手就紧紧抱住了他。

他的怀抱，微凉，有浓浓的血腥味，还有火药的气息。而他的双手垂在身侧不动，过了一会儿，才抬起手臂，轻轻地回抱住她，将头埋了下来。

"对不起……"苏眠近乎艰涩地说道。

她能说什么呢？说她当时其实根本做不了决定？说有那么一刹那，她真的想要来救在她心中分量更重的他？

　　说遇到了持久不灭的红灯，根本无法转往他的方向？

　　可如果那时没遇到红灯，她真的能痛下决心，舍弃了小篆，来救他吗？那小篆又要怎么办？

　　答案，竟然是无解。

　　"徐司白，对不起……"她又说了一遍。

　　徐司白低头，看着怀中女人红肿的双眼、苍白的容颜，还有她眼中那么浓烈的悲喜交集的情绪。他脑海中竟然闪过个念头：原来这是她第一次主动拥抱他——在舍弃了他之后。

　　心中某处，仿佛渐渐冷寂下来。可看着她的样子，还是抑不住地心疼。他忍不住就伸手，伸手摸了摸她的长发，轻声说："没事，我没事。"

　　"徐法医！"一声悲怆的呼喊，从两人身后传来。居然是周小篆，在一名医护人员的搀扶之下，跌跌撞撞地爬上了楼梯。他看到相拥而立的徐司白和苏眠，露出更加喜不自胜的表情，一把松开医护人员的手，就扑了过来，也抱住了徐司白。

　　"太好了！徐法医，你没事！"他哭哭啼啼地喊道，"这简直太好了！你要是死了，我这辈子都不安心！"

　　旁边的警察们全都笑了，苏眠也笑了。

　　徐司白缓缓地松开苏眠，脸上也露出浅浅的笑，伸手拍了拍小篆的头："小篆，别哭了，我没事。"

　　这时，韩沉、冷面、唠叨三人也赶到了，望着徐司白，俱是露出笑容。虽不像小篆那么情绪激烈，也跳下楼梯，走到徐司白跟前，冷面和唠叨拍了拍他的肩膀。

　　冷面道："太好了。"

　　唠叨道："徐法医，你没事实在太好了。"

　　韩沉则站在他俩身后，也笑了，与徐司白对视一眼，点了点头。

　　苏眠也侧眸，跟韩沉目光一对。他看到了她眼中的巨大喜悦，她看到了他眼中深深的愉悦和温柔。

　　而徐司白眼眸平静温和地看着另一个方向，像是已看不到他俩眉梢眼角浑然默契的联系和情意。

"徐法医，你是怎么逃生的？"唠叨问出了大家都想问的问题。

徐司白抬眸看着众人，微一沉吟，脑海中浮现数分钟前的情形——

在挂断了苏眠的视频之后，他的确是有片刻的失神。

一时间，似乎也不再关心自己的生死。

但过了一会儿，他便冷静下来。即便被苏眠放弃，他也不允许自己就这样毫无意义地死去。而当他低下头，看着胸口的炸弹，尽管手指可以勉强够到中央的扫描面板和密码锁，但A说过，密码是苏眠的指纹，他做什么都是徒劳。

他又抬起头，打量房间周围的环境，很轻易地就辨认出，这大概是写字楼中的一间办公室，窗外，还能看到其他几栋同样的高楼。但这并没有给他的逃生带来任何帮助。

然而无论何时，徐司白都是个极为冷静的人。他静默片刻，闭上眼，开始回忆。

回忆之前的那次爆炸案，黑盾组的解密过程，密码是20090420。但警方尽管知道密码，却被周围群众所阻，来不及赶在最后一秒，救下人质。

这才是七人团的目的。

残酷的嘲弄。

徐司白又回忆起刚才，A的神态，A对他说的每一句话。

他说：这个炸弹，只有我姐的右手无名指指纹，才能解除。

他说：不会在她心里，你连个周小篆都比不上吧？

他戴着口罩，只露出眼睛，眼睛里却闪过狡黠的笑意，仿佛这只是一场游戏。

然后他哼起了歌，古怪难听的调子，吐词却很清晰：

"宇宙最简单的存在，交错复转；生命最繁复的形式，朝失暮得。可以覆盖每一天，可以占据每一年……"

…………

没有什么，比密码就在眼前却没有听到，更具讽刺意义，对不对？

是否如果他真的被炸死，A就会照旧发信或者打电话给她，得意扬扬地说：我其实告诉他密码了啊，可他笨得根本听不懂嘛。

这样，才会让她更加痛不欲生和自责，对不对？

因为杀戮，本来对这些人来说，只是一场游戏、一场报复。A大概并不关心他徐司白是生是死，他只在乎这个过程，是否玩得开心。

…………

"宇宙最简单的存在，是1。"徐司白缓缓地说道，"生命最繁复的形式，是8，与无穷符号和DNA形状相似……"

他不急不缓地说着，旁边的人都是一副惊讶又释然的表情。小篆失声喊道："原来你解出了跟老大一样的密码，太厉害了！"今早的爆炸现场，徐司白并不在场。

徐司白抬头，与韩沉对视一眼。

苏眠紧咬下唇，露出讥讽的笑意。在场的人，大概只有她最清楚，徐司白有多聪明。他是法医，数学、物理、生物、化学方面的知识都渊博得惊人。她开口道："他们大概完全没想到，你能这么快读出密码。以为……"她转头看着徐司白，"能让你就这么死去。"

徐司白看着她，没说话。

这时，几名医务人员闻讯跑上楼，看着小篆和徐司白："两位先跟我们下楼，到救护车上去。"周小篆兴奋了这么久，这才觉得全身疼痛难忍，一下子就软了，被医护人员扶住。但他浑不在意，转头朝他们挥挥手："我先去医院了，我没事啊。"

也有两名医护人员走到徐司白跟前。苏眠下意识伸手扶他："我陪你下去？"

徐司白却不着痕迹地移开手臂，扶住了医务人员，温和地笑笑："不用了，你抓紧勘查现场。"

苏眠动作一滞，韩沉站在她身侧，看着两人的神色，双手插在裤兜里，静默不语。徐司白却已转身下楼，身影很快消失在楼梯尽头。

苏眠一直看着他走远，才长长地松了口气。冷面和唠叨已经先上楼了，只有韩沉站在原地，望着她。

她也转头看着他。两人静静凝视片刻，苏眠伸手就抱住了他，扑进他怀里。他一把将她接住，到底也是情绪压抑了很久，干脆将她整个抱了起来。

这一天苏眠的情绪大起大落，竟比自己在鬼门关来回走了几遭，还要难受。此刻终于尘埃落定，苏眠看着他英俊的容颜，想起他这一路沉默陪伴，执拗地要替她选择背负；想起他开到两百多码的速度只为不放弃徐司白的命；再想起刚才自己跟徐司白相拥时，他静静注视的目光。她竟只觉得欣喜和怜惜同时涌上心头。

"太好了韩沉！"她在他怀里又哭又笑，"大家都没事。"

韩沉抱紧了她，低头看着她，墨黑的眼睛里，也有沉沉的笑意。

过了一会儿，待她平静下来，他将她放下来："哭好了？"

她又笑了，吸了吸鼻子："哭好了。"

他执起她的手："哭好了就跟我走。现场发现了重要线索。"

"嗯。"苏眠跟着他往上走了两步，眼角余光，却像是不自觉地看向楼梯下方，徐司白的方向。

她是好了。他也没事，他活着。

可从今往后，徐司白却是苏眠心中永存的一个洞。那洞里全是她的愧疚和他的伤痛。

那洞，永远也填不平了。

苏眠又跟着韩沉走回了爆炸现场的窗边。

空洞洞的，什么都没有。只有窗帘的一点碎布残渣，沾在灰黑的墙壁上。韩沉伸出戴着黑手套的手，摸了摸这个大窟窿的边缘，转头瞧着她："看出什么了？"

他的嗓音轻轻淡淡，带着某种让人安心的气质。苏眠抬起还有些发红的眼睛，直勾勾地盯了一圈，不确定地开口："窗帘是拉开的？"

当时情绪太激动，现在回想，依稀记得徐司白所处的房间，始终阳光通透。倒与周小篆那边的阴暗完全不同。

韩沉点了点头，手搭在窗棂上轻轻敲了敲，望着对面的几幢大楼。外头阳光正好，这样眺望出去，许多楼宇表面玻璃反射着光，明亮又耀眼。

"还有红绿灯。"他说。

苏眠微怔，目光也变得深邃："对，还有红绿灯。"

生死抉择的关头，难以取舍的时分，却偏偏碰上长久不灭的红灯，限制他们右转。仔细一想，那红灯长得有些过分。其实当时已有所察觉，也不是不可以强行驱赶人群、硬生生右转。

但对手显然对人的心理拿捏得十分准确。在那种环境下，这一点外界条件的细微差别，就会导致人的心理也发生细微倾斜，从而促使他们痛下决心，选择了周小篆。

"他们想杀的，也许一开始就是徐司白。"

韩沉转头看着她："为什么？"

"说明他们认为徐司白更该死。"苏眠答得很干脆。

"为什么徐司白更该死？"韩沉又问。

苏眠没说话。

两人对视片刻，韩沉摘下手套，执起她的手，在掌心握了一会儿，转头又看着窗外，抬了抬下巴："那栋建筑。"

苏眠也看着相隔不远的那幢高楼，思索片刻，眼睛一亮："你不会是怀疑 A 曾在那幢楼上窥探徐司白吧？"

"嗯。这里有一个逻辑悖论点，只有你的犯罪心理能够解释得通。"

苏眠点了点头："开窗是完全没必要的，周小篆那边就没有开窗。既然 A 一开始想杀的就是徐司白，他又一直有亲眼看着受害者死去的癖好，肯定不会再搭理周小篆那边的事。很可能当时，他就躲在一个安全又方便观察的地方，用望远镜窥探徐司白。所以这个房间的窗户打开、窗帘拉开，才能保持良好的视野。而那座楼，就是最好的位置。"

顿了顿，她又恍然道："难怪后来被拆掉的炸弹还会爆炸。之前大家都以为是意外，现在想来，很有可能是 A 干的。他是个愿赌服输的性格，眼睁睁看着徐司白跑掉，大概不会反悔又炸死他。但他心里肯定又不舒服，说不定就遥控引爆炸弹，来泄愤了。"

"我也这么想。"韩沉答，伸手扶着她的肩，一块走往屋外，"已经派一队刑警过去勘查了，我们过去看看。"

苏眠一边走，一边蹙眉答道："但他们一直很小心，会不会依然没留下任何痕迹线索？"

韩沉倒是笑了笑，侧脸淡漠而平静："苏眠，他们是人，不是神，没有三头六臂。每一次看似精密无痕的犯罪，都需要大量的周密计划和准备。况且我说过，即使这样，他们也只是抹掉了我们视野范围内的痕迹，躲在以为我们看不到想不到的地方。他们不可能走到哪里，都能擦去全部痕迹、控制全部监控和目击者——这座城市又不是他们的。上次的一段视频，导致 L 差点被我们抓到，就是最好的例证。这次，也是一样。A 胆大包天地躲在离我们几十米远的地方，当时周围全是警察。他一定以为，我们想不到。"

这晚两人回到宿舍，已是夜里九十点钟。

因为今天的事，厅里对黑盾组和其他刑警的人身安全，也提高到一个前所未有的重视程度。今天起，所有人二十四小时佩枪，并且要求尽量在宿舍居住。

韩沉去洗澡了。苏眠一个人坐在窗边，望着初冬沉沉霭霭的夜空，望了很久。

直至韩沉从浴室走出来，苏眠一回头，就见他站在床边，微湿的黑发，清晰的五官轮廓。他套了件灰色毛衣在身上，黑色休闲长裤，更显得人高腿长，转头望着她。

苏眠凝视他片刻，转头望着窗外。

"韩沉。徐司白对于我来说，跟小篆一样，就像家人，所以我今天才这么紧张他。"她低下头，兀自笑了笑，"这些年，我没有家人也没有其他朋友，好像也很难跟人走得很近，也不喜欢提自己失忆的事。跟小篆走得近，一定是因为我跟他惺惺相惜臭味相投。跟徐司白……"她微微一怔，"大概是总感觉到，他跟我一样寂寞。"

话音未落，腰间一紧，已被人搂住。

韩沉从背后环抱住她，温热的身躯瞬间贴近。这熟悉的亲密感令苏眠的心微微一颤。而他低下头，呼吸喷在她耳边，脸紧贴着她的脸。那清淡的男人气息，顷刻就将她包裹住。

"难道这些年，我又过得好？"低沉微哑的嗓音。

　　苏眠没吭声，只紧紧握住了他箍在她腰间的双手，轻轻地、一下下安抚似的摸着他的手背。

　　"我有多爱你，谁能比？"他的嗓音又低又执拗，"徐司白他拿什么比？"

　　苏眠转身就搂住了他。月色迷蒙，灯光稀疏，两人静静地站着。他双手捧着她的脸，低头亲吻厮磨。而她搂着他的腰，闭着眼感受他的触碰亲昵。唇齿间含糊破碎的词句，都是她一遍又一遍地回应着他的钟情。

　　我爱你……我爱你，韩沉。

　　请相信，我也这样决绝而独一无二地爱着你。

　　同样一个夜晚，徐司白回到宿舍时，已是深夜。

　　比起周小篆的伤筋动骨，他所受的更多是皮肉伤，另外因为撞车而有些轻微脑震荡。本来是要住院的，但他执意回住处。负责陪伴保护他的刑警拗不过，只好送他回来。

　　上楼时，整座宿舍楼都安安静静，没有一间亮着灯，似乎所有人都已陷入沉睡。经过苏眠的房门口时，徐司白也未做丝毫停留。门里很安静，他们大概也睡了。

　　他的宿舍是来岚市后，临时分配给他的。里面的陈设简单得不能再简单，除了衣柜里的几件衣服，就是满柜子的书。

　　他推门走进去。身体各处还是很疼，或许因为太过疲惫，脑袋也有些昏沉。但他没有马上上床睡觉，而是慢慢地在窄窄的沙发里坐下，静静地靠了一会儿。然后掏出烟盒，点了一根，开始抽。

　　一根，又一根。

　　直至整个屋子里，都是呛人的烟气。到底不是经常抽烟的人，他呛得连声咳嗽，将烟丢到垃圾桶里，可一个人待着，又有些出神。

　　脑子里竟然莫名闪过个念头——他们，就在距离他不到几十米远的房间里，亲密相拥。

　　这念头如往常一样，深深刺痛了他的心。他一直不是个会有太多想法、会胡思乱想的人。可此刻，过了这样的一天，某些压抑许久的情绪和念头，却像是不受控制地滋生呼喊着。

约莫是累极了，徐司白都不知道自己是何时睡着的。然而这晚的梦境，却比以往每一个梦都清晰、都激烈。他梦见白锦曦靠在自己的怀里，抬头望着他，只对他笑。

两日后。

A 的真实身份和相貌，终于被确定。

"夏俊艾，男，现年二十四岁，北京人。可以确定，他就是七人团中，代号为'A'的连环爆炸杀人犯。"小篆还未出院，由唠叨负责资料整理介绍。他站在投影屏前，向黑盾组和全体刑警队介绍照片上的男人。

"十四日早晨，夏俊艾，即 A，出现在距离爆炸发生的建丰大厦不到五十米的四川大厦上。当时还不到上班时间，他也不是大厦职员。监控拍到他在爆炸发生后两分钟，从第 25 层下楼。不过当时，他戴着口罩帽子，看不清相貌，也无法确认身份。"

唠叨滑动鼠标，屏幕上出现一张监控截图。黑盾组其他人坐在第一排，苏眠坐在韩沉身边，抬头望去。画面上清晰地看到一个身材高挑的男子，戴着鸭舌帽、穿着保洁员的蓝色衣服，从楼道角落走过。尽管他伪装得很好，苏眠却一眼就能认出是他。

不经意间，她一侧眸，眼角余光却瞥见徐司白，他就坐在这一排最角落的位置。比起爆炸那天，他的气色看起来好了很多，浅灰色外套、白色衬衣、深棕色长裤，除了额角和手腕都还贴着纱布，依旧是那副清隽雅致的模样。而这些天，两人的相处跟过去似乎没有差别。他们完全不再提那天的事，见面也就点头打个招呼，熟悉而疏离。

苏眠静默片刻，复又抬头，看着屏幕画面。

唠叨正在继续介绍："……但是呢，当时那片写字楼区，到处都是警察，也拉起了封锁线。所以这小子下楼时，就必须摘掉口罩。他很聪明，几乎是避开了楼下所有的摄像头。但是！百密一疏啊，当时写字楼门口有很多路人在驻足围观、拍照，我们从其中一名路人的手机里，找到了他的清晰照片！而从时间、路线、身材、步伐特点、眼睛轮廓来看，他必是 A 无疑！"

所有人的目光，都聚集到屏幕上。

那是名极为清隽的男子，看起来的确十分年轻，但轮廓里又已有了成年男子的棱角。短而蓬松的黑发，狭长的眼睛，眼珠很黑，像是总含着笑意，高挑的鼻梁，薄薄的唇，皮肤白皙。

因为他穿着黑色休闲外套、咖啡色长裤和运动鞋，看起来倒像是个学生，又像是刚上班没多久的年轻男人。

而苏眠看到他清晰的正面照，心中竟不由自主地涌起复杂的情绪。不舒服，不太舒服。有些疼，但更多的是恨。想起他之前张口闭口就是"姐"，话语间对她也有诸多孩子般的怨气。却不知道当年，他和她之间，又有怎样的恩怨纠葛？

"已经调查清楚，夏俊艾老家是陕西的，家里太穷，年幼跟着父母来了北京，成了个'小北漂'。他家境贫寒，父亲是一名惯偷，在他八岁的时候就因为跟混混分赃不均，被人打死了。他母亲替人打零工，母子俩生活得非常清苦艰难。十二岁时，母亲病重没钱医治，也没医保，病死在家里。而他从小就偷东西，所以在北京警方早有案底。初中毕业就没读书了，但是物理和化学成绩是满分，还曾经在数次模型比赛中获得一等奖。"唠叨继续介绍他的生平资料，"五年前，'4·20'大案发生时，他只有十九岁，当时早就一个人出去流浪几年了，没人知道他在哪里、干什么。"

入夜。

郊区仓库。

天色黑沉沉的，废弃的仓库里也没有开灯。只有 L 手里提着盏极为复古的欧式烤漆烛台，放在满是灰尘的木桌上，又从怀里掏出块手帕，铺在破破烂烂的沙发上，这才不紧不慢地坐了下来。

A 没他那么讲究，一屁股在沙发上坐了下来，差点没坐塌了。他忍不住就埋怨道："L，你真是够了！联络地点本来就是你负责的，头几次还好，五星级酒店、别墅，然后就是汽车旅馆，现在居然到荒郊野外的仓库。好玩吗？"

一旁的 R，安安静静地坐下，点了根烟，倒没说话。L 轻哼一声，反驳道："夏俊艾！你以为是谁害我们这样的？你的名字和高清照片已经被印在了头号通缉令上。不在这里碰头，去警察局门口碰头吗？"

A一时语塞，反而笑了，含了根烟，讥诮道："你比我好到哪里去？伤好全了没？现在你经常活动的地点可全是警察，我看下一个上通缉令的就是你。"

"够了。"一直沉默的R终于出声。

他一开口，A和L倒都老老实实地静下来。

R坐在最阴暗的角落，一张脸看不清晰，唯独指间的香烟，缓缓地燃烧着。他的嗓音，也是低沉而清醇的，但又十分冷冽，仿佛带着与生俱来的冷漠。

"计划进行得不算太顺利。你们俩几乎都已经暴露，说不定哪天就被黑盾组逮到。我们的时间不多了，也不会有更多的作案机会。"顿了顿，他说，"该是做了断的时候了。"

A和L都点了点头。

"那就这样。"R做了决定。

"R，他们杀了我们三个人。"L忽然开口道，"既然是了断，我们也应该杀他们三个人。"

R没说话，A却插嘴道："三个人？包括韩沉吗？"

L语气执拗而冷淡："当然。"

A却笑出了声："得了吧，你敢杀韩沉？"

R一直沉默，他俩却兀自斗嘴。

"怎么不敢？"L说。

A嗤笑一声："你真杀得了他再说吧。"

第四章

S 的画像

一周后。

已经是冬天了。天是灰的，树光秃秃的。街上四处是裹得严严实实、行色匆匆的人。

苏眠穿着红色羽绒服，踩着长靴，黑发披肩，站在这一幕冬景中，越发显得娉婷亮眼。而她身后站着的，却是三个更抢眼的男人：韩沉、冷面和唠叨。

韩沉和冷面本来就是刑警中典型的夹克党，大冷天也就是件加厚棉夹克。只不过他俩身材好，又挺会穿，所以总是比普通刑警更时尚帅气。唠叨被他们耳濡目染，最近也不跟周小篆一起穿大棉袄了，开始穿男人味十足的休闲夹克了。所以这仨现在齐刷刷地站一排，倒真是抢眼无比。

一阵寒风吹过，苏眠哆嗦了一下，伸手裹紧衣领。

"冷？"低沉清冽的嗓音。

她肩头一沉，已被韩沉搂进怀里。他的夹克原本很随意地敞着，顺手就将她裹进衣服里。苏眠一抬头，就瞧见他隽雅漂亮的眉目和修长的脖子。夹克里才穿了件薄毛衣，身体却比她暖和多了。苏眠索性搂住他的腰，心想有个体能强大的刑警男友就是好，关键他还很会宠人，长得还这么有型有范。

"来了来了！"唠叨伸长脖子，"小篆这孩子，出个院吧，非说让我们在楼下等，还真磨蹭。"

众人都笑了。前方住院部楼门口，周小篆穿着件亮眼的蓝色棉服，拎着个手提袋，正探头探脑地走出来，望见他们，就嘿嘿笑了。

冷面接过小篆手里的行李，韩沉拍了拍他的肩膀，不多废话。唠叨则凑过去，将他上上下下打量一番："都好齐全了？没落下什么零件？头不晕眼不花？真的能重返战场打变态了？"

小篆一拍胸脯："能！小爷我打了一周什么青霉素黄霉素庆大霉素，全身都是力量！现在就算从 A 到 Z 字母军团全来了，小爷我也能把他们放倒！"

这下连冷面也笑了。苏眠也歪着脑袋打量他："小篆，我怎么觉得你住院一周，脸还圆了呢？这样你都能长肉？啧啧……"

小篆昂首阔步跟他们一起往前走，答道："当然了！为了快点好起来，我可是每顿都吃两大碗饭。"脑袋又往苏眠那边一凑，"话说这家医院食堂的红烧肉真好吃啊！你下次一定要试试。"

"是吗是吗？那我必须去啊！"苏眠最喜欢吃红烧肉，一下子来了精神。结果脖子一紧，就被韩沉拎回怀里待着。

"瞎说什么？"淡淡的语气。

苏眠立马住了嘴，呸呸呸，响亮地往地上吐了几口口水，然后讨好似的看着他。一旁小篆看到了，也来添口水。

唠叨和冷面一直在笑。韩沉眼中也闪过笑意，将苏眠的腰一搂，说："去吃饭。"

轿车行驶在萧瑟的街景中，树木和行人依次倒退。苏眠嘴角还扬着笑，望着窗外，却有些发怔。

又是平静的一天。

那天的爆炸之后，尽管警方发出了 A 级通缉令，全市范围的搜捕也在继续。那三个人却就此销声匿迹，再没有犯案，也没有向警方发出任何新的讯息。

这个城市表面看来重新归于宁静。但关于他们的讨论，在网络和现实的每一个角落，都在以更快的速度蔓延着。人们是这样热切地讨论着神秘杀手组织的一切，像是害怕他们出现，又期盼着他们重来。

而他们长达一个星期的沉寂，似乎给人一种会永远消失的错觉。

但又像是暴风雨来临前，那短暂而迷惑人心的平静。

晚饭挑在湖边的一家餐厅。湖光月色，雅间香氛。五个人照旧是一顿海吃海喝，十分尽兴。包间里还有卡拉 OK 设备。吃完后，唠叨和小篆就拿着话筒，扯起嗓子，对着湖面那叫一个鬼哭狼嚎。

冷面则点了根烟，坐在边上慢慢地抽，时不时听得失笑。

出生入死，何尝不是一种醉生梦死。

韩沉和苏眠走出包间，沿着湖面上曲曲折折的竹廊，慢慢踱步。这样的季节，来湖上的人很少了。竹廊里也没有灯。黑茫茫的水面，就像是望不见尽头。对岸偶有一两盏灯，映出朦胧的岸线，却显得比黑暗更空旷遥远。

两人一直走到湖心，找了张长椅坐下。风有点大，却有种彻骨的爽快。苏眠拢了拢外套，靠在韩沉怀里，长长地吸了口气。

韩沉一只胳膊搭在她肩上，另一只手握着她的手。苏眠只安分了一小会儿，就开始在黑暗中捏玩他的手指。韩沉没什么反应，只是她时不时蹭到他的衣领、脖子，总能感觉到他身上微热的气息。也许是周围太黑太静，他的气息更令人心悸。

捏了一会儿，她就被硌了一下，反应过来，是他左手无名指上的戒指。

"你为什么还成天戴着啊？"她问了句傻话，其实主要是因为她现在没什么可戴的，跟他成对的项链被切成碎块了。可他还一个人整天戴着，似乎洗澡睡觉也不摘下来。

他偏头看了她一眼。

"嗯。你说我为什么成天戴着？手痒？"

低沉散漫的嗓音，叫苏眠扑哧一笑，又随口嘀咕了一句："可是我没有。"反正无事可做，她索性打开手机上的灯，对着他的手照。

周围都是黑的，唯独他的手在灯下，更显得修长而骨骼分明。半旧的铂金指环，看着居然叫苏眠有些心疼。她摸着他的手指，轻轻地摸，不舍得松开。

可男人和女人，感官永远是不同的。韩沉被她那细腻柔软的手指，摸得有些心浮气躁。这女人长得艳光四射，男女之事上却总有种幼稚的性感。过了一会儿，他在黑暗中低头笑了，到底还是将手抽了回来："有东西给你。"

很稀松平常的一句话，却叫苏眠心里咯噔一下。

她刚摸过他的戒指，还抱怨自己没有，他现在却忽然说有东西要给她？

而且此时此刻、此情此景，只有他俩，待在这个远离尘世的水中央。

苏眠的心，突然就扑通扑通地加速了。

这么冰凉的夜色里，却有氤氲的热气，将她的脸笼罩。

难道他……要求婚了？

好突然啊！

眼见韩沉松开她，伸手进怀里，像是要从夹克里掏出什么东西。苏眠已经忍不住了，嘴大大地咧开。手机的灯还开着呢，韩沉望见她灿烂的笑容，倒是也笑了笑，问："你笑什么？"

苏眠道："嘿嘿。你拿呀，拿呀。"

韩沉看她一眼，像是明白了什么，动作一顿，才从怀里缓缓掏出……一个档案袋。

"……"

韩沉将档案袋丢到她怀里，却将人搂得更紧，手指扣着她的下巴，低头看着她。那嗓音也是低沉蛊惑的："以为我要拿什么给你？"

苏眠囧道："……滚蛋！"他那么聪明的人，这不是明知故问吗？

"我不会求婚。"他却又说道。

苏眠睁大眼，一把抓住他的衣领："为什么？"

他任由她抗议，双臂摊开搭在椅背上，看着前方："早求过了，你也答应了。你恢复身份后，直接领证。"说到这里，自己倒是笑了，侧眸看着她，"我缺心眼儿吗？再求一次？"

苏眠扭头看着一旁："不求就不求，稀罕！"过了一会儿，忍不住也笑了。

韩沉拿给苏眠的，是一份她意想不到的资料。

原来当日许滴柏坠崖后，警方通知其在北京的家属同事，同时也对他的住所进行了搜查。韩沉在北京警局也有哥们儿，意外地发现了这份资料，今天让人带来了岚市。

其实不是许滴柏的资料。而是他的父亲、许慕华教授的一本残旧的日记。

许慕华，国内著名犯罪心理学专家，也是苏眠曾经就读的公安大学的教授。数日前，韩沉和苏眠回北京时，还在公安大学看到了他的档案。而根据档案记录，他在"4·20"案件当年，就因病逝世了。

但是当时韩沉和苏眠并不知道，许慕华也参加了当年的七人团案件调查——这大概也是北京方面保密的内容。

直至今天，看到了这本日记。

这晚回到宿舍后，苏眠就独坐在灯下，将这本日记，仔仔细细地读了一遍。

2008年10月9日，我收到公安部邀请，加入最近一系列连环杀人案调查组……

犯罪分子极其凶残。我与我最得力的弟子一起，做出了其中几人的画像。但他们不是普通连环杀手，他们还是极有组织性和计划性的悍匪。即使有画像，也找不到他们……

看到这里，苏眠心头一动。一方面，之前她和韩沉就怀疑，当年警方与七人团爆发血战，很可能跟许滴柏的叛变有关。现在看到其父原来在案件调查中处于这么重要的位置，更加证实了原本的猜测。另一方面，不知道许教授提到的"最得力的弟子"，会不会……是她呢？而许教授描述的当年的困境，跟现在她所遇到的，如此类似。

犯罪心理并不是万能的。他们已经有了A的详细资料；对于L和R，她甚至能描述出他们的喜好和特征。但他们太训练有素，太擅长隐匿。你知道L连喝口水都要用带着香味的手帕擦嘴又怎样，他躲起来了，你找不到他。

再往下看，苏眠更加相信，自己当年就是许教授的弟子。因为他对几名杀手做出的画像，与她之前所做的，如出一辙，连语言和措辞都很近似。

想必她当年就是受教授耳濡目染。

这让她稍稍有些感伤。

又一个陌生而熟悉的人。

又一个在案件后不久去世的人。尽管档案记录是病逝。

再往下翻，除了为她的画像补充了一些更详尽的细节，就没有其他收获了。日记终止于2009年3月15日，也即"4·20"大案发生前一个月。当天，许教授只是记录了一下天气和自己的饮食。

但他最后写的几句话，却吸引了苏眠的注意。

以前，国内从未出现这样团队性质的连环杀手。国外即使有，也绝不像他们这样训练有素、能力素质优秀。我之前一直想要做出每个人的精准画像，帮助专案组抓住凶手。一张、两张、三张……我已经做了十多张画像，却没抓到几个人。我最近一直在想，是不是我的思路错了？

如果他们是一个无懈可击的团队，我要画的，到底是几个人？到底是谁？怎样才能将这个团队一举击溃？

这晚苏眠睡得一直不太安稳。迷迷糊糊的脑子里，许教授日记中的话，总是反反复复地出现。隐隐感觉到有个念头就要破茧而出，但又抓不住。

结果这天天没亮，沉睡的韩沉就被这女人摇醒了。一睁眼，就看到她黑着两个眼圈，炯炯有神地望着自己。

"韩沉！我读懂许教授的话了！我有新想法！我要画的，到底是几个人？到底是谁？不是三个人，是一个人！不是他们各自的画像，而是画出这个组织的画像！"

韩沉微蹙眉头："组织的画像？"

"对！"苏眠的目光变得幽沉，"还记得许滴柏的话吗？'我的人生早已结束。直至遇到他，才开始真正地燃烧。'这个组织只体现一个人的气质、一个人的灵魂。做出了组织的画像，就做出了那个人的画像……"

她顿了顿，又道："他们所围绕的、第七个人——S的画像。"

初冬的天空总是灰白，鸟儿嘶哑地叫着掠过窗口，建筑物显得很寂静。

苏眠立在圆桌前，人依旧漂漂亮亮，头发却被她自己一早上抓得像鸡窝。还有根圆珠笔插在头发里——权当发簪用了。

黑盾组众人坐在桌旁。韩沉离她最近，长腿交叠，手肘撑在椅子扶手上瞧着她，倒是见怪不怪了。苏眠浑然不觉自己的邋遢，习惯性地伸手捋了一下长发，转头看着众人。这动作她依旧做得极美极有范儿，于是男人们都笑了。韩沉也笑了笑。

苏眠满不在乎地扫他们一眼，乌黑的眼睛里写满冷冽，开口道："七人团的第一个共同特征：他们都曾经遭受过严重心理创伤，并且这创伤都来自家庭。"

众人的神色也沉肃下来。她继续说道："狙击手T，我们已经查知了他的身份和家庭。他有那样一个父亲，如果不是因为父亲的自私，他现在很可能已经是奥运金牌选手，而不是作为连环罪犯自杀结束生命；

"A，他的背景刚查清楚，更不用说，贫穷艰难的家境，惯偷被人打死的父亲，病死在家中的母亲——这些都会对当年还是孩子的他，造成很大的心理冲击；

"L，虽然还不清楚他的身份，但基于前期对他的画像，他生活在一个长期压抑扭曲的家庭，才导致了他的心理变态；

"此外还有辛佳。虽然她的家庭富有而有名望，但是她死前却对韩沉说了这样的话：'很多事，并不像表面那样光鲜；很多人，过得也不像表面看起来那么快乐。是他们发现了我，救赎了我。'这话的暗示意味其实挺明显的。而且她一个千金小姐，工作也是在高校里，跟外界接触很少。除了家庭，还有什么能带给她这样的伤害？"

讲到这里，苏眠倒是下意识瞟了韩沉一眼。就事论事，这儿倒是还坐了位能带给辛佳巨大伤害的人。

她的眼神韩沉如何不懂？

他的神色淡淡的——没搭理她。

旁边的小篆却是一拍大腿："对哦！真是每个人都遭受了家庭伤害！"

唠叨插嘴："但是小白，总结出这个，有什么用呢？"

苏眠微微一笑，抄手往桌子边缘一靠，答道："尽管许湳柏和R的情况，我们还不清楚，但以许湍柏的家庭状况和他的性格，以及许父在'4·20'之后的突然病重死亡。我想，许湍柏很可能也是得不到父亲和家庭认可的，并且矛盾很大。

"天下变态何其多，并不是所有人都遭受过严重家庭创伤。从统计概率看，也就一半一半而已。六个团员里，却已经中了五个。这很可能不是巧合，而是……"

她顿了顿，又道："S挑选团员的标准之一。"

众人安静着。韩沉看着她，也没说话。

"七人团是个冷静、理智、聪明、残忍的团队。S作为核心人物，必然是其中的佼佼者。这样一个人，却制定了这么一条'感性'的标准。只能说明，S对这一点，执念非常非常深，甚至有可能是他变态的成因。"她说道，"所以，可以得出S的第一条画像：他曾经遭受过极其严重的家庭创伤。"

唠叨、小篆都若有所思地点头。冷面开口："严重到什么程度？"

苏眠想了想，答："譬如长期的虐待，譬如家庭中有可能发生过弑亲案件。"

众人静了静。苏眠继续说道："S的第二条画像：他很可能是警务系统或相关专业的工作人员。即使不是，也必然在这个系统中学习过。也就是说，他曾是警校生或在相关专业求学。"

大伙都听得愣住了。苏眠笑了笑，解释道："七人团的第二个共同特征：忠诚。对于心理变态者来说，利益不能使其忠诚，强迫亦不能，唯有理解和共鸣可以做到。S理解他们，并且能给他们指引，被他们视为精神领袖。

"而在他的带领下，这个团队是什么样的呢？首先，组织严密，几乎从不留下作案痕迹和证据。一次作案，做到这一点，还比较容易，那么多次作案，就很难了。加之每个杀手的犯罪手法还不同，就会涉及痕迹鉴定、地理学、犯罪心理学、刑侦、法医学等多方面的知识。这就说明，S对警务知识和运作流程，非常非常了解。

"其次，T的狙击、A的爆破、R的挖心……既能发挥个人所长，又能彻底释放他们心中的情绪，让他们得到满足和享受。这说明，S还懂犯罪心理。

"这种懂，与高才生邵纶的自学模仿画像还不同。邵纶当时虽然做出了司徒熠的画像，但他的犯罪手法其实是拙劣的、青涩的，所以反过来被司徒熠控制。但S，却是能利用犯罪心理学，或者还有刑侦学的知识，以及对警务系统的了解，带领每个团队成员，形成自己独特、安全并且变态的犯罪手法。我想，这也是为什么他们屡次提到'真正开始燃烧自己'的含义。

"而国内警务系统和犯罪心理学现状，对系统外公开的学习机会其实很少。就好像你如果不是系统内的人，很难查阅、搜索到相关资料。他要熟悉到这个程度，就必须在系统内工作过或者学习过。"

苏眠一口气说完这番话，小篆频频点头，韩沉静默不语，唠叨挠了挠头，冷面思维也很敏锐，又问道："许滇柏也满足你说的这两个条件，会不会是他起到这个作用？"

苏眠摇头："不可能。首先，他不够聪明，设计不出这些犯罪手法；其次，如果真是他设计的，那他就应该成为精神领袖了。"

唠叨插嘴道："那有没有这种可能——他不一定是警务系统的人，但他是个犯罪老手，跟警察周旋多年，一直没被抓到，所以才这么了解警务系统？"

苏眠还是摇头："不会。这就说到S的第三条画像了：当年，他的年龄应该在20～30周岁，男性的可能性较大。"

唠叨吃了一惊："这么年轻？"

苏眠点头："就这么年轻。两个原因：一、已知的七人团的几个成员，年龄都不大。当年T和A甚至还不到二十岁。如果S的年龄与这些人差距较大，承担的又是精神领袖身份，那对于这些遭受过家庭创伤的团员来说，就一定会成为'父亲'一样的存在。但是无论是许滇柏坠崖前谈及S的态度，或者L和R的诗歌中谈到S的词句，并没有流露出这样的情感。相反，更多像是把S当成他们中的一员、他们的核心。所以我推测，他们的年龄相差不会大，很有可能是同龄人。二、当年七人团的作案，突然崛起，突然爆发，公开挑衅警方，并且也导致了后来的血战、七人团的败落。尽管计划周密老练，但做事风格显得意气。

"另外,女性的作案特点,一般来说,跟男性是不同的,会更细腻,杀人手法也会不同。但这个组织及其成员,从始至终,没有表现出任何女性的气质。所以我想,领导者更可能是男性。"

这番话说完,众人都点了点头。

苏眠又道:"最后三条画像:第一,这个组织的每个人,都有自己擅长的一门专业技术。有些是具有天赋,但全都离不开后天学习和培养。专注于专业知识或技术,也能在一定程度上,对心理变态者时常波动的情绪,起到安抚和缓解作用。所以我想,S 必然也擅长一门专业技术,并且很可能将其作为自己的身份伪装。

"第二,S 能让这么多的成员信服并且忠诚,还能精湛地设计犯罪,他必然是聪明的、博学的,具有很强的个人魅力。

"第三,S 能将这么多人聚集在一起,加以培养,必然需要一定的财力才能做到。"

讲到这里,众人都看向桌前的白板。刚才讲述的过程中,苏眠已经写下了关于 S 的六条画像:

1. 现年 25 ~ 35 周岁,男性;

2. 曾经遭受过严重家庭创伤、长期虐待或发生过弑亲案件;

3. 高学历,成绩十分突出,博学;

4. 富家子,能够自由支配相当数量的资金;

5. 当年曾经是警务系统或相关专业工作人员,或者曾在相关专业求学过;

6. 擅长一门专业技术,并将其作为职业。

"五年前的案件,警方必然审讯过大量的嫌疑人、证人或者涉案相关人员,还有当年参与办案的所有刑警、民警……"苏眠说道,"首先在那些人里寻找 S,说不定会有收获。"

这时,沉默许久的韩沉看她一眼,开口道:"我也来画个像。"

他也来画像?

苏眠找了张椅子坐了下来,瞅着韩沉。其他人也颇有兴致地看着他。韩沉没有苏眠那套犯罪心理学家的讲究,做个简报还非得站着、还昂首挺胸、还得画白板。他就垂眸沉吟片刻，椅子一转，看着众人。

"还记得 T 策划的一系列犯罪吗？"他问道。

众人微愣。

"T 的作案，有四个显著特点：

"一、做饵。他先狙杀了名单上的人，让警方以为，他的目的就是惩罚这些人。当然，这是他的目的之一，却不是他最主要的目的；

"二、善用舆论。通过前期丢出的饵，他的犯罪获得媒体舆论的高度关注。这就让他在后期实施真正的那次惩罚时，产生最大的社会影响力；

"三、时间的精确控制。就像苏眠刚才所说，这一点，是基于他们对警务系统的了解、对我和苏眠的了解。当时在进山参加 CS 真人比赛前，我们已经查找到他的住所、车辆，就快追查出他的身份。他却利用这短暂的时间差，在两天时间内，集中完成了犯罪。而能做到这一点，是因为他前期进行了极为周密的策划。"

他讲到这里，众人都纷纷点头。回想起来，T 流水行云般的犯罪过程，的确让人记忆犹新。这时韩沉的表情却越发淡漠，道："四、他的真实目的，始终隐藏得很深，不露任何端倪。直至最后一刻，才大白于天下。而那时，他的目的也已经达成，大局已定。"

众人都一怔。苏眠也一愣。她望着韩沉那乌黑沉凝的眉目，脑海里像是模糊捕捉到什么，心跳也加快了。

这时韩沉话锋一转："再看辛佳，对犯罪的策划能力虽然远不如 T，但也有异曲同工之处。那天她利用苏眠的事为饵，将我诱到深山中，一路不断制造假象，想让我以为她已万念俱灰疯疯癫癫。却将她的真实目的，隐藏到最后——想要诱我进毒气室，成为植物人。"他抬眸看着众人，"按照 T 的背景资料，他年少离家后就音信全无，应当是进入了 S 的犯罪集团。所以他的犯罪能力，很可能如苏眠所说，也是 S 培养的、受 S 影响。辛佳也一样。所以……"

他嗓音一顿，苏眠已经接口："……所以 A、L 和 R，很可能也是这样的风格。"

韩沉看着她，漆黑的眼宛如墨色渲染，点了点头。

一旁的唠叨，若有所思地开口："也就是说，现在他们三人所做的一切：爆炸、蜡像、绑架小篆和法医，都只是饵。因为之前的挑衅信，我们都以为他们的目的是和黑盾组决战、为死去的团员报仇。这是他们的目的之一，却不是他们最真实最主要的目的？！"

冷面沉思片刻，也抬头："利用舆论，时间控制。"他的话语虽然简洁，但其他人都听明白了：这两点，他们跟 T 也是一样的。现在他们三人完全是舆论、媒体、网络最关注的话题，接下来他们无论做什么，都将是举城瞩目。而现在虽然获得了一些身份线索，但还需要些追查时间——这与数月前，T 案件中途的情况，何其相似！

"所以……"韩沉看着众人，下了结论，"他们还有个真实的目的，隐藏得很深，并且从未透露，根本不是我们看到的那些目的。那才是他们进行这一系列犯罪的初衷。而他们真正的作案，即将开始。"

会开完了，黑盾组开始分头忙碌。周小篆的任务是深入调查受害者之间的联系。这也是他最擅长的事。他干脆找了间安静的小会议室，干劲十足地将所有档案资料都搬过去，打算大干一场。

资料比较多，他在办公室和会议室之间跑来跑去，结果经过走廊时，却远远瞧见，苏眠一个人推门进了间储物室。他眼尖，居然叫他瞥见苏眠手里还有盒烟。

这还得了？老大可是不许她抽烟的啊！小篆立马将资料放回会议室，就悄悄地又溜到那间储物室门口。

门半掩着，没开灯，阴阴暗暗，堆满东西，还有点发霉的闷味儿。小篆皱眉：她抽烟也不找个好地方。

他探头进去，一眼就瞧见坐在窗前一堆箱子上的苏眠。

小篆却愣住了。

窗帘拉开了一半，有光线透进来。苏眠盘腿坐在箱子上，手里夹着支烟，低着头，一口又一口地抽着。她的头发被抓得更乱了，脸似乎有些白，又有些红。

小篆怔怔地推开了门："小白……"

苏眠也抬头看着他。夹着烟的手没动。

黑盾组里，最了解苏眠的人，不一定是韩沉，而是周小篆。他看到她这个样子，一下子就明白过来。

"你害怕？你在害怕什么？"

否则，怎么会一个人躲在这里抽烟？

要知道，他印象中的小白，从来是天不怕、地不怕，即使有时候会焦躁，会发脾气，会为韩沉担惊受怕，但是小篆真的没见她惧怕过什么。虽说恐高，但若为了抓犯人，多高的楼她都能把自己摔下去。她不怕死，七人团再凶残，她也没怕过。

周小篆立马带上门，跑到她身旁，也挤到她身边坐着："你到底怎么了？要不要叫韩老大来？"

"不要！"苏眠立刻否定，她静了静，又抽了口烟，抬头望着景色氤氲的窗外。

要怎么解释她的心情呢？本来，第七人S，对于她，只不过是个模糊的存在。昨天受到启发，今天做出他的画像。那个原本模糊的轮廓，却似乎在她心中，变得具体起来。

他极其聪明而残忍，渊博而好学。他对警方很了解，对她也很了解。他能让所有变态杀手俯首帖耳，他曾经意气风发，现在却按兵不动。

她失去了记忆，被他的组织藏在江城数年。如果不是韩沉的坚持，她永远也不会再恢复苏眠的身份，永远只能做白锦曦。而很多人随之死去：白锦曦、她的双亲、苏眠的母亲、许慕华……

现在，韩沉又推理得出，他手下的A、L和R三人，做这一系列案件，还有个真实目的隐藏其中。

苏眠又抽了口烟，慢慢地说："小篆，我有没有跟你说过，我曾经梦到另一个人吻过我。"

周小篆一呆，又听她轻声说道："我怕的，是S。"

苏眠的确一向是个天不怕地不怕的人。

她不怕对手的凶残，也不惧危险与伤害。A、L和R残忍张狂到这个地步，也只能更加激起她的执拗和血性。害怕他们？怎么可能！

可是，当 S 的那幅画像，在她心中诞生，某种似曾相识的、仿佛在她身体里沉眠已久的感觉，却突然就侵袭了她的心。

那感觉就是恐惧。

对 S 的恐惧。

他就像一片深渊，安静、神秘、强大、冷酷。你无法回头，一回头，可能就会身陷其中。

"我怕的，是 S。"讲完这话，苏眠的一只手就苦恼地插进长发里，低头继续抽着闷烟。小篆的嘴巴张得大大的，脑子里转了好几个弯，才喃喃道："所以……你觉得他们的终极目标是你？"

苏眠沉默了一会儿，答："嗯。韩沉说，要找前面那些案件之间的联系。其实他没说，还有一个联系，就是我。战书是下到我手里的；歌谣必须有我才能破解——因为只有我了解他们；舞是跳给我看的，你还记得 L 跳舞那段视频中，A 和 R 都站在画面左侧，右侧的大片空位都留了出来吗？那是给谁留的？我和 S。"

周小篆倏地睁大眼，话也说不出来。却听苏眠继续焦躁地说道："最后，在你和徐法医之间的选择，也由我来做。解密方法是右手无名指指纹，这代表什么？而他们打算杀掉的，也是喜欢我的徐司白，而不是你。"

周小篆失声道："我明白了！所以他们三个搞这么多，是想让你去做他们的压寨夫人？"

苏眠默了片刻，说："你给我闭嘴！这种时候能不能不要犯二！我觉得他们之前做的这些，与其说是在作案，更像是在传递讯息。"

周小篆奇道："传递什么讯息？"

苏眠望着指间缠绕的烟气，伸手捋了下头发，看着窗外："让所有人和我，都看到七人团的存在和七人团的精神。让世人感到恐惧，而对我，则恩威并济，折磨我的意志，摧毁我的精神。"

顿了顿，她又说："也许，我曾经的卧底生涯，让他们觉得，我终究还是会回到他们中间，成为 S 的女人。这一切，也许都可以理解成，他们对我的召唤，他们自以为的召唤。"

她讲得平静，周小篆却是听得全身寒意顿生。但苏眠这样解释，逻辑上的确就全通了！

　　"不行！他们简直是疯子！痴心妄想！你是黑盾组的一员，你和韩沉不会分开！关他们屁事！"他吼道。

　　苏眠看着窗外，又抽了口烟，没说话。

　　周小篆想了想，又问："那……那个 S，在这个过程中，扮演什么角色？会是策划者吗？"

　　"应该是。"苏眠轻声答，"你看五年前的案子，他也从未露面、不直接作案，只站在他们的身后。"

　　"可是这么多年，他们都不露面，他也不对你下手。为什么现在……"周小篆迟疑道。

　　这个问题，苏眠也无法完全解答。她安静了好一会儿，才答道："我不知道，当年到底发生了什么事，我也不清楚。不过现在他们决定出手……也许是因为，我不再按照他们安排好的身份生活；也许是因为，他们又有三个人，因我们而死；又也许是因为，我和韩沉终于再次走到了一起，黑盾组决意追查当年的真相。"她抬眸看着小篆，"所以这一战，终究是来临了。"

　　周小篆顿时也说不出话来。

　　苏眠丢掉烟头，双手抱着膝盖，也不再看他："小篆你先走吧，我静一会儿就好。刚才跟你说的这些话，不要告诉韩沉。我不想让他担心。"

　　"……哦。"周小篆默默点头，退了出去。

　　小篆离开后，苏眠又发了一会儿呆，这才从一堆箱子上跳了下来，打开窗户通风，等确定身上没有明显烟味儿了，这才朝门口走去。

　　她拉开门，门外是空荡荡的走廊。已经中午一点多了，外头没什么人。她刚往外迈了半步，忽然就愣住了。

　　门外墙边，靠着个人。

　　韩沉双手插在裤兜里，转头望着她，漆黑的眼眸，像一片深不见底的海。不知道他已经在这里站了多久。

　　苏眠脑子一转就明白过来，说让小篆不要告诉韩沉，可那货现在对韩沉死心塌地，转头肯定就一五一十汇报了。

苏眠一时没说话，他也没讲话。

想起刚才小篆跟他复述的每一句话：她对 S 的恐惧；她对 S 的意图的解读；她躲到阴暗的小房间里，一根又一根抽着闷烟，害怕又难过……

韩沉只觉得一股紊乱而冰冷的气流，在胸口回荡。他站直了，伸手就将这个倔强又柔弱的女人，拉进怀里。

苏眠的手轻抓着他胸口的衬衣，感觉着他的气息和温度，没吭声。

"五年前我二十二岁，丢了你，是我韩沉年轻蠢笨，对不起你。"

这话他说得又低又狠，苏眠立马抬头，心疼地望着他："你说什么，这怎么能怪你？我从来没怪过你。"

黑色夹克衬得他的脸更加白皙冷峻、脖子修长笔直，他低着头，直直地盯着她。

"我怪我自己。二十七岁的韩沉，不会再失去你。"他伸手扣着她的下巴，"什么都别怕，有我。我会将 S 绳之以法，我会让七人团不复存在。什么都不会令我们俩再分开，韩沉这辈子都会守在你身边。我说得出，就一定做得到。"

苏眠一下子就紧紧搂住他的脖子，眼眶也湿了："韩沉……韩沉……对不起，对不起！我不怕了！怕什么啊我！对不起！"

她也不知道为什么要道歉，但就是想要道歉。韩沉低头就吻住了她，堵住她所有话语。

青天白日的这个瞬间，整个寒冷的城市仿佛寂静无声。韩沉搂着她就这么站在城市的一角，一如之前每一天，一如之前每一年。

第五章
朝暮昏黄

这是一个阳光灿烂的冬日。

江面上的薄雾，还未散去。临江的商业购物中心，却已热闹非凡。

小雅站在半岛世纪酒店的某个房间里，正在擦窗户。大冬天的，冷水让她的手有些发红。她轻轻叹了口气，望着窗外无比繁华的街景。

她可真想去逛街啊。可还有一天的工作要做。能进这家超五星级酒店当服务员，领着不错的薪水，她必须加倍努力才行。

想到这里，她的心情又好起来。换个角度想，这里可是整片新开发商业区，最昂贵也最高的建筑，她就当是欣赏风景了。

年轻的姑娘哼着歌，很快就擦完了正面窗户，呵了口暖暖的热气，对着玻璃欣赏自己的工作成果。正在这时，突然一声"啊"的叫喊从背后传来，吓得她湿抹布都丢在地上。

她一转头，就看到小艾灿烂的笑脸。

同为酒店服务员，年轻的男孩有着高挑的身材和白皙的脸，虽然下巴留着一撮小胡子，戴着副黑框眼镜，刘海也很长几乎要挡住眉眼。但是小雅见过他摘掉眼镜、拨开刘海的样子，很俊朗也很干净。尤其那双眼，瞳仁干净乌黑得好像没有一丝杂质。

想到这里，小雅的脸微微一红，推他一把："你干吗呀？总是吓人！"

小艾笑笑，很不见外地往她的肩膀一搭，这小举动又让小雅的心脏漏跳一拍。两人并肩看着窗外的风景。

"喂。"小艾忽然开口。

"干吗？"

"如果今天有不好的事发生，一定要记得往外跑，拼命往外跑。"他的语调懒洋洋的，说着莫名其妙的话语，"保护好自己。"

小雅怪异地看他一眼："你这个人，总是奇奇怪怪。会有什么不好的事？你咒我对不对？你最坏了！"

小艾笑笑，双手插在裤兜里就往外走："我干吗咒你？小心眼。总之记住我的话就对了！"

她转头，看着他大摇大摆走出房间，终于忍不住开口："小艾……旁边那座楼新开了家炸酱面馆，味道还不错。你晚上要不要去？"讲完这几句话，女孩的心跳都剧烈起来。

却见他身形一顿，像是沉默了一会儿，却没有回头。

"如果有机会，我再约你。"他挥了挥手，走了。

小雅望着空荡荡的门口，心里也不知道该高兴还是难过。什么叫作"如果有机会再约？"那到底是约还是不约呢？

只惆怅了一小会儿，就跟每个心怀梦想和爱情的普通女孩一样，小雅很快又变得高兴起来，充满干劲地开始擦窗户。这时，她注意到，刚才小艾站立的位置，正对的远方，一条繁华道路旁的角落，不太起眼的位置，停着辆警车，站着两个警察。

最近市里治安不好，到处都能看到警察，更何况是这种人流密集的地方，小雅已见怪不怪。那些爆炸啊、杀人啊，好像是隔得很远的事，她这种平头小百姓，生活还得继续。

不过此时此刻，她的目光还是被那两个警察吸引。首先是因为那个男的，即使隔得这么远，也能看得出来，他长得太帅太有味道了。他穿着黑色警大衣，还穿着警用靴，要不要这么酷啊？还有那个女警察，跟他同样的穿着装扮，漂亮极了，又漂亮又帅。

小雅望了他们一会儿，倒是有些钦佩和同情。这大冬天的，他们还在街头冷风里吹着，也不容易。听说前些天，还有警察受伤了。希望这两个看起来很好还很般配的警察，能够平安吧！

怀着这样温暖的心情，小雅打扫完这个房间，又往下一项任务进发了。

今天这一天，还很长。

苏眠站在警车旁，望着熙熙攘攘的人流，还有楼宇上方那些闪亮的招牌，有些发愣。

她有多久没逛街了？

自己都不知道。

印象中上一次跟这些女孩一样，穿得漂漂亮亮地走在街头，好像就是那次，韩沉非要给她买裙子。想想居然觉得自己有点可悲，那些裙子买回来还信誓旦旦要穿，结果却压在箱底，每天跟着韩沉风里来雨里去，一头扎进七人团这个泥潭般的案子里。

唉……想想她真是白长得这么不错了。刑警，白瞎了这张脸啊。

正臭美又惆怅地胡思乱想着，一旁的韩沉挂了电话，抬头看着她。

美人就是美人，无论是在素不相识的服务员小雅眼里，还是在苏眠眼里，看着韩沉高挑又笔挺的样子，尤其那双黑色警靴，简直帅得惊人。苏眠瞅瞅他，又瞅瞅他，都好这么久了，还被他的一个抬头一个身影，帅得心跳不稳是怎么回事？

韩沉也看着她。

十二月的空气，有些冷。她跟他一样，穿着黑色警大衣，偏还臭美地在腰间系了条腰带，立马显得腰身娉婷起来。她的脸被冻得有些发白，眼睛却依旧波光潋滟。都好了这么久了，每次她望着他，眼睛里却好像还有很多话语要说。

韩沉兀自笑了笑，伸手握住她的肩："回吧。"

"嗯。"

今天他们来这里，是因为相距不远的汉江边上的一个水质检测点报告异样，怀疑有人投毒。并且有目击者称见到了疑似 L 的嫌疑人，所以他们立刻带人到现场勘查。具体水质检验结果，还要过一段时间才出来。小篆留在厅里，全面汇总资料，相当于一个信息中枢；而唠叨和冷面，今早则赶往市内另一个地点，去走访一位报告见到过 A 的目击证人。

　　黑盾组不会放过任何一条线索。不管前方是陷阱也好，诱饵也好，他故弄玄虚，我自不动如山，仔细应对。

　　不仅韩沉和苏眠，今天徐司白也来了。按照厅里最新指示，只要发生异样，所有相关人员二十四小时待命。所以这里尽管还没有报告人员伤亡，法医也随车前来。

　　不过此刻，他跟几个警察，一直待在前方的一辆指挥车上，只跟韩沉和苏眠远远打过照面。韩沉还是老样子，就像当他是个普通同事，不会太热络也不会针对他，基本就是冷淡地疏离着。苏眠也没有主动去找徐司白攀谈。

　　她不知道能跟他说什么。

　　这片最近新开业的购物中心，看起来如此摩登而辉煌。汉江和长江在此处交汇，形成一个郁郁葱葱的半岛，只有一条跨江索桥，与岚市主城区相连。听说过江隧道和地铁正在修筑中，很快也会通车，那时候就会更方便。购物中心由国内著名的华延集团开发建设，以最高最豪华的建筑——半岛世纪酒店为中心，环绕建成许多高低林立的商场和步行街。据说地下的二期工程，原本打算一起开业，但因为什么原因延迟了。否则这片购物中心会更盛大。

　　光看地面的一期，才几天工夫，就热闹成这样，真是不得了。

　　虽然韩沉说要回去了，苏眠的眼神却又飘到那些花花绿绿的招牌和琳琅满目的橱窗上。这时就听到他的嗓音淡淡响起："就这么想去逛街？眼珠子都快掉出来了。"

　　苏眠没想到这他都能看出来，叹了口气，答："我表现得这么明显吗？"

　　韩沉看着她在阳光中清透如雪的侧脸，没说话。

　　岂止是明显？虽然人跟着他往车上走，身体却不停地左摇右晃着，显得很……不情愿？那双水汪汪的眼睛，更是一瞬不瞬地盯着街上，简直就跟……可怜兮兮的小狗似的。

　　这么个大美人，却委屈又可爱成这个样子，还是为了屁大点的事儿，只叫男人胸中气血轻轻翻滚，要拿她怎么办好？

　　想到这里，韩沉又笑了笑。这时却听她又开口了，一本正经的样子："繁华隔岸仰望，刑警的心却在天涯。"转头望着他，"我现在不逛街，是为了让她们能够开开心心安安全全地逛街！当然了，破案之日，我要在这里豪买到口袋空空！哼哼……想起来几个月工资都没怎么花了，好多钱呢！"

她兀自絮絮叨叨，韩沉望着她又变得意气风发的俏脸，却有些入神。

繁华隔岸仰望，我的心却在天涯。

这女人时不时蹦出的一句话，却似乎总能说在他的心坎上。他知道她跟他一样，他们心中的东西，一直都一样。静默片刻，也不管周围人潮汹涌，他伸手将她搂进怀里。

苏眠抬头，有些莫名地望着他："干吗？"

冬日晴好湛蓝的天空下，韩沉的脸仿佛也沾染着霜雪之气，白皙而轮廓分明。他低头看着她，眼睛里有湛黑而散漫的一点笑意。

"这个案子完了，不做警察了。"他淡淡地说，"天涯海角，都陪你去。"

苏眠微愣了一下。

"……好啊。"她慢慢地也笑了，眼珠一转，甚至开始憧憬起来，"你不是说将来想去教书吗？你教刑侦，我教犯罪心理。嘿嘿，就不知道我会不会误人子弟。咱们先出去玩几年，再回警校教书。"

"好。"韩沉只说了一个字，然后就握住她的手。两人都戴着黑色手套，隔着层柔软的布料，苏眠却也能感觉到他掌心的力量。

未来被描绘得这样自由而充满色彩，尽管周遭还是嘈杂又不安稳，苏眠的心却仿佛也徜徉起来。真的好想好想，就这样跟着他走啊。天涯海角，两个人，就跟神雕侠侣似的，终于可以日日夜夜、年年月月。

可心中刚浪漫感伤了一小会儿，苏眠立刻又想起另一个严重的问题，皱眉道："不行啊，我们走了，他们三个怎么办？"

唠叨、冷面和小篆。

苏眠脑海中立刻浮现出各种画面——她和韩沉潇洒地转身离去，不带走一片云彩。而冷面，大概只会默默凝望，说一声："保重。"然后转头扛起黑盾组的所有工作。

唠叨大概会一直絮絮叨叨个不停，把他们送出警局又送到车站，最后受不了情感上的冲击和离别的痛楚，开始语无伦次地说一大堆，最终哭哭啼啼地送别。

而小篆……

苏眠无奈地摇了摇头，他肯定会抱着她和韩沉的大腿，不让他们走。最后干脆打包自己的行李，说："那就带我一起走吧！"

想到这里，苏眠扑哧一笑，抬头看着韩沉说："我们要真走了，他们三个，才像可怜兮兮的小狗呢。"

韩沉也淡淡笑了，手臂一用力，将她又搂得更紧了一点，答："那到时候听你的。想走就走，舍不得他们，想回来时就回来。"

这个折中的假设，苏眠非常满意，用力地点了点头。她看着他桀骜又漂亮的眼睛，又转头看看周围没人注意，心中有些情意难平，踮起脚，抬头就亲了一下他的侧脸。

两人站的是较偏的街角，没人。韩沉又是个我行我素的性格，此刻就斜靠在警车上，手扶着她的腰，任由她跟猫似的主动献吻。他的眼中也泛起淡淡的笑，抬起头，看着与两人相距不远的人群。

高楼环绕中，购物广场更显得阳光通透、人流涌动。街头的品牌店放着轻快的音乐，有人进进出出，有人漫步徜徉，还有人牵着一堆彩色气球，从人群中走过。

然后，那堆气球突然就松了线。韩沉目不转睛地看着，红色、蓝色、黄色、绿色……一共七个气球，同时缓缓升上天空。它们飘浮在众人头顶，飘浮在阳光中，显得格外醒目。

微风吹得气球慢慢旋转，挨个露出它们背后印着的字母：

T、S、R、A、E、L、K。

韩沉抱着苏眠未动，目光只在气球上停留了一瞬间，就敏锐地、若有所觉地越过它们，落在了背后那栋建筑上。

那正是半岛最高建筑——世纪酒店高达六十余层的主楼。其中某一楼层的某一扇窗户后，一个身形高挑的男人，穿着艳丽的小丑服装，站在玻璃背后，模糊的面目，似乎正望着他们，在笑。

徐司白靠在车窗旁。隔音效果很好，窗外的景色于他而言，是寂静而繁华的。车厢里有几个刑警在讨论什么，但跟他没太大关系，他也没怎么听。

偶尔一抬头，就看到相距不远的警车旁，那两个人就像一幅画，同样的漂亮，站得也很近。

徐司白并不太想看，但他们好像总是出现在他的视野里。

"徐法医。"有刑警微笑着打招呼，递给他一瓶水。徐司白有些心不在焉地接过，低声说了声谢。对方只是笑笑，也已经习惯了法医的沉默和冷淡。

徐司白拧开水瓶，慢慢地喝着。明知不应该，可他明白，那真是一种执念。被她放弃后，他才感到真正的不甘。他有些自嘲地放下水瓶，目光，又朝他俩的方向望去。

却是一怔。

警车旁，已经空了。

他们，去了哪里？

他的目光如同风一般，有些急促地、不受控制地在人群中搜寻起来。然而隔着深黑色的玻璃，一时间只望见人头攒动，五彩缤纷，哪里又有那两个人的影子？

他推开门，走下去，举目四顾。

就在这时，像是呼应他的焦躁一般，被他放在汽车座椅上的对讲机，突然响了。与此同时，其他几个刑警肩上的对讲机，也同时收到信号。

"我是韩沉。发现目标，重复，发现目标。"即使隔着对讲机，那个男人的声音也是低沉而有力量的。但徐司白并不喜欢他的声音，以及他的一切。从第一次见面起，就不喜欢。

大约是因为，第一次看到她望他的眼神，就充满了不可捉摸的情愫。

而那时他就知道，她永远不会用那样的眼神看自己。

所有刑警都紧张起来，徐司白立在车边，神色依旧淡淡的。这时就听到韩沉继续说道："立刻通知秦队长，启动一级戒备。"他的呼吸有些低促，还有隐约的风声，似乎在跑动，"要求立刻调集大批警力，对人群进行有秩序疏散。特警队同时待命，必要时准备强攻。"

刑警们尽皆悚然，立刻都跟热锅上的蚂蚁似的，分头忙碌起来。打电话的打电话，找人的找人。他们训练有素，讯息立刻迅速扩散出去。一时间，整个半岛上执勤的几十名警察已经收到讯息，全副戒备起来，向世纪酒店靠拢。秦文泷办公室的电话，也同时被打通，情况被一五一十地汇报给他。

徐司白也有些焦急。他很清楚，如若真像韩沉所料，今天是七人团的最后一战，苏眠必然首当其冲十分危险。此刻他们俩在哪里？她在哪里？

他的脸色白皙而冰冷，眼睛却在人群中更迅速地搜寻着。结果真让他隔着人山人海，在相距甚远的前方大厦下，捕捉到那两个熟悉的身影。

人群依旧是平静而热闹的，阳光很盛，每个人的脸色看起来都很轻松。其实找到他俩并不困难，因为他们看起来那么格格不入。两道黑色的身影，一个高大，一个娉婷，却同样敏捷，正向前快速穿过人群，朝目标所在的世纪酒店靠拢。那么义无反顾，两个人都没有回头。

徐司白心中忽然有某种苦涩而温柔的感觉，极速弥漫而过。明明他俩是往危险去了，他带着她去了，可他的感觉就像之前每一次，目睹他俩的离开。他陪在她身边三年，却原来没有像韩沉这样，真正地陪伴过她。

这时，韩沉的声音又在对讲机中响起了："来两个人，支援我和小白。我们在……"他报出了地址。

立刻就有两名刑警整理好随身枪支，跳下了车，神色都很严肃。

徐司白只静默了一秒钟，就走到他们面前："我去。"

刑警们都是一愣。一人开口："法医，这是真刀实枪的战斗，对手都是悍匪。您还是……"话还没说完，徐司白已伸手抽出他腰间佩枪，动作并不算很快，但绝对敏捷轻巧。因万万没想到他会碰枪，所以刑警完全没防备到。

众人的神色更愕然了，他却持着枪，手臂下垂，平淡地道："如果是近身搏击战斗，法医也会有自己的攻击和防守手段，不会输给刑警。走吧。"

他的态度这样毋庸置疑，又是一副冷冰冰的样子，旁人反而不好再拒绝他。一名身手最好的刑警看看其他人，点头道："那就我和法医去。你们盯紧了，随时联络支援。"

剩下几个人点头，目送他俩的背影奔跑离开。却有人在心中嘀咕：似乎在上次的劫持事件后，徐法医看起来就有些不同了。但仔细一想呢，依旧是往日那副清隽、沉默、冷傲的样子，具体哪里不同，又说不上来。

而徐司白持着冰冷的手枪，穿行在人群中，看着远处那一抹若隐若现的倩影，心中却摒除了一切杂念，只剩一个念头——如若今天真的是与七人团的最后一战，他只想要保护她。

即使她对他没有留恋。

他依然舍不了她，舍不得她。

韩沉和苏眠快步逼近世纪酒店的外围。从外部看，酒店并无异样。辉煌的建筑立在阳光中，花园栽植得如同宫廷般绚烂华丽。门童依旧在指挥停车、取拿行李，因为开业没几天，人并不多，偶尔有客人和服务员从他们的视线里走过。

两人在门口观察了一会儿，就等来了援兵。看到徐司白，韩沉的表情没什么变化，而苏眠微微一怔。徐司白的神色也很平静，走到她身边，目光温和地望着她。

苏眠刹那就明白了他眼神的含义。静默片刻，只轻声说："你小心。"

"你也是。"他答。他没穿警服，依旧是色泽浅淡的外套、质地柔软考究的长裤，整个人高大清瘦，就这么立在她身旁。

而韩沉，站在她另一侧，神色静默。

那名跟着过来的刑警叫丁骏，也探头观察了片刻，问："韩组，现在进去吗？"

韩沉的眼眸沉黑无比，摇了摇头："不要轻举妄动，等秦队那边整体部署好再行动。"

丁骏想了想，又问："咱们要是疏散了人群，又派来特警队，万一那三个罪犯又跑掉了怎么办？岂不是这么大阵势，又扑了个空？"

"不会。""不会。"苏眠和韩沉同时说道。

苏眠抬眸，看着金碧辉煌的酒店主楼，无数个窗口仿佛数不清的眼睛，正俯瞰着地面的芸芸众生，冰冷而无情。

韩沉看到了七个气球升上天空，看到了小丑躲在窗户后的笑容。这是七人团的正式宣战。他们不屑于雕虫小技，他们高傲而自负，他们同样期待着这一战。所以，他们不会让黑盾组扑空。

时间一分一秒地流逝。每个人都安静地观察着。明明才过去了一两分钟，却好像已经很久。

就在这时，韩沉的手机响了。他冷着脸接起，是秦文泷。

"情况怎么样？"秦文泷焦急地问。

韩沉简短而迅速地将刚才的情况汇报了一遍。

"好。"秦文泷答，"我已经在调警力了，特警队也已经出动。但是无论调集警力还是疏散人群，都需要一段时间，你们随机应变，一定要注意安全。"

"知道。"

秦文泷话锋一转，又说："另外，刚刚还发生了件很重要的事。几分钟前，我们接到报案，证实就是半岛酒店集团的总裁何亚尧本人亲自打电话来报警。他现在人就在酒店里，说接到了一封署名为 A 的恐吓信。他的情绪十分激动，要求警方马上过去处理。何亚尧是本市著名人士，厅领导也十分关心他的安全。你过去看看，有没有线索。"

韩沉开的是免提，其他人听得一清二楚。苏眠心里咯噔一下——来了。

磅礴的半岛建筑群、数不清的市民、一闪即逝的小丑、被威胁的商界要人……虽然还不清楚，七人团到底打算怎么做，但显然，他们的计划已一步步地展开。

在等待着黑盾组的入局。

挂了电话，韩沉抬头，扫视酒店内林立的建筑群。据秦文泷所说，总裁何亚尧此刻就在酒店的一幢独栋别墅，他的住所里。

"过去看看。"韩沉道。

其他三人没有异议。厅领导都下了指示，他们肯定要过去看。更何况很可能还藏着七人团接下来的计划。

四人亮了证件，顺利进入酒店。秦文泷所说的别墅并不远，绕过主楼，背后就是，只隔了一片绿茸茸的草地。此刻正是上午十一点多，阳光暖融融地照在草地上，反射出点滴光泽。这一幕如此平静而温暖。

四人踏上了这片草皮，抬头看着不远处的别墅。

轰轰轰轰轰——一连串的爆炸声，震天动地的爆炸声，如同雷鸣般，在他们脚下，在他们周围，轰轰烈烈地响起。苏眠的耳朵里瞬间就失去声音，只看到相距几米的别墅，朝他们倒塌下来。而她脚下大片大片的草皮，轰然下陷。她看到徐司白和丁骏同时下坠，这样的天旋地转天崩地裂中，徐司白竟然还奋力转身，朝她伸出手，那身手快得惊人。苏眠下意识伸手就要拉他帮他，身旁却有一只手，更快更有力地握住了她的手腕。苏眠心头一震，恍然间就撞上韩沉那湛黑而惊痛的双眼。他身子一倾，就将她整个护在怀里。

一切都发生在电光石火间。

四人急速下坠，跌入漆黑的地底。而地面上，一片烟尘破碎，迅速堆积掩埋。

突然发生的爆炸，令酒店里的人全惊呆了。很多人从楼宇里、房间里跑出来，看着坍塌的那片草地和别墅，完全陷入恐惧和茫然了。

"报警！赶快报警！"有人尖叫着、跑动着。

"有炸弹！快跑！"场面顿时乱成了一团，恐惧如潮水般擒住了每个人的心。

却暂时无人知晓，四名警察被埋在了下面。

而酒店之外，整个广场上、数栋商厦里，所有人都同时一静。

他们都听到了爆炸声。近的，像可怕的雷鸣；远的，像重鼓落下。酒店方向，隐隐还可以看到烟尘和火光。

"怎么回事？"

"发生了什么事？"

"刚才是有什么炸了吗？什么声音，你听到了吗？"

…………

数千人，竟然能够同时保持寂静。只有低低的嗡嗡的讨论声，响在广场各个角落。而各家商户的音乐声，还在奏响，清晰又欢快。

就在这时。

滋滋滋——电流讯号的声音，从人群上方传来。

不少人抬头望去，就看到原本悬挂在各个商厦、各个楼层上的液晶显示屏，原本播放着不同广告的显示屏，一时间竟如同被点亮的火焰，一面面地在众人头顶闪现——

闪现出相同的画面。

一个人出现了。

一个男人。

一个戴着小丑面具、短发乌黑而柔软的男人。他穿着极为正式的西装和白衬衣，面具后的双眼，狭长、清澈且含着笑意。

"大家好，我是A。"

当这个声音响起，广场上的众人全都一片茫然。而站在酒店门口的服务员小雅，惊讶地伸手捂住了自己的嘴。

A的嗓音里笑意却更浓了："这里的一千人。哦不，大概是两千人……你们被七人团劫持了！"

五分钟后。

省公安厅办公室内，灯光异常明亮，也异常寂静。

秦文泷和周小篆相对而坐，大眼瞪小眼。

秦文泷猛吸了口烟，脸色铁青："你说什么？他们劫持了一个广场的人？"

周小篆默默地点了点头，给他看手里平板电脑上的画面。那是现场警察拍摄传回来的，但事实上，现在这些视频，网络上到处可见。

"A说：通往大桥的路上，到处埋的是炸弹。谁想死谁就逃跑。"周小篆无奈地解释道，"所以现场的人都吓坏了，全都听凭他发落。"

秦文泷狠狠地骂了句娘，但怒火过后，很快冷静下来思考。他手夹着烟，摸着自己的下巴，说道："七人团出现后，我们就加强了几倍的警力巡逻，这个半岛商业区也是重点监控区域，二十四小时巡逻不断。他们根本不可能有机会，埋下那么多炸弹。除非……"他抬头看着周小篆，脸色更臭了，"半岛商业区是上个月竣工的。除非他们提前一两个月，就制订了今天的这个计划，并且在施工完成前就混进去，埋好了炸弹。"

周小篆也狠狠地骂了句脏话，心中却想起几天前，韩沉所做的推理。他说七人团必然有个更深的目的隐藏着，并且早就计划好了。看来果然如此！

大敌当前，秦文泷自然也想到了身在前线的心腹爱将。他扯起嗓子就对门外大屋吼道："联系上韩沉没有？"

周小篆的整颗心都提了起来：他们可千万别出事别出事！

立马有刑警小跑进来，脸色也不太好看，答道："没有！联系不上。韩沉、苏眠、徐司白、丁骏，四个人的电话都打不通！"

秦文泷和周小篆一时都没出声。

秦文泷狠抽口烟，把烟头甩进烟灰缸里，抓起椅背上的外套站起来："队伍整理好了吗？"

刑警答："好了！可以出发了！"

"走！"秦文泷一拍周小篆的肩部，大步流星朝外走去。可周小篆简直忧心忡忡，内心又焦躁得如热锅上的蚂蚁，闷头也跟着秦文泷等人往外冲，这时手机却响了。

他一看号码，赶紧接起："喂喂！你们在哪儿？"

打电话来的人，正是唠叨。他和冷面今早赶往另一个城区，去查访一名声称见过Ａ的目击者。结果这名热心的老爷爷虽然的确看到了通缉令上的Ａ，还跟他们描绘了很久外形特征，但却说不清Ａ往哪个方向走了。

"当时是下班高峰期，本来他在小区门口站了很久，我出来遛弯，看得一清二楚。结果一眨眼，人就不知道去哪儿了。"老爷爷委屈地说。

唠叨和冷面只好作罢。结果刚结束访谈，就在手机里看到半岛酒店被劫持的消息，打韩沉他们电话又不通，所以立刻给小篆打了过来。

两人敏捷地坐回警车里，内心也是焦急如焚。唠叨对小篆道："我们还在西城，现在马上赶往半岛！"冷面已一脚油门，警车一头扎进公路上的车流里。

与此同时，半岛广场上。

轰——又是一声震耳欲聋的爆炸声，简直跟催命符一般，在广场上响起。

广场角落里的一座音乐喷泉，瞬间被炸得粉碎，夷为平地。尽管没有人员伤亡，但几乎广场上所有人，都已面无人色，被吓得扑倒在地，不敢再吵闹，也不敢再跑动。

而数个液晶屏上，同一个 A，眼中露出了满意的笑容。

刚才他宣布劫持后，整个广场都乱成一团，所有人都开始疯狂逃窜，根本没人听他说话。这大概令他很不高兴也很不耐烦。于是在许多人的视线中，他又按下了手中遥控器的一个按钮。

瞧，现在不都老实了？

"咳咳……"他清了清嗓子，在镜头前走来走去。他所处的，是一块黑色的幕布前，没人知道他在哪里，葫芦里卖的是什么药。

所有人都惊恐地抬头，有人大着胆子站起来，看着画面中的他。

他忽然轻轻巧巧地叹了口气，那语气甚至有些无奈和调皮："你们要听话。我们不会杀你们，保证我们不会杀，那不是我们的目的。我们的目的只有一个。"

广场上的人，面面相觑。

他在面具后的双眼一弯，又笑了："我们只是想邀请你们，看一场表演。一场前所未有的盛大表演，仅此而已。"

大家还是沉默着，惊疑不定地沉默着。但他再三保证不杀，又提出了如此匪夷所思的要求。就有人大着胆子高声问道："什么表演？"

"是啊，什么表演？"于是有不少人附和。

"是不是看完表演，就放我们走？"

…………

画面中的 A，只是微微一笑，不答。

然后他侧转身体，朝身后的幕布一欠身，那动作优雅如同绅士，又带着几分少年般的清朗跳脱。

"下面，请演员们登场。"

他讲完这句话，就退出了画面。而他身后的幕布徐徐拉开，竟真的是一个灯火辉煌的舞台，呈现在众人眼前。

第六章

两个世界

"什么？看表演？"

秦文泷坐在一辆指挥车里，听着下属的汇报。他再次被七人团的不按常理出牌，震得脸色古怪又铁青。

"是的。"刑警的脸上也写满了莫名其妙，"他们劫持人质后，没有主动跟我们联络，也没有对外宣称公布任何谈判条件。他们只要现场的人，看一场表演，并且说他们不会杀人。"

车内的其他人，也都陷入沉寂。

一长溜的警车，飞速奔驰在公路上。秦文泷脸色紧绷，手指在车窗上敲了敲，内心也在犯嘀咕。虽说这是一群疯子，但是按照之前的案情、韩沉和苏眠的汇报，这群疯子倒一直说话算话，喜欢遵守游戏规则。难道他们的本意，真的不是要杀人？

沉吟片刻，他又开口："韩沉还没联络上？"

他身旁的周小篆一直在不断地打电话、打电话。听到他询问，周小篆紧握手机，表情都快哭出来了："还是打不通……"

这时旁边另一名刑警放下手机，但是他的脸色更不妙了，微一迟疑，对秦文泷说道："老大，不好了！现场的同事已经找到了韩组他们的行踪——半岛酒店里有目击者看到，第一次爆炸发生时，他们四个恰好在场，全被埋里头了！现在几个同事正在组织群众挖掘，但是……埋得很深，情况很不乐观！"

车内的人全都悚然一惊，秦文泷眸色猛地一敛，周小篆更是一副呆掉的表情，张了张嘴，什么话都没说出来。

"挖！往死里挖！必须给我救出来！"秦文泷暴喝道，"上当了！那个何亚尧是个什么臭孙子！贪生怕死帮着罪犯坑警察！"

车内一片寂静，负责联络的刑警立马抓起电话，原封不动怒吼着把话传了出去："挖！往死里挖！必须把人救出来！"

这时，一名刑警喊道："表演开始了！"

话音未落，包括秦文泷在内，大家全都迅速低头，朝电脑屏幕望去。

苏眠醒来时，首先闻到的是呛人的烟土味儿，还有属于地下的、潮湿土腥的气息。全身各处都很痛，皮肤上到处是刮伤刺痛的感觉。但并没有疼到无法忍受的地步。

她睁开眼，看到黑漆漆的上空，就像个大窟窿。短暂的视盲后，她终于看清，自己躺在一片泥地上，身上压着不少破碎的木板和泡沫板。而周围，看着像是还未修筑完成的一小片地下工地。全是泥地，墙边堆满了杂物，还有个很暗的灯泡，悬在相距不远的上空，难怪她能看见。

她又动了动手和脚，发现还能行动自如。这让她的心稍稍一定，三两下推开压在身上的东西，转头就去找：韩沉！韩沉在哪里？还有徐司白和丁骏。

她的身后，是一片坍塌的废墟。此刻望去，阴暗又杂乱，她算是被埋在最外围最浅的，一时看看不到半点其他人的身影。

她心中一急，扑到废墟前，埋头就开始挖。可刚挖了几下，就冷静下来：这要挖到什么时候去？一低头，感觉有什么细细的东西轻轻擦过自己的下巴，定睛一看，正是她挂在脖子上的那只哨子。

心念一动，她赶紧将哨子含进嘴里，一边拼命地吹，一边继续翻开压在一起的残垣杂物。

这里，大概已经是地下很深的位置。空空旷旷，还有很重很重的潮湿寒气。而模糊的灯光下，她的身后，似乎还有条长长的通道，通往大片开阔的、光线更亮一些的区域。远远望去，影影绰绰一片，似乎就是已经建成、还未营业的二期地下商场。

清脆的哨声，就这样穿过潮湿的空气，穿过幽暗的视野，一下子就回荡在整个地底。清清楚楚，一下接着一下，焦急又固执。

而砖木掩埋之下，不见光的角落中，又有谁，有几个人，听到这哨声，睁开了原本轻合的眼睛？

"韩沉！韩沉！徐司白！丁骏！"苏眠喊了几句，又开始吹，越吹越响，搬开的东西也越多。这时就见沙砾木块中，有好几处似乎在动。她心中一阵狂喜，然后就看到离自己最近的一块大木板下，一个人的身体轮廓挣扎着露了出来。他一手就推开了那块木板，首先伸出来的那只手上，熟悉的铂金戒指正套在那修长的无名指上。

苏眠一下子就扑了过去，握住他的手："韩沉！"

压抑而窒闷的黑暗中，韩沉其实只昏迷了一小会儿。

脑海中最后的画面，是他和苏眠急速下坠，而他将她护在怀中，用后背替她挡住大量的下坠坍塌物。

男人有时候是种奇怪的动物，尤其是韩沉这种心性比较横、心思比较沉的男人。明知此举会有生命危险，可他抱着她时，内心却是平静的。当两人跌到地面，巨大的冲击力终于令他脱手，松开了她。看到她应该是安然无恙，他便心思一松，昏了过去。

然后就是哨声。

清脆得像鸟鸣般的哨声，两人往常打打闹闹时他已听过无数遍的哨声，就这么急匆匆地撞进他的耳朵里。地面的爆炸当时就发生在他的身后，他的耳朵里还有嗡嗡嗡的余音，耳膜似乎已经麻木。可那哨声，小小的模糊的哨声，却仿佛能唤醒他全身的所有神经。

睁开眼的一瞬间，他望着眼前黑洞洞的一切，辨清哨声就在离自己很近的位置。

他甚至还扯了扯嘴角，笑了笑，然后一把推开身上的堆积物，爬了起来。

苏眠的心都快要跳出来了，看着他满身灰黑地站了起来，昏暗的光线中，那张脸却依旧俊朗而轮廓鲜明，他的眼睛黑得像水底的石头，牢牢地锁定了她。

苏眠一下子扑进他怀里。什么都不必说，他紧搂着她的腰，低头在她脖子上轻轻一吻。

两人很快就松开，继续挖掘搬移那些堆积物。

第二个被挖出来的，是徐司白。他被埋在一堆土块下，幸而他也醒了，不知道是否也听到苏眠的哨声。当他伸手推开一块砖土时，就被韩沉看到了，与苏眠合力，将他从土堆中拉了出来。

徐司白的伤势也不重，只是些皮肉伤。不过跟他俩一样，浑身上下也全是灰土。原本蓬松的短发乱得不成样子，白皙的面颊也沾染着污迹血渍。但他性子沉静，倒半点不慌，只是被他们救出来后，道了声"多谢"，就直直地看着苏眠："你有没有受伤？"

韩沉看了他一眼，目光淡漠。苏眠点头答："没事，我们俩都没事。"

"帮把手……"有些沙哑的嗓音，在另一侧响起。三人立刻转头，就见丁骏推开身上的砖木，也从地上坐了起来。但他的面容看起来有些扭曲和痛苦，双腿却没拔出来，像是被什么压住了。

韩沉和徐司白同时冲过去，将他身上的东西搬开。苏眠紧随其后，这才看到丁骏的双腿都被压得血肉模糊，尤其是右腿，大概是撞到了什么坚硬物，连皮带肉被剐掉一大块，骨头都能看到了。

"别动！"徐司白脱下外套，身上只留薄毛衣和白衬衫，在丁骏跟前蹲下，动作迅速地替他做简单包扎。韩沉搀住丁骏的胳膊，问："能走吗？"

丁骏咬牙："没事，能走！"

很快徐司白就包扎完了，但这于他的伤势，并不会有太大帮助。苏眠几乎都可以想象出，丁骏会有多疼。但到了这个境况，也只能咬牙坚持。

韩沉扶起丁骏，苏眠站在他身侧，徐司白又守在她身旁。四人抬头，看着周遭这个昏暗又寂静的地下商场。

他们所处的，应当就是一小块未完成的工地。而透过面前的一条走廊，可以清晰地看到，前方开阔的空间里，大片光洁的大理石地面，还有洁白如新的墙壁，未点亮的数盏吊顶灯，以及一些商场常见的货架、液晶屏、广告牌等陈设。

这一幕若是在光亮处看，自然是时尚且漂亮的。可此刻是在空无一人的地底，光线浑浑噩噩，一切就显得阴森极了，仿佛一个不真实的世界，透出几分说不出的诡谲。

韩沉又抬头看了看上方，漆黑一片，显然已经被封死，周围光秃秃的土墙，也看不出有什么可以明显往上攀登的地方。沉吟片刻，他开口道："往前走。"

其余人没有异议。苏眠心里更是清楚：七人团费尽心力，将他们诱到这里，必然只能往前，才能看到他们的后招，才能与他们展开这最后的周旋，找到生机和出路。

四人都掏出枪，沿着那条狭窄的通道，缓缓前进。周遭依旧是寂静的，没有半点人声和脚步声。以韩沉和苏眠的耳力，可以判断周围没有人。

他们很快就走出了通道，来到了那片开阔的大厅里。这里依然没有人，只是墙壁下方一长排的应急照明灯都依次亮着，所以光线比他们之前所处的位置，要好很多。

苏眠握住韩沉的手，轻声问："现在怎么办？继续往前走吗？"

徐司白和丁骏也扫视着周围。韩沉没答，他的目光落在四人对面墙上的那面液晶屏上。

因为液晶屏下方亮着一点红光，那是电源指示灯，意味着它的电源是接通的。

其他三人也注意到了，盯着屏幕，不自觉地屏气凝神。

大概只过了两三秒钟。

滋滋的微弱电流声响起，画面陡然一闪，亮了。

一个男人出现了。

戴着小丑面具的男人。

苏眠顿时睁大了眼。

只看了一眼，她就知道，这个人不是A。A有着松软的头发，眼睛是细长细长的，即使穿着黑色风衣，气质也是明朗而张扬的。

这个男人却不同，头发很短，紧贴着鬓角和额头。他穿着西装，没打领带，坐在一个看起来很普通的酒店房间里，坐姿笔直。即使看不清楚脸，也能感觉出他的气质沉稳。而面具后的那双眼，是漆黑而淡漠的。

他是七人团中的另一个人。

"Hello."他看着他们，轻声开口，那嗓音明显经过变声器处理，尖细又难听。

然而一开口，他的眼中就闪过狡猾而冷漠的笑意："我是 L。欢迎来到……The last show（最后的表演）。"

地面广场。

若说之前人群还显得惊疑不定，现在，他们全都紧张地看着大屏幕。

这些令人毛骨悚然的罪犯，到底要给他们看什么表演？

简直难以想象。

白晃晃的阳光下，液晶屏折射出耀眼的光。画面中的幕布，已经完全拉开，舞台上，竟然坐着六个人。

六个看起来没什么特别的人。

最左侧，是一位五十余岁的老者，穿着质地考究的西装和皮鞋，脸部保养得极好。即使此刻他的脸涨得通红，神色显得很紧张，那相貌也是儒雅而贵气的。一看就是个有着社会地位的人；

他身旁，是一位三十余岁的青年，同样是西装领带，面目俊朗，也吓得微微发抖，脸色发白；

中间，是一个女人，三十出头，穿着桃红色的长裙，显得十分美艳窈窕。高跟鞋足有十厘米，一看便是那种精致的女性。

她的右手边，同样坐着个青年男人，三十二三岁的样子，戴着副眼镜，清隽中显出几分书卷气。他全程都低着头，似乎不愿意看屏幕。

再往右，是个四十岁的男人，比起前面几位，他的气质显得糟糕许多，尽管也衣着华贵，但是大腹便便还有酒糟鼻，一张胖脸又红又紫，一副吓得要死的模样。

最右也是最后，也是名老者，年龄看着比第一位还要大一些。但他看起来，明显跟前面的人格格不入，穿着件厚厚的绿色军大衣，里头也是半旧的衣服和长裤，脚下是一双有些破的跑步鞋。一看就像是那种常年在工厂里待着的老头。

台下的人看着他们，全都不明所以。这时 A 的声音在画面外响起："先自我介绍一下吧。"

也不知道他用什么手段威胁，就见那六个人，挨个抬起了头。

"我是……"第一名富贵老人，慢慢地、有些艰难地开口，"半岛酒店集团董事长，何经纶。"

此言一出，众人全都低声议论纷纷。

然而紧接着几个人的自报身份，更是令"观众们"张口结舌。

"我是半岛酒店集团总经理，何亚尧。"坐在老人身边的金贵年轻男人如是说。

"我是半岛酒店集团公关部经理，陈素琳。"美艳女人颤巍巍地说。

书卷气的青年男人也抬起头："我叫季子苿，是一名建筑设计师。"顿了顿，又说，"负责半岛集团所有的建筑设计。"

中年胖子在他之后，哆哆嗦嗦地开口："我叫……我叫张福采，负责半岛集团的一些项目施工。我是、我是包工头。"

最后一名老者面红耳赤地说："我叫周丰茂，以前住在这里，是'红英纺织厂'的退休厂长。"

这时人群中有人"哦"道。因红英纺织厂以前就坐落在半岛上，不久前搬迁拆除了。

此刻，距离整个劫持事件发生，才过去了几分钟而已。

秦文泷等人坐在奔驰在路上的警车中，看着电脑屏幕传来的画面，也是满腹疑窦。

"他们到底想干什么？"有刑警嘀咕道，这几乎是把半岛酒店集团的核心层和相关方，都给绑架了。

秦文泷脸色阴沉，紧盯着屏幕，没说话。

周小篆脑子转得很快，他突然就想到了之前的另一起七人团案件，想起了 T，失声道："难道这个集团有问题？他们是想像 T 一样，主持正义，轰轰烈烈地做惩罚者？"

看这架势，真有点像。可话一出口，周小篆自己都觉得不可思议。之前这几个人，还视人命如草芥。现在怎么可能突然转性，做起道德审判了？

这不可能吧……

那他们的目的，到底是什么呢？

众人都目不转睛地盯着屏幕，这时秦文泷却开口了："从画面、A的反应和与市民的互动看，这场表演不是提前录制的，而是实时进行的。立刻调集半岛酒店资料！看哪里有这样的舞台设备！让我们的人小心过去搜！"

众人眼睛一亮，秦文泷却又冷声问："将全部民众安全疏散撤离需要多久？"

一名刑警为难地答："头儿，事情发生得太突然了。如果算上拆除通往大桥路上炸弹的时间，再加上调集船只和直升机，把那么多人撤离，至少也需要五六小时，或者更多……"

秦文泷紧绷着脸，静默不语。这时众人又同时低头，看向电脑画面。因为A开始报幕了。

"第一幕：父子情仇。"A的画外音，再次懒洋洋地响起。

台上的六个人，只剩下三个。其他三人，都战战兢兢地走下了台。

剩下的，是自称集团董事长的何经纶、其子少董何亚尧，以及公关部美女经理陈素琳。

此刻，广场上的人，心情大约是紧张而好奇的；警察的心情，全是紧绷而警惕的。然而相距甚远，广阔的网络上，此刻关注着案件进展、观看着"直播"的更多的人，也许也感到害怕，但更多是好奇和兴奋。

这一幕是何其荒诞，可它就是发生了。发生在我们早已平凡而乏味的生活里！

舞台上，有两张沙发，还有些桌椅等家居摆设。少董何亚尧跟陈素琳，走到了沙发边坐下。何亚尧咬了咬下唇，开口道："宝贝儿，你晚上又要去老头子那儿？"

陈素琳嗯了一声，似乎迟疑了一下，才靠到他肩膀上："去……去啊，他可是老当益壮。"

何亚尧把手放在她肩上，又有些结巴地说道："那你说，在、在床上，是我厉害，还是老头子厉害？谁让你更快活？"

广场上的人群，一片哗然。

平心而论，他们的"表演"是极蹩脚的，一看就是被人威逼的，可他们讲出的内容，却是极具惊爆效果的。此刻只要是看着"表演"的人，心中都涌起个念头——想要知道接下来的内容！

然后就听到陈素琳答道："当、当然是你厉害。"

何亚尧又说："那你今天去他那边，记得吹点枕边风，让他同意……同意'超级项目'的方案。"

陈素琳点头答："好。"

然后她就起身，走到了舞台另一侧的父亲何经纶身边，伸手抱住了他。

幕布缓缓拉上。

第一幕完。

所有"观众"的心中，都想到一件事——莫非这些罪犯的目的，真的是要揭露什么惊天内幕？

与此同时，地底。

韩沉和苏眠等人，面对的同样是液晶屏幕，只不过，是自称为 L 的男人的脸。

打完招呼后，L 便敛了笑，那双幽幽沉沉的眼睛，像是隔着屏幕，盯着他们："长话短说，有六个人，被我们囚禁在地底，跟你们在同一空间里。想必说到这里，你们也明白这次的任务是什么了？多么令人兴奋的迷宫之旅啊。囚犯们，先来自我介绍一下吧。"

韩沉等人紧盯着屏幕，没说话。

然后就看到画面一闪，大概已被 L 操纵切换，出现了六个相同大小的画面，排列在屏幕上。每个画面里，都有一个人。

一个被绑住的人。

苏眠心念一动，举起手机开始录像。

第一个人，坐在一个光秃秃的空间里，背后是雪白的墙，完全看不出是在哪里。他是名五十余岁的老者，衣着华丽，面容紧绷。他抬起头，哑着嗓子说："我是半岛酒店集团董事长，何经纶。"

第二个人，坐在一个极其阴暗的地方，什么都看不出来。他是个跟老者长得有些相似、西装革履的年轻男人："我是半岛酒店集团总经理，何亚尧。"

第三个人，是个女人。

第四个人，坐在一个更暗的空间里，唯独脸被照亮，他的呼吸也很急促，像是有些喘不过气："我是、我是季子苌，建筑设计师。"

…………

如果苏眠他们有看到地面上的情况，就会发现，这六个人跟地面屏幕上的六个人，长相完全不同。但是他们暂时无从得知。

就在这时，众人头顶传来轰的一声巨响，又有炸弹爆炸了！苏眠心头一震，身旁的韩沉已一把将她抱进怀里。而画面中的众人，也先后发出惊呼，显然也是被爆炸声所惊吓。丁骏和徐司白，也猛地抬头望去。

一切很快又恢复宁静。他们面前的液晶屏却又是一闪，L 的面具脸再次出现，他显得有些不太耐烦，嘀咕道："真是抱歉，一定是 A 玩得开心，又乱点炸弹了。不用管他。"他眼中闪过笑意，"下面，我们来宣布游戏规则吧。你们只有三十分钟，找出这六个人，否则炸弹就会……砰！"

第七章

黑暗世界

"第二幕：黑色圆桌。"

舞台上，光线调暗。像是为了呼应这一幕的名字，少董何亚尧、年轻才俊建筑设计师季子苌、中年暴发户施工方张福采，围着简陋的小圆桌而坐。

当然，究竟他们是真的，还是地底的六个人为真，暂时不为大众知晓。

何亚尧首先开口："一定要把那块地拿下来。'超级项目'能赚多少个亿，我们心里都清楚，你们能分到多少，也很清楚。"

季子苌迟疑："但是少董，那块地……"

何亚尧打断他："你闭嘴！你只要负责设计就好了，地质勘探那些公司和部门，自然有人搞定。"

季子苌就不说话了。

一旁的张福采笑笑，凑过来："少董，你放心，我一定安排得妥妥当当！"

何亚尧笑道："对了，那个老头搞定了吗？红英纺织厂？"

张福采一拍胸脯："交给我！那老头就是一傻×，说为了厂里的一百多号老弱病残，不肯搬迁不肯关厂，宿舍也不肯挪走。我会让他们走的。"

…………

幕布再次合拢。

无论是广场前的"观众"，还是网络上聚集的大量市民，都真的已被这出"表演"所吸引。虽然它的背后，是以炸弹、鲜血和生命为筹码。

大家也都大致理解了这出戏的脉络，不过是这个城市、这个时代，随处可见的一个故事。那个阶层的人的利益勾结和交换，以及见不得光的逼良为娼。

广场上的气氛，大致是平静的。可与此同时，警方却是争分夺秒，箭在弦上。

汉江大桥。

秦文泷和周小篆等人跳下车，望着远处的半岛商业区。隔着一两公里的距离，只见蓝天中云朵飘浮，长江和汉江静静地环绕流淌，建筑群在阳光下看起来依旧肃静而恢宏。完全看不出，一宗惊悚的世纪大案，正在其中发生。

周小篆望着望着，心头一酸，但又立刻斗志昂扬："头儿！我跟特警队过去了！一定会把他们安全带回来！"

秦文泷点点头，看着大队特警，全副武装、伏低身躯，从各个方向，朝广场潜行过去。

这时，一名刑警跑过来："头儿，拆弹专家们已经到位！的确在下桥公路和环岛公路上，发现了数枚炸弹！"

"拆！安安静静地拆！"秦文泷低喝下令，又抬头看了看半岛，"船只和直升机调集好之后，暂时待命，不要打草惊蛇。"

桥头，通往半岛的交通咽喉之地，警察们、专家们，全都如火如荼地紧张忙碌起来。现在的局势，秦文泷心里很清楚：七人团以数千人为要挟，占据了半岛。尽管水上船只和直升机能救出一批人，但这条主路才是关键。

七人团再神通广大，再未雨绸缪、提前数月就埋下了炸弹和制订了这个计划，他们也只有四个人，不可能真的跟数百名警察正面对抗。所以秦文泷现在可以大胆地调遣部队，一点点地收复这条生命之路——当然，是冒着生命危险。

只是需要时间。一小时，或者几小时？

现在问题来了。以七人团计划的周密性，这一点必然也是在他们预料当中的。

所以，他们到底想用这段时间，干什么？

"第三幕：伪君子的堕落。"

灯光明亮，红英纺织厂老厂长周丰茂，依旧是那副清贫装扮，站在灯光之下。

这是一段他的独白："我一定不会卖掉厂子！我们是国有企业改制过来的，一两百号老老小小，都跟着我谋生活。这两年，厂里的效益已经有改观了，大家都指望着我这老头子。而且，如果卖掉厂子，卖掉宿舍，现在房价这么高，拿到的赔偿款，他们能去哪里住？天地良心，我一定不会卖！"

广场上的众人，全都看得聚精会神，也有人低头窃窃私语。甚至还有胆子大的人，大声喊了句："好！"

然后，暴发户包工头张福采走上了台，两人在桌前坐下。

两人是背对着镜头的，所以观众们只能听到他们的声音、看到他们的动作。

周丰茂道："说什么我都不会卖的！"

张福采没说话，举起手，比了个二。

周丰茂道："不卖！"

张福采举起三根手指。

周丰茂道："不卖！"

四根。

五根。

周丰茂沉默下来。

张福采嘿嘿笑了，大声说："有钱能使鬼推磨，周老头，这个数，你几辈子都挣不来。赶紧签字吧！这还不识相，小心你一家老小，尤其是你上大学的儿子！至于你厂里那些工人，就按照正常标准嘛，那些钱，也饿不死他们了！"

周丰茂抬起头："我签。这件事，别说出去。"

…………

广场上的观众们，再次哗然。

"竟然真的签了！"

"没骨气！真是伪君子！"

"老奸巨猾！"

"揭露他揭露他！你们要炸就炸他们吧！"

不少人高声喊道，广场上一时竟有些沸沸扬扬。

而此时，距离整个事件发生，也不过过去了十几分钟。

幕布，再次合拢。仿佛这真的只是一场像模像样的表演而已。

地底。

待了这么一小会儿，苏眠就感觉到更潮更重的凉意从空气中袭来。讲完最后一句话："找出这六个人，否则炸弹就会……砰！"之后，L 的图像，连同六个受害者，瞬间就从屏幕上消失了。

周遭归于沉寂。

四人一时都没说话。

韩沉松手，让受伤的丁骏暂时靠在墙边坐下，然后朝苏眠伸出手。苏眠立刻将刚才录下的片段点开，递给他。徐司白也上前一步，低下头，三人一起看着。

以苏眠平日里臭美的性子，她的手机拍照效果倒是极好的，将刚才的大屏幕拍得很清晰。苏眠全神贯注地看着，这次能够看得更仔细：

囚禁六个人的地点，拍摄得最清楚的，是那个中年胖子，自称张福采的包工头。他满脸横肉，神色惊恐，坐在一面白墙前，但是身旁没有任何其他摆设，或者明显标志。一盏灯照耀在他头顶，他的双手被绑在身后。镜头只照到他的膝盖处，裤腿上有些斑点痕迹，看不清是什么。而地面上不知道有什么，在他脸上映出些很浅的光线波纹。

"水。"三个声音同时响起。

苏眠抬头，就看到韩沉和徐司白对视了一眼。三个人都没说话。

也就是说，张福采坐在一个有水的地方，水不深。

而六个人里，画面最阴暗的，是那名长相俊雅的建筑设计师季子芫。L 大概放了盏很小的灯，在他脸部下方。整个画面里，只能看清他的脸。周围一片黑暗，他的身形看起来有些佝偻，整个人像是缩着的，呼吸也显得很急促。

"狭窄空间。"韩沉开口。

"他在一个封闭缺氧的地方。"徐司白的声音几乎同时响起。

苏眠抿了抿唇,没说话。

她一直知道,徐司白是聪明而敏锐的。但以前每次跟她配合查案,他鲜少关心推理破案方面的事,只把所有精力放在法医鉴定上。

但今天,他全神贯注、全力以赴。

也许是因为,事态紧急,人命关天。但他此刻在韩沉面前,也毫不掩饰自己的冷傲和执拗。

唉……

苏眠瞅瞅他们两人,一个冷峻,一个清隽,即使此刻低头看着同一段视频,破解同一个难题,气场也明显十分不合。但现在哪是考虑这些事情的时候?苏眠也懒得管了,继续低头看着画面。跟他俩的捕捉细节不同,她更多地是从心理和行为的角度去思考,L会倾向于把这些人,藏在哪里?

当然,他们现在也可以不管这六个人,不按七人团的套路走,直接去寻找出口。但以L的性格,只怕会恼羞成怒,真的直接杀了这六人;此外,从刚才的爆炸声听来,地面已经一片混乱,他们出去了,又要如何把七人团找出来?留在这里,虽是人在瓮中,却也是顺藤摸瓜、正面交手。

视频已再次快播放到尾声,那一声爆炸,也响了。画面中的六个人,纷纷被惊了一下,表情更加恐惧。苏眠却在想一个问题:现在只有两个人的线索相对明显一点,这么大一片地下,要怎么锁定其他四人的位置?

这时,韩沉拿着她的手机,又点了循环播放。周围的光线朦朦胧胧,他站得笔直,黑色警大衣的毛领子有些乱,挡住了脸,警靴上也满是灰尘。那张脸却显得轮廓分明,手指在屏幕上滑动,前进、后退、慢放、快进,看得很专注。

每当这个时候,这个桀骜而聪明的男人,总是能带给她某种静好而安定的力量。

而徐司白虽然浑身气质冷漠,但是站得离韩沉很近,俊脸微垂着,也看得十分入神。

两个男人步骤一致,却都一致没说话。

苏眠伸手摸着下巴,脑子也转得飞快。

张福采。

有水的地方，浅浅的水。

商场的什么地方有水呢？蓄水池？不不，L怎么会把人囚禁在这么常规、没有技术含量的地方？

她脑海中灵光一闪：儿童游泳池？

不，不会。她又蹙眉。

这个张福采，一看就不是L心中好爸爸的形象，怎么可能将他放入儿童游泳池中？L会觉得这是玷污的。虽然不清楚七人团为什么选定这六个人，但肯定是基于总体计划的。而L对这种人，肯定只有嘲弄。

…………

她想她知道张福采被藏在哪种地方了。

正要开口说话，却听靠在墙边的丁骏喊道："你们过来看看！这里有商场平面图！"

韩沉放下手机，三人立刻走过去。

是商场常见的平面示意图，印在一块金属板上，然后下面是一根漂亮的柱子，立在墙边一角——大概是供顾客们参考的。

韩沉打开手机上的灯，四人在更亮的光线下，看着这幅图。

他们运气不错。制图人明显十分细致和严谨，这并不是一幅很"象形"的平面图，画出个大致轮廓就算数，而是笔笔直直工工整整的同比例图，甚至还在图形周围，用很浅的线条和数字，标出单位距离。

从图形看，地下二期购物商场，分为三层，占地极广，从半岛酒店开始，横跨整个广场。第三层最宽，一直到临近江边，都已经挖通了，单层有十来米高。而他们所处的，正是底层最左侧的一角。从刚刚那声爆炸声听来，应该就在他们头顶不远，也就是广场的边缘。

苏眠正有些茫然地看着，这时忽然就见韩沉伸出手，微一沉思，修长的手指，竟沿着平面图上每一层的线条边缘，一寸一寸地量了起来。

旁边的丁骏和徐司白同时一怔。苏眠心头却是一喜。

她就知道，韩沉一定会想出办法的！

——虽然她现在完全没看出来，他要用什么办法。

很快，韩沉就量完了。他一抬头，就看到苏眠目光炯炯地望着自己，欣喜又爱慕。韩沉微勾唇角笑了笑，刚要说话。

"声音。"清淡的嗓音，在一旁响起。

苏眠和丁骏同时转头望去，就见徐司白双手撑在那块平面图上，黑眸清亮："可以用声音来定位。"

苏眠看看他，下意识又看向韩沉。韩沉的脸色淡极了，跟没听到似的，也没看徐司白。沉默了几秒钟，他开口讲出答案："四个跟我们在同一层，距离较远的位置；一个在二层，一个在第一层。"

"声音的传播速度是三百四十米每秒。刚才那声爆炸发生时，他们的反应速度有细微的先后差别。"韩沉说道。

只这两句话，苏眠就立刻明白了。丁骏皱着眉，也露出了悟的表情。徐司白倒是神色平静不语，显然他也早想到了。

时间紧迫，韩沉没有解释得太细。他搀扶起丁骏，四个人快步朝前小跑，同时他对苏眠说道："最先听到爆炸声的是那个女人。我清楚记得在我们听到爆炸声前，她就已经低头。所以她离爆炸地点最近，应该在负一层，并且是靠近商场边缘的位置。"

苏眠点了点头，忍不住转头瞥向他的侧脸。这男人总是聪明敏锐得让你难以想象。声音啊、光线啊，谁破案会注意这些东西？可这些到了他眼里，却全成了重要线索。

"张福采、季子苌、何亚尧、何经纶，这四个人跟我们同在负三层。"他继续说道，嗓音低沉清冽，"爆炸发生时，他们的反应比我们晚一秒以上。这个距离，竖向做不到。只有三层中横向延伸得更远的底层、靠江边的位置，才能做到。"

苏眠已经完全听明白了，但还有一点疑虑："那中间层那个人呢？那个老厂长周丰茂？"如果是用声音距离定位，那么中间这个人，其实就有好几种可能。韩沉怎么知道他一定在第二层，太神奇了。

哪知韩沉淡淡地答："这个是瞎蒙的。"

苏眠惊道："哎？"

一旁始终沉默的徐司白，忽然看了他一眼。苏眠立刻读懂了他的表情、眼神——敢情刚才徐司白也想不通韩沉说的这一点呢。

前方通道依旧昏暗，两个男人的相处依旧没有融洽友好的迹象。

五分钟后。

前方，是一片女装区。灯光依旧是暗暗的，从外表看，这里已经完全装潢完毕。地面洁白晶亮，几乎所有品牌的 LOGO 都装修好了，很多店里甚至还摆满了塑料模特。眼看就是马上要营业的样子。

只是此刻在他们四人看来，自然有种阴森诡谲的感觉。

已经抵达了受害人可能被囚禁的区域，韩沉抬眸环顾一周，低头看向苏眠："他们最可能被藏在哪里？"

苏眠干脆地答："张福采，女厕。"

三个男人同时一怔，苏眠解释道："商场有水的，只可能有三种地方：蓄水池、儿童游泳娱乐区、厕所。"她讲了自己的推论，为什么排除了前两种，然后继续说道，"那就只剩下厕所了。L 的外表看起来也许成熟，但本质其实跟 A 一样幼稚顽皮，喜欢嘲弄表现。所以将张福采这种他绝对瞧不上眼的男人，囚禁在女厕所，比较符合他的喜好。"

哐当一声，又一扇门被推开。幽暗的应急灯源下，苏眠望着空空如也的女厕隔间，眉头皱得很紧。

怎么会这样？

没有。张福采不在这里。这个推论她本来十拿九稳，哪知竟扑了个空。

"走。"韩沉拉着她的手，去往门外。他面色沉敛，苏眠也兀自思索。

刚一出门，就看到徐司白和丁骏迎面走来。徐司白虽然高冷，对伤者却是体贴入微。此刻他搀扶着丁骏，让丁骏整个人都靠在自己身上。好在丁骏也够爷们儿，虽然脸色始终因为伤势而不太好看，走路跑动却是咬牙紧跟着他们。

"男厕也没有。"丁骏朝他们摇了摇头。徐司白则注视着苏眠，眼眸漆黑温和。

四人立在通道的交叉口。苏眠低头看了看表，距离 L 宣布开始的时间，已经过去了九分钟。

"怎么办？"丁骏有些发愁，"现在什么线索都没有，一个人还没找到。"

"不，有线索。"苏眠抬起头，看着他们三人，"在女厕没找到，也是一条线索——我原以为他们是按照喜好来藏受害者，但现在验证不是。这说明，他们是按照另一套标准、另一个原则和依据来藏受害者的。我们只要找出那是什么，我相信就能一口气将六个受害者都找出来。"

丁骏瞪大了眼："有道理！原来是这样！"徐司白静默不语，眉头沉凝不动，似在沉思。韩沉则转身看着她，苏眠也望着他。两人都看到彼此眼中漆黑的波澜。

"既然'应该'有水的地方全找过了……"韩沉说道，"那他就在'不应该'有水，现在却有水的地方。"

"那是什么地方？"苏眠轻声问。

"只有一个可能。"韩沉答道。

城区，往东边汉江行驶的一条主干道上。

12：00。距离半岛广场被劫持，已经过去了半小时。

警车被堵在拥挤的二环路上，动弹不得。唠叨烦躁地用手指抓着门把手，简直是坐立不安。

"怎么这么堵？怎么这么堵？"他瞪一眼开车的冷面，"你就不能想想办法？挑了条什么破路线？老大他们现在生死未卜，是生死未卜！我们还在这里堵车！我真想跳下车跑过去！你到底有没有办法！"

"闭嘴！"冷面难得地动了怒，俊脸绷得很紧，甚至很难得地一口气说了长句，"再吵你就滚下车！这是过汉江的必经之路，没的挑！"

唠叨也知道自己是太焦躁了，但又心有不甘，于是更像热锅上的蚂蚁，又探头出车窗外，像是自言自语又像是在抱怨："走啊！赶紧走啊！怎么不动啊……"

冷面没理会他的暴躁，黝黑的眼牢牢盯着前方，拿出手机："喂，我是黑盾组。二环常庆路段，为什么堵死了？我们在出任务！"

交管部门立刻给了答复："警官，前方两公里处，水管爆了，正在维修。

这个路段车流量一直很大，我们也没有办法，正在努力疏散分流……"

冷面的脸色又寒了一层。

然后他立刻挂掉电话，解开安全带，推门下车："唠叨！前方两公里有地铁站，跑步过去！"

唠叨立马应了，跟在他身后。同样穿着黑色警大衣的两人，全速奔跑，几乎像风一样，穿过车流和人群，没有回头。

地下。

"这里有人！"徐司白清冷的嗓音响起。

韩沉三人同时抬头，朝他的方向望去。

这是地下商场另一小块还在修建的工地角落，大致就在女装区的边上。比起已经装修好的商场，这里跟他们下坠处一样简陋。土墙上挂的是黄色灯泡，就那么一盏，照亮偌大的宛如洞穴般的工地。地上竖着数根钢筋柱，泥土里渗出浅浅一层水，浑浑浊浊，恰好符合画面中的条件。

刚才苏眠和韩沉相继做出推理后，答案就很明显了。若说是不应该有水的地方，那就是还在维修中的工地了，因为防水等措施都还没做好，就有可能有地下水渗进来。

于是他们根据平面图上临时标注的维修点，找到了这里。

只不过这里到处湿漉漉的，简直跟沼泽一样。旁边还竖了块"危险Dangerous"的牌子。

四人悄无声息地分头寻找。此刻，徐司白就站在最远的一个墙壁角落前，旁边堆满了钢筋和木材，挡住了众人的视线。

"救我救我！你们是不是警察同志？！快救我！"那人显然也看到了徐司白，沙哑而焦急的声音响起，几乎都有些喜极而泣。

苏眠听到这声音，心头一喜，跟韩沉一前一后，跑了过去。丁骏一瘸一拐，紧随其后。

果然是张福采！

这回四人看清了：雪白的墙面前，张福采被牢牢绑在几根钢筋柱上。因为在身后，所以刚才从画面里看不到。他那肥胖的脸煞白煞白的，双腿更是微微发抖。膝盖以下，都浸泡在浑浊的泥水中。头顶上方，还有几处在滴水。那境况简直惨极了。

"警察同志！你们终于来了！感谢你们！感谢你们！"张福采全身都开始扭动，声音又急又重，"我是半岛集团的开发承包商，这整个半岛都是我开发的。你们快把我弄出去，赶紧的啊！"

这人令苏眠本能地感到有些讨厌，但她还是立刻跟韩沉、徐司白一起，解开这人身上的绳索，将他从泥水中搀扶着拖了出来。

"哎哟！哎哟！"张福采一脸如释重负，谁知他一伸手，就抓住了徐司白的胳膊，整个肥胖的身躯都靠了上去，"扶我一把，我腿麻，走不动了。警察同志们，赶紧带我离开这里吧！"

韩沉四人却都没动。徐司白眉头一蹙。他虽然身材清瘦，但整天解剖摆弄尸体，力气却不小。手就这么一推，就把张福采推开了。

张福采差点没站稳，整个人都靠到了墙上，更是满身的泥。他的脸色一变："你这警察，怎么……"

"闭嘴。"徐司白还没说话，韩沉已极为冷淡地开口，看着张福采。张福采自然也是个有眼力的人，大约是被韩沉周身气场所迫，虽说对方只是个警察，他还是动了动嘴，却没反驳。而苏眠的眉头已经皱得很紧——这第一个获救的受害者，当真是让人感觉到一种说不出的不舒服。

"其他人被囚禁在哪里？"韩沉冷声问。

张福采愣了一下，看看这个，又看看那个，脸色变得有些惊恐和茫然："我不知道啊！我在酒店房间待得好好的，醒来就在这儿了！"

韩沉看他一眼，转身牵着苏眠的手往外走："走吧，找下一个。"

徐司白和丁骏紧随其后。张福采一怔之后，赶紧跟了上来，又说道："警察同志，你们要救其他人，也先把我送回地面去啊！这儿多危险啊！"

韩沉脚步一顿，转头看着他："找齐了所有人再出去。"

苏眠奚落地笑了笑："张福采，其他人都是你们集团的，你就不管他们的死活？"

张福采一张肥脸涨得有些发红，没话说了。

第八章

苏眠吾爱

离开这片工地，五人继续往商场深处走。此时已经过去了十五分钟。

然而刚往前走了几十米，韩沉、苏眠和徐司白就同时停步了。

被徐司白搀扶着的丁骏察觉异样，也抬头望去。而张福采不明所以：

"怎么停了？"

苏眠盯着右侧虚掩的一扇房门，下意识地将韩沉的手握得更紧。韩沉面色冷冽，两人对视一眼，松开手，分别拔出了腰间佩枪。

韩沉朝她比了个手势，意思是我先看看。苏眠点头，但是紧随他身后，几乎是寸步不离。徐司白并不习惯用枪，见此情形，还是拔出枪，跟在苏眠身后，注意她身边的情况。

"当心。"他低声在她耳边说。

苏眠没答。

丁骏也拔出枪，将张福采拉到一旁，戒备着。

这个房间没有挂牌子，看起来像是商场工作人员的办公室。但苏眠等人注意到它，是因为虚掩的房门内，有柔和的橘黄灯光投射出来，隐隐地，似乎还能听到极低的音乐声。听着，竟像是古曲《高山流水》。

它出现在这里，意味着什么？七人团意欲何为？

韩沉用枪口缓缓地挑开了房门。短暂的注视后，他举着枪蹑行而入，苏眠和徐司白紧跟进入。

房间里空无一人。

韩沉和苏眠习惯性地快速勘查起来，而徐司白则放下枪，抬头看着四周。

黑色简洁的木书架上，满满地全是书。苏眠原本神色极淡地扫视过那些书籍，慢慢地，却有些怔忪。

有天文学的书，也有数学、物理和哲学，更多的是文学，大多是欧美原版书。还有数十本《犯罪心理学》《变态心理学》，放在最低一层的角落里。

这些书……是谁在看？

书架边上，是一张梨花木沙发，仅仅扫视一眼，都觉得质地花纹温润古朴，是难得的好料。茶几上放着一套青瓷茶具、一盒火柴、一盒雪茄烟。

其实房间内的陈设简单无比，此外就是张原木色的书桌了。因为是地下，没有灯，墙壁上却画了扇窗出来。苏眠像是被某种直觉驱使着，放下了枪，走到了书桌前。

然后，整个人，仿佛瞬间僵住了。

桌上有张便笺。

白色的、最简单的纸张。方方正正一小块，用墨色镇纸压住。因为她的靠近带来的轻风，纸张的边缘，微微拂动。

上面，只有四个字，是她完全没有见过的字迹，清雅有力，几乎力透纸背：

苏眠，吾爱。

苏眠拿起这张便笺，一言不发地看着。韩沉和徐司白亦察觉到异样，竟是一左一右拥了过来。看到字迹，两人脸色俱是一变。韩沉首先接过她手里的纸，低头盯着，侧脸冰冷无比。

而苏眠抬起头，看着这陌生却透着某种熟悉感的房间。一个清晰的、带来彻骨寒意的念头，就这样无法阻挡地冲进她的脑海里——

这是 S 曾经生活过的房间的模样。

他来了，他就在这里。

跟他们同在一个地底迷宫里。

唠叨和冷面几乎是冲进了地铁站。大概是周末出行的人太多，又是主干道，地铁里也是人潮汹涌。两人连票也来不及买，直接跳过闸口，将证件在工作人员面前一晃，就下了楼梯。

远远地，就见去往汉江方向的站台上，一辆地铁正停靠着。车上满满的都是人，门上的红灯急促地闪烁着，似乎就快关门了。

"等等！"唠叨大喊一声，跟冷面两人几乎是飞奔而下。但这种呼喊向来是没用的，唠叨心里估摸着肯定赶不上了，哪知两人运气极好，等他们气喘吁吁地跑到了跟前，地铁还没开走，只是已经响起了最后的报警声，要关门了！

"怎么回事？在这一站好像停得久一些呢。"车门处，有人嘀咕。

唠叨大踏步上了车，钻进人缝里，转头看着冷面，急道："赶紧的啊！上来！"

冷面的身形顿了一下。他抬起头，迅速看了一眼这辆地铁，然后又看了一眼唠叨。唠叨也有些疑惑地看着他。

然后在门关上的一秒，他闪身进来了。

"L，你说这些警察，明知地下商场和地铁是陷阱，为什么还要走进来？"

"很简单。警察最可敬也最可笑的一点，就是总是要为了无关紧要的人的性命，去搭上自己。A，你在广场劫持了几千人，韩沉他们不会想不到；满满一地铁的人，冷面和唠叨，他们能不上车吗？"

"呵……我姐也跟他们一样傻啊，哎……"

"还有别的原因。"另一个声音，不急不缓地响起，"他们走进来，是因为很清楚，我们要找的对手是他们。还因为，他们大概坚信，可以战胜我们。所以不要掉以轻心，这一战，谁输谁赢，还不一定。"

"他们还有个真实目的，隐藏很深，并且从未透露。"

"他们利用一系列爆炸案，给这个城市和她制造恐惧。接下来，他们一定会带来前所未有的更大恐惧。"

"无论发生什么事，无论我们三个谁死，都不能影响计划。"

…………

这一天，正午。

苏眠随着韩沉和徐司白，寻觅于危机四伏的地底。终于遇见，S的信笺。

周小篆跟着一群特警，拼了命般地在挖掘倒塌的别墅和砖土。即使信念坚定如他，也压不住心中隐隐汹涌的悲痛。他恍恍惚惚地预感到，某些被深埋在地底的东西、某些人，也许永远挖不出来了。

而唠叨和冷面，与他们分开，却像是被同一只无形的手牵引：一早出现的报案者、被破坏的公路管道、站台上等待着他们的地铁……一切不过是最简单的障眼法和陷阱，他们却毅然纵身一跳，踏上一辆也许永远不会再回头的列车。

"第四幕：吾等梦想的坠落。"

依旧是灯火辉煌的舞台，几个人，围桌而坐。

他们在液晶屏中，真的就像唱作俱佳的戏子，一幕又一幕。而广场之上，所有人、无数双眼睛，紧张，观望，好奇。那是人的天性，谁都想要得到真相。

张福采——舞台上那个中年肥胖开发商——他为难地看着何亚尧："少董，出了点问题。地基刚挖到一半，发现地底土质太疏松，地下水量太大，所以可能需要增加建筑投入……"

他话还没讲完，那名年轻的建筑设计师季子苌就震惊而坚决地打断了他："张总，你到底在说什么？现在哪里是追加投资的问题！"他有些激动地看向何亚尧，"少董，问题没那么简单，我们的楼修不成了，否则将来有极大的安全隐患……"

集团董事长之子何亚尧，起初听到张福采的话就皱了眉。再听到季子苌的话，脸色更加不豫："你说什么？这个楼怎么可能不修？我多不容易才争取到这个项目，让老头子放心把钱投进来。现在你们要我放弃？不可能！一开始不是做过地质勘测报告，可以修吗？现在怎么又出问题了！"

张福采轻咳了一声说："少董，之前勘测公司的确定了土质没问题，但那只是两层地基。咱们不是已经跟他们打点过……让他们改成可以修筑三层地下商场吗？谁知道往下挖，就出了问题。"

"表演"还在继续。广场上，一片嗡嗡的议论声，甚至不断有人高声骂这几个丧心病狂的家伙。

"不管怎样，这个'超级项目'不能停。"何亚尧下了结论，又看向季子芪，"如果按张福采说的，加大建筑投入，稳固地基，情况会怎样？"

季子芪依旧在坚持："少董，这样依然存在很大风险。如果环境情况良好，那没有事。但如果遇到长江严重的洪灾，或者地震，或者万一地下水质和土质环境有大的改变……主楼和其他建筑群，就有倒塌的风险，那么后果就难以预计……"

哪知他还没说完，何亚尧就露出笑容，旁边的张福采也会意地笑了。

何亚尧道："我以为你在担心什么呢！长江都多少年没有发生严重洪灾了，地震更是没有。行了，这事儿就这么定了，按张福采的想法去做。你们记住，这个'超级项目'赌上了我全部身家，不管怎样，先把楼修起来，以后不断加固也行。这样老头子才会放心把集团交给我。我要是完了，你们全完蛋。"

灯光朦胧的房间里，苏眠望着周围陌生却熟悉的一切，沾染着S气息的一切。她的脸色变得煞白，眼眸却透出一种更执拗的黑，一句话也说不出来。

而韩沉单手插在口袋里，另一只手拿着那张字条，某种冰冷的却又像火一样灼热的情绪，就这么缠绕在他的胸腔里。

苏眠，吾爱。

那个男人，这样称呼她？

称呼他韩沉的未婚妻？

那个男人还曾成功地将她从他身边带走，赋予她新的名字和身份，将她妥善私藏，长达五年之久。

徐司白立在两人身后，脸色也如同霜雪般冰冷。他的目光，同样停在韩沉手上的纸笺上，静默不语。

　　刺啦——清脆的撕裂声，苏眠和徐司白同时抬头，就见韩沉脸上没有半点表情，三下五除二已将那信笺撕得粉碎，扬手丢进角落里，转身走了出去。

　　苏眠的心就这么狠狠地疼了一下，立刻追了出去。徐司白看着她的背影，漆黑清澈的眼，已无半点波澜，静立了好几秒钟，才出门寻她。

　　而苏眠一走出去，就看到韩沉立在走廊里，单手按在墙上，头微微低着。暗暗的光线中，高大的剪影轮廓如同冷峻的画。他的侧脸线条却是清晰的，那眉目明明英俊无比，却透着说不出的桀骜冷酷。

　　受伤的刑警丁骏站在一旁，朝苏眠打了个眼色。刚被救出的第一个受害者、令人有些讨厌的张福采，大概是有点怕韩沉，也乖觉地没出声，只是一脸的焦急和烦躁，大概是不知道发生了什么事。

　　苏眠走到韩沉身旁，将他的手从墙上拉下来，握住。

　　韩沉什么也没说，将她的手握紧，抬头看着前方："走吧，抓紧时间，继续找。"

　　苏眠也没吭声，走在他身侧。两人走在最前头，其他三人紧随其后。而苏眠望着他冰冷的侧脸，脑海中却再次浮现刚才字条上的字迹。她深知自己对 S 的恐惧，是深入骨髓的。这让她有些心慌，有些压抑，但更多的，却是强烈的抵触。

　　吾爱吾爱，吾爱个鸟。她只想狠狠地骂脏话。

　　正有些心绪不宁，忽然手被韩沉牵起来。他低头亲了一下她的手背，眼睛依旧淡淡地看着前方，没说话。但两人间，很多话也不必再说。苏眠将他的手握得更紧，心仿佛也被他握住了。

　　不必彷徨，不必害怕。跟着他，就好。他已不是当年初出茅庐的公子哥儿刑警，他已为她在这尘世里磨砺过千百回。他会将如鬼魅般的 S 找出来，他会将七人团全都绳之以法。

　　两人的亲密，寂静无声。

　　徐司白走在他们身后，却将这一切，他们眉梢眼角丝丝点点的情意，尽收眼底。

　　周遭的环境紧张而昏暗，生死依旧悬于一线。可这一切，好像都跟徐司白无关。他的心情有点平静，平静中却依旧有熟悉的钝痛。他走在这条也许永远也不能再见天日的地下通道里，脑海里，却有些恍惚地想起很久很久以前的某一天。

那是个非常空旷寂静的下午，江城的尸检所里，只有他一人，穿着白大褂，站在尸体前，蹙眉观察。

她就这样，第一次出现在他的视野里。

"你就是那个有名的法医徐司白？"

他抬起头，看到年轻的女人，穿着军旅风的小外套和长裤，脚下踩着黑色皮靴。头上还戴了顶帽子，长发如绸缎般披落。黑眸波光流转，似笑非笑地打量着他。

那一刻，他的耳边蓦然响起一句古语："为君拾莲子，清妖亦可生。"

从此之后，见过再美的女人、再清妖的姿态，也比不过她，她如同一道阳光，照进他原本枯燥平静的生活里。而他现在回首，终于明白，生命中的空白等待，也许只是为了她的出现。

…………

苏眠，亦是吾爱。从见到她的第一眼开始。

我从不比韩沉少，只是比他迟。

恨、爱与惘然，再千回百转，也不过是几个短暂凝视的瞬间。地底之下，五个人依旧健步如飞，抓紧时间，寻找下一个受害者。

此时，距离 L 的倒计时，还有不到十二分钟。

张福采还不死心，跟在他们身后，絮絮叨叨："警察同志，我说能不能先把我送出去啊？这要万一找不到他们，难道大家真的一起死？"

三个男人都没搭理他。苏眠转头看他一眼："要走你自己滚蛋，再废话看我不揍你！"

张福采不敢自己走啊，今天的经历，对他来说，简直就跟噩梦一样可怕，赶紧闭了嘴，快步跟在后头。

前方，即将抵达另一个在维修的工地。五人穿过一片宽敞的走廊，韩沉走在最前头，忽然一怔，转头。

众人全停步，循着他的视线望去。

走廊旁，立着三根粗粗的大柱子，支撑着天花板。油漆还有点新，空气里有刺鼻的气味。

"怎么了？"丁骏问。几个人里，他是最吃力的，额头已渗出层层的汗。

韩沉和徐司白却都没出声。苏眠已经会意，但她却被这个念头惊怵到了："你们怀疑，有人被封在柱子里？"那个，身处狭窄封闭空间的人？

徐司白和韩沉对视一眼，彼此间依旧是没什么话好说。徐司白伸手擦了一下柱子，淡淡道："油漆还有些湿润，说明粉刷时间不久。那些人要准备作案，必然会提前进来准备一段时间。这些油漆，很可能不是工人留下的。"

苏眠微怔，看了徐司白一眼。韩沉则直接从旁边取出消防锤，说了声"让开"。

苏眠立刻退到他身后，徐司白也往后退了一步。

砰的一声砸下，五个人都有些意外。

原来那柱子竟然跟豆腐渣似的，一砸就破，露出里面的填充物，竟是些海绵、泡沫，甚至还有塑料袋。

季子芾不知道自己在黑暗里待了多久。

他只觉得呼吸越来越困难，意识也有些迷失。如果再没有人来救他，他想他也许，就快要死了。

他是岚市最年轻最优秀的建筑师之一，他的设计获得过多项大奖。可他没想到，自己在半岛项目上，终于还是昧着良心，帮着何氏作假。这件事始终是他的心病，每当他想起假若有一天楼房倒塌，他就跟现在一样，压抑得喘不过气来。

所以，今天的遭遇，算是对这件事的惩罚吗？

他心里非常难过。

迷迷糊糊间，他忽然听到了一些声音，人声、脚步声，然后是一些震动敲击声。但不是从他这根柱子传来的。

他一下子睁开眼，全身都开始剧烈扭动，拼命喊道："我在这里！我在这里！救我！能听到吗？"

砰——头顶传来一声巨响。封闭的囚笼瞬间破出了光。他感觉到大股大股的新鲜空气，朝自己的肺部涌来。他看到了几张关切的脸，出现在柱子外。

季子苌的眼泪差点掉下来：终于，还是被救了吗？

连敲了三根柱子，才把这个人给敲出来。韩沉和徐司白一左一右，将他从柱子里搀扶出来。张福采跟他自然是认识的："子苌！你怎么……"他没靠得太近，但瞧着季子苌衣衫褴褛脸色苍白的模样，也有些后怕。

苏眠也打量着他。

三十来岁的年纪，穿着简单的西装衬衣，看起来很英挺。只是浑身上下脏兮兮的，看起来非常惨。

"谢谢！谢谢！"他连声说道。比起张福采，看起来让人觉得舒服多了。

韩沉等人没时间跟他废话。丁骏问："现在怎么办？"韩沉却径直抬头，看着张福采和季子苌。

"其他四个人在哪里？"他问。

他俩同时一愣。

季子苌嘴唇动了动："他们……"张福采却忽然插嘴："他们在哪里，我们怎么知道？警察同志，时间来不及了，赶紧带我们出去吧。"

然而他没想到的是，韩沉、苏眠和徐司白都看着他，目光挺冷。

"你们怎么会不知道？"韩沉淡淡地说，"他们不也被藏在有质量问题的地点吗？"

地面。

太阳，更炽烈了。

四幕戏却已结束。黑色幕布合上，再也没拉开。广场上，陷入了一阵嗡嗡的议论声中。

然后，A再次出现在画面上了。

依旧是小丑面具，依旧是含笑的双眼。他看着镜头，竟首先是兀自小声嘀咕："终于演完了。L 写的剧本也太长了……"然后他清了清嗓子，扬声，"现在，我需要问你们两个问题。"

广场一片寂静。

A 眼中笑意更浓："嗯哼……当然了，台上的这些，只是我们雇来的演员。真正的那些人，此刻，就在你们脚下，正在拼命逃出来。而四名警察，正在帮助他们。所以，第一个问题来了：你们觉得，他们应不应该获救？这由你们来决定。"

台下的议论声更响了。

"不应该！不应该！"不少人大声喊道。渐渐地，那呼喊声更大，几乎大多数人都在附和。

A 显然很满意，轻笑一声，答："好，如你们所愿，他们会死在地下。第二个问题：'超级项目'还应不应该存在于这个世界上？"

在场的大多数人已经明白，戏中所谓的"超级项目"，就是眼前的半岛建筑群。

"不应该！"

"不应该！"

"拆了！让他们去坐牢！"

这一次，叫喊声更大更热烈了。

而 A 显然玩得很开心，如同法官般郑重点头："好，依然会如你们所愿。"

事情到了这一步，所有人都有些明白过来。再联想到之前对岚市影响极大的 T 案件，此刻，几乎每个人都认为，这一次的罪犯，一定是跟 T 一样，惩奸除恶，目的，就是要惩罚那几个，将来可能造成成百上千人伤亡的有罪之人！

然而，谁也没想到，画面中的 A，忽然又开口了。

"哦，对了……你们不会以为，我们是来主持正义的吧？"

第九章
死亡地铁

地铁，沿着漆黑的隧道，急速穿行。呼啸声、轰鸣声，很嘈杂。车厢内却很静也很慵懒，人头攒动。

唠叨瞪大眼，看着靠在车壁上的冷面："不是吧？你明知道这车有问题，还上……"话没讲完，他自己又噎了回去。显然是明白了，冷面是为了什么，做这种决定。

"那咱们现在怎么办？"唠叨又抬头，四处看着，目光很犀利。然而周围环境这么拥挤粗糙，这位痕迹专家，一时也无法发现什么蛛丝马迹。

冷面抬起沉黑的眼睛，望着光影交织的隧道前方。

"等。"他只吐出一个字。

"列车运行前方，是傅家墩站。"广播里传来甜美柔和的声音。车厢里不少人动了起来，朝车门挪动靠近。他俩却几乎是全神戒备，注意着周围的一切动静。

渐渐地，光线越来越亮，地铁即将驶出隧道，驶向站台。

没人察觉到异样。唯独冷面和唠叨的脸色越来越紧绷。

地铁从隧道里呼啸而出！

车上许多人，这才后知后觉地发现不对劲。

没有减速。地铁竟然没有减速，就这么保持高速冲出隧道，沿着站台，继续往前冲去！

"哎！停车啊！怎么回事？怎么不停车！"许多人大喊起来，还有人用力敲车门。所有人脸上都是惊讶的表情。

而站台上，原本站在黄线外等候的人流，也纷纷露出诧异不解的神色。然而他们的样子，只是在车窗外一掠而过。车上乘客们最后看到的，是几名地铁工作人员，脸色震惊地招手呼喊着，朝列车跑过来。然后就是轰的一声，地铁再次一头扎进黑漆漆的隧道里，所有光影和人声，急速消失于身后。

车厢内已经炸开了锅，所有人都惊诧着叫骂着，完全不知道怎么办。冷面二人所在的是前部车厢，车厢与车厢间是连通的。冷面个子很高，抬头就能看到，最前面的一节车厢，已经有不少人聚集在前车门处，大力拍驾驶室的门。但那门始终紧闭着，车速也没有丝毫减缓，继续往黑暗深处开去。

冷面和唠叨对视一眼。

两人迅速掏出证件，用手分开人群："让开！警察！"

旁边的人如蒙大赦，立刻闪开一条通道，七嘴八舌道："警察同志，快过去看看！""太好了，有警察！"

所有人都把目光投在他俩身上，而他俩畅通无阻，穿过一节又一节车厢，迅速往驾驶室靠近。

就在这时。

微弱而无处不在的电流声后，一个陌生的、难听的、明显经过变声器处理的声音，在喇叭中响起了：

"大家好。你们被劫持了。"

"你说什么？一辆地铁被劫持了？"

警用指挥车上，秦文泷脸色铁青，双手摁在桌面上。

来报信的刑警脸色也不太好看："是。地铁方面已经确认，该辆列车过站不停车，也不听指挥，呼叫驾驶员没反应。并且很有可能，刹车制动装置已经被破坏。不然的话，地铁总局可以通过总线控制，强行迫使它停车。"

秦文泷的脸色变得阴晴不定，狠狠地骂了句脏话。这时，车上另一名刑警放下对讲机，报告："头儿，广场的表演已经结束了。现在 A 没有提出进一步的要求。"

秦文泷的两道浓眉重重地拧着，沉吟不语。这时，又有另一名刑警拉开车门报告："头儿，半岛主路上的五枚炸弹，已经拆除完毕。"

这算是个重大进展了，意味着人质可以开始大批疏散。刑警们脸上都有喜色，可秦文泷却没有半点笑意。

他又低头看了看腕表：12：10。

在这个时间点，七人团完成了他们大费周章的"表演"，炸弹也刚刚拆除完毕。而一辆地铁，被人劫持，继续行驶在这个城市的地下，命运未卜……表面看来，这几件事好像没有明显关系，但刑警的直觉令他清晰感觉到，某种内在的联系，正如一张大网般，密密地交织展开。

七人团，到底想干什么？

地铁之上。

在听到广播里那句劫持宣言后，所有人都惊呆了，呼救声叫喊声一片。冷面心里已大致料到这个局面，与唠叨再次交换个眼神，两人拔出腰间佩枪，分开人群，缓缓地逼近驾驶室。

旁边的人都吓得退得远远的，一时间周围倒安静下来。冷面和唠叨一左一右贴在门旁，用手用力一推！不动。

就在这时，头顶的广播又响起了。那声音很慢，也很平静。

"这也许是一辆，开往世界尽头的列车。刹车已经被破坏，你们不能停止，也不能下车。也不能跟其他车发生碰撞，否则车上安装的数十枚炸弹，就会爆炸……"

他一个字一个字说得很清晰，车上的人却全都瞬间色变。唠叨也倒吸了一口凉气，冷面的表情却依旧很沉静，在众人紧张的注视下，无声无息朝唠叨打了个手势，然后往后退了一步，一脚就狠狠端在驾驶室的门上！

砰——

门被他成功端开了！两人持枪迅速闯入。

驾驶室内，满地血腥。

唠叨倏地睁大眼，冷面脸色更加冰冷，放下了手里的枪。而门口有几个胆大的探头过来，只吓得大叫着退开。

两名驾驶员太阳穴分别中弹，一个躺在地上，另一个趴在驾驶面板上，鲜血淌得到处都是。广播显然是事先录制好的，还在众人头顶播放："……祝你们好运。"

凶手早已不知所终。但冷面是何其敏锐的追踪高手？他立马举起枪，冲到门边，按下开关。门徐徐打开，呼呼的风往里灌。前方的隧道黑洞洞的，车灯照耀下，竟真让他瞥见前方一个黑色身影，正闪身进入隧道里的一扇小门。冷面当机立断，举枪射击。

砰砰——

那人身形一顿，捂着胸口迅速进入小门，身影消失不见。

然而那身影，竟让冷面觉得有些眼熟。一时却想不起是谁。

"冷面！"唠叨暴喝一声。

冷面霍然抬头。

前方，光线越来越亮，列车即将再次驶入站台。然而站台上，另一辆列车正好端端地停在那里，许多乘客正在上上下下。

眼看，就要撞上去了！

半岛地底。

地面光洁如镜，头顶光线昏暗。几个人站在被砸得七零八落的柱子旁，韩沉的脸色很淡："这种时候，别给我犯蠢。是想掩盖这个工程的质量问题，还是不在乎其他几个人的死活？你们修的地下商场，不知哪里被人埋了炸弹。只有先按照罪犯的要求，把他们都救出来，你们才有活命的机会。明白吗？"

苏眠、徐司白、丁骏都看着他俩。张福采嘴唇哆哆嗦嗦，似乎想说什么，但又没吭声。而季子苌的脸色却是变了又变，许多复杂的情绪在他眼中闪过。最后，他毅然抬头，看着他们："我带你们去找！"

张福采惊道："季子苌你！"

季子苌霍然转头看着他："张总，事情已经这样，你认为还能盖得住吗？"他竟然重复了韩沉的原话，"咱们别犯蠢了！至少这样还能活命！"

张福采也不是笨人，只是总抱着侥幸心理。他们并不知道地面之上，整个工程的问题已经被揭穿。虽然他不知道七人团是谁，也不知道到底是谁要整他们，但只要现在能哄得这些警察出去，就不会发现工程的问题。董事长等人死就死了，反正他出去了就跑，安全了。

现在既然已经说开，他也知道自己的如意算盘落了空，只得讪讪地点头："那行吧，找吧。"

此时，距离 L 的规定时限，仅剩八分钟了。

六个人简短商量了一下，果然如韩沉所料，有严重质量问题的地点，负三层还有两处，负一、负二层各一处。

韩沉微一思索，道："分头行动。我和苏眠、季子苌，去救负一、负二层的两个人。丁骏腿脚不便，你和徐司白、张福采，救这一层剩下的两个人。"

时间已经不多，这显然是最理想的分工方式。苏眠一抬头，倒是跟季子苌的目光撞上。他刚被救出来时，确实一身狼狈。此刻平静下来，倒的确是个俊朗成熟的男人。西装质地考究，极为妥帖合身。头发和衬衣虽然很乱，但那双眼清明沉静。因他刚才的举动，苏眠对他有些好感，点了点头。

他敏锐地读出了她的善意，也微微颔首。

"不行。"清淡如水的嗓音响起，是一直沉默的徐司白。

苏眠微怔，所有人也都看向他。

徐司白这句"不行"，也是听到韩沉的分工后，脱口而出。此刻他便盯着苏眠，目光清亮，也有几分我行我素的孤寡和漠然。

"我跟着她。"他淡淡地道。

其他人都没说话，张福采和季子苌看看这个，又看看那个，大概也猜出点端倪。韩沉连眉都没皱一下，直接答道："她不需要你跟。"

苏眠立马插到两人中间，挡住韩沉，果断地对徐司白说："司白，你若真为我好，也为你自己好，就赶紧救人。"顿了顿又直视着他的眼睛，放软声音，"有韩沉在我身边，不会有事。行了，我们大家赶紧行动。"

丁骏立马附和："好！徐法医，我们马上走吧。胖子，带路！"

徐司白却没动，目光移到韩沉身上："保护好她。"

韩沉没理他。

两队人终于分道扬镳。

而与此同时，地面之上，演员们的表演已经结束，A的表演，却还在继续。

日光之下，广场、商厦、酒店……数面错落的液晶屏上，只剩下A戴着面具的脸。

在他说完"你们不会真的以为，我们是来主持正义的吧"后，广场上的议论声，渐渐平息下来。所有人，都看着他。

他笑了笑。那笑很轻，也很平静，却没来由地令许多人觉得毛骨悚然。原本被这几幕闹剧般的表演所打消的恐惧，仿佛忽然又复苏了。

"我们的目的，只是想证明一件事。

"向你们，还有地底的警察们，证明一个真正的真理。"

A的声音忽然低了下去，像自言自语又像是悲伤叹息："那是S曾经告诉我们的真理。"

有关S的记忆，在夏俊艾的心中，清晰得像一幅永不会褪色的画。

他清楚地记得，S第一次说出那句话，是在一个暮色笼罩的黄昏。他们几个，坐在一家酒吧的吧台前。酒吧是R开的，安静又冷清。空气中，总有类似血腥的气味在萦绕。

那时候，R站在吧台后擦杯子，T在打下手，而他和几个人在玩飞镖。S依旧穿着笔挺的西装，只是衬衫松开了两颗纽扣，看起来随意又温和。

他喝的是纯度很高的苦艾酒，目光却清明得如同朝霞与月光。

他说："永远不要怪自己。这世上最可怕的，不是我们这些少数的精神病态，而是大多数的正常人，是他们的欲望。"

所有人寂静无声，却见他又倒了杯酒，慢慢说道："只不过，我们已经丧失了藏住欲望的能力，他们藏得住而已。"

而此后，又有多少个朝暮昼夜，A想起他的这些话，难过得不能自抑。

…………

光线昏暗的房间，广场上的喧嚣人声仿佛近在咫尺。

A 抬起头，看着面前的摄像机。若此刻广场上有人仔细观望，会惊讶地发现液晶屏上的他，露出悲悯而自嘲的微笑。

他一个人安静地想着，所以我没说错，也没骗你们。即将杀死你们的，不是我们七人团。追根溯源，是你们中间的人，心中最阴暗的欲望。

地下的韩沉、苏眠和徐司白，也是一样。现在，你们看到人心的肮脏了吗？

所以我们这一出世纪表演，只是想让所有人都明白这一个真理——精神病态也许与你们生而不同，但最可怕的，不是我们。

是你们自己。

…………

是以，作为对 S 的祭奠。

"当心！"苏眠喊了一声。

然而已经晚了。

季子苌跑得太快，没留意脚下，一脚踩进一个积水的泥坑里，溅得满身都是。

韩沉已伸手，将他拽了出来。他笑笑："没事。"随意地踢了踢腿，抖掉泥水，又伸手抹了把脸。结果大概是因为手刚才按在墙上，反而将一抹黑灰涂到了脸上，英朗的脸变得脏兮兮的。

他却浑不在意，眼睛盯着前方，抬手一指："应该就在那里！"

韩沉和苏眠同时抬头望去。

此刻，他们三人正在负二层边缘处的偏僻工地。头顶依旧是昏暗的灯，前方是墙的转角，堆满了建筑杂物。

大概是听到了他们的声音，那堆杂物后真的有人焦急而沙哑地喊了起来："救命！救命！我在这儿……"

女人的声音。

"这里的承重墙修筑始终不达标。"季子苌解释道，"如果将来出事，这里肯定是最薄弱的环节之一。"

他和韩沉冲上去，迅速拨开杂物。而苏眠一边帮忙，脑子里也把这个唯一的女人质，跟之前视频里的人对上了——半岛集团公关部经理，陈素琳。

陈素琳很快被救了出来。

她跟季子苌一样，看起来是金贵精英，但此刻极为狼狈虚弱。

"你们是警察？谢谢！"她满脸都是泪，哽咽出声。苏眠搀扶着她，她又看向季子苌："子苌，他们其他人呢？少董呢？"

"还不清楚。我们正在努力营救。"季子苌答。

他的语气有些淡，苏眠便抬头看了他一眼。比起对韩沉和苏眠尽心尽力的配合，他对这位陈素琳女士的态度，明显有些不冷不热。

苏眠没出声，韩沉也跟没看到似的，径直看向季子苌："剩下一个在哪里？"

"一楼，中央广场正下方。那里的建筑受力也存在问题。"他答得沉稳有力。然而话音未落，就见陈素琳脸色微变，看了他一眼。

陈素琳在想什么，大家都已心知肚明。韩沉和季子苌没理会她，继续往上楼的通道跑。苏眠紧随他们身后，瞧一眼脸色复杂又害怕地跟上来的陈素琳，只觉得可笑。

真是可笑。

很快就到了一楼。面前是一片开阔的商区，立满了货架，通道旁还有几个紧闭的房间。季子苌领着他们，走到其中一个储物间门口，又伸手敲了敲墙壁，抬头看了看说："应该就是这附近。"

这时韩沉出声："对一下表，还有几分钟？"

苏眠和季子苌同时低头看着腕表。陈素琳没戴表，就看着他们。苏眠戴的是局里发的行动手表，电子的，倒计时显示还有四分二十秒。她看完了，就抬头看向季子苌。他的手正扣在墙壁上，撸起袖子低头在看。他的手背虽然有些污渍，但是手掌白皙、指甲整齐干净。腕表也是光洁如镜，是非常大牌的瑞士表。盘面花纹看起来极为繁复精致，应当是复杂功能表。所以他看了一眼，就报出准确时间："12：13：35。"

韩沉点了点头："还有四分十五秒。"

时间对上了，三人的神色都是一定。

"让开。"韩沉冷声道。

苏眠和季子苌同时退开，陈素琳更是小心翼翼地站得远远的。韩沉抬起长腿，一脚狠狠踹在门上。储物室应声而开。

啊的一声惊呼，被绑在储物室里的年轻男人，抬起惊惶的脸。看到他们，几乎是立刻露出狂喜的表情。而陈素琳立刻冲到他身边："亚尧！"季子苌也跑过去，立刻替他解绳索："少董！"

第四名人质获救——半岛集团少董，何亚尧。

"现在怎么办？"季子苌问。

五个人站在一层储物间门口，苏眠紧随韩沉，陈素琳挽着何亚尧的胳膊，季子苌站在中间。

韩沉看着他们三人："先跟其他人会合。我们从哪里可以出去？"

他们三人交换了个眼神。何亚尧的情绪还算镇定，点头答："商场没有正式营业，地面出口都是封着的，现在出不去。只有负三层……"他顿了顿，"有部应急电梯，可以直通地面。"

"是的。"陈素琳附和。

韩沉和苏眠看向季子苌，他也点了点头："的确只有那里能出去。"

"走。"韩沉干脆利落，与苏眠首先转身下楼。

只有一两分钟了。

苏眠不知道他们是否来得及赶到出口，也不知道能否与徐司白等人顺利会合。她和韩沉跑在最前头，前方是阴暗的楼梯转角。只有墙角的应急照明灯，将这地底世界照得幽暗。她一抬头，就看到了韩沉的脸。

而他若有所觉，转头朝她看过来。

阴暗中，两人眼中仿佛都有话语。

那三个人落后他们几步远，韩沉手一拉，就将她拽进了怀里，拐了个弯，暂时离开他们的视线。

"留心他们。"他低声说，"尤其是那个人。"

"嗯。"苏眠轻声应了，他说的，她已全都注意到。暗淡的光线里，她看到他的嘴唇似乎因为缺水而干涸，眼眸却幽黑无比。

两人的视线只这样短暂交汇，转眼他们三人已经跟了上来。

于是掉转视线，继续向前。

很快就下到了负三层。

按照他们所指的路线，需要原路返回，并且跑过一片还未修建完成的停车场，才能抵达建筑边缘的那部应急电梯。

只是……

苏眠抬头看着前方。

如果人质被安全救出，七人团下一步的计划是什么？

他们曾经利用爆炸、蜡像和挖心，在这个城市制造恐惧。而这一次，必然是要带来更大的恐惧。对半岛上的所有人，以及对她和韩沉。

更大的恐惧，是什么？

这个问题如此直击她的心。鬼使神差般，她脑子里忽然冒出一句话。

那个人说，这世上最可怕的，不是我们这些精神病态，而是正常人，他们隐藏至深的心。

他俩全神戒备着，身后的三人，却也是各怀心思。

到了拐角的时候，陈素琳就看了一眼何亚尧，两人都看到彼此眼中的晦涩阴黑。然后又同时看向季子苇。而季子苇神色变了又变，静默不语。

三个人脑海里，同时浮现的，是之前被绑架时，那个人对他们说的话。

他们被蒙住了眼睛，看不到那人的长相，只听到他低沉淡漠的嗓音。

他说："我们对你们是否犯罪，没有兴趣，也没有惩治你们的闲心。我们的目标，是那几个警察。只是想让他感受一下，自己拼命救下的人，反手捅了他们一刀，是什么滋味。

"其实我们不说，你们也会这么做，对不对？这几个警察刚正无私，也收买不了。一旦他们回到地面，你们的这一桩工程，就会大白于天下。而你们，只怕会把牢底坐穿。你们这样的人，是愿意死，还是愿意坐牢？

"杀了他们，你们才有将来，才能盖住这件事。这个地下商场全在我控制之下，也只有杀了他们，我才会给你们活命的机会。"

···········

陈素琳督促地看着何亚尧。她的立场很明确：对方只有两个人，虽然有枪，但是没有防备，他们还是有胜算，而且他们也没有别的退路。

何亚尧沉思片刻，眼神变得果断，点了点头，示意她会寻找机会。两人又再次看向始终不表态的季子芪。

季子芪的眼神有些执拗，执拗地看着自己的 BOSS，显然是不同意这么做。但显然这已经不是何亚尧第一次将自己的意愿强加给他，也不是他第一次放弃原则。两人对视片刻后，季子芪露出有些僵硬的神色，算是默认了。

联盟达成。

陈素琳和何亚尧上前两步，跟得更紧。而季子芪落在最后，脸上还保持着那抑郁的表情。

过了一会儿，趁他俩不注意，季子芪忽然抬头，望向不远处的天花板。

黑漆漆的角落里，有一个小小的摄像头。而他对着摄像头，忽然露出了一丝诡谲的笑容。

第十章
好久不见

地铁中。

轰隆声几乎是擦身而过，两辆列车堪堪在隧道中交会。因为距离太近，速度又太快，列车上所有人都发出一声惊呼。

唠叨暗暗捏了把冷汗，看着重新变得畅通无阻的漆黑隧道。刚刚他们与地铁总部取得联系，按照调度指令，千钧一发间，两辆车成功改道避开。

但这显然只是个开始。

"冷面，现在怎么办？"他问。

冷面驾驶着地铁，忽然松开手："你来开。"唠叨立刻接手，一边盯着前方动静，一边注意到他打开了驾驶面板旁挂着的厚厚一本《驾驶员手册》。

唠叨心里急，嘴里便嘀咕起来："大哥，都这时候了，你想干吗？难不成还打算成为金牌驾驶员把地铁开得更完美啊！"

"闭嘴。"

于是唠叨就闭了嘴。但不得不承认，这种关头，冷面依然不动如山，倒真的很有韩沉的超然风范。

结果，冷面真的马上牛气了一把。

过了一会儿，他翻到"列车排班表"那一页，抬头对唠叨说："地铁公司每天、每个时间点、每个站点的运行计划是固定的。也就是说，我们保持这个速度开下去，会在什么地方遇到什么车，都是可以预计的。"

唠叨一听就明白了，点头喜道："我马上跟地铁公司通信，让他们把那些车都提前调走，这样就不会撞上了。"

冷面的神色却依旧凝重，盯着全市数条交叉如网状般的地铁线路图，说："不仅如此。这样躲避之后，我们的运行线路也是既定的。让地铁公司把我们的线路也推算出来，看最终会开向哪里。"顿了顿，他说，"那也许就是七人团的目的。"

唠叨应了声好。

等他通信完毕，却见冷面放下驾驶手册，又说："换我开。"

"哦。"唠叨把驾驶面板让给他。

却听他说道："我看了地铁构造图，这辆地铁是分体式结构。第五节和第六节车厢之间是挂钩式焊接，可以拆开。你现在去车厢里，将所有人疏散到后部车厢。然后想办法把挂钩解开，让地铁解体。"

唠叨听得眼睛都瞪大了。

这办法都能让冷面给想出来。太好了！这样，后半段车厢就会慢慢减速停下，也不会因为碰撞发生爆炸，首先让车上乘客安全获救了！剩下前半段列车，再想办法。

"我马上去！"他有些兴奋地拉开驾驶室的门，却听到冷面平淡低沉的嗓音，再次传来："解开之后，你不用回来了，跟他们一起走。"

唠叨身形一顿，几乎是立刻转头看着他："那你怎么办？"

冷面回答："我继续往前开。"

唠叨原地站了几秒钟，动了动嘴唇，却终究没出声，拉开门走了。

半岛广场，地面。

A的画面、A的表演，就这样戛然而止。人们头顶的液晶屏，瞬间黑掉，而他已了无踪迹。

就像做了一场荒诞陆离的梦。

半岛世纪酒店的服务员小雅，此刻也挤在人群里。大规模的疏散开始了，警方的喇叭又响又严肃。比起对A的好奇和恐惧，人们对求生的渴望更强烈。广场上瞬间变得混乱又喧嚣，许多人在奔跑，许多人在叫喊，许多人在拼命地往前挤。

小雅差点被人挤得摔倒，亏得一名警察扶住了她。她听到警察对身边的同事说："这么多人，起码得几小时才能疏散完。"

"是啊。"同事答，"当心点，不知道还会出什么事。"

小雅定了定神，继续往求生通道——汉江大桥的方向跑去。莫名地，她感到十分难过。跑了一段，她又回头，望着已经黑掉的液晶屏幕。

小艾。

他到底是怎样的人？

为什么要做这样的事？

为什么不能跟她一样，做个普通人就好？

今生今世，她应该再也见不到他了吧？

地下。

刚下到负三层，苏眠就闻到了一缕淡淡的血腥味。这令她心中升起非常不祥的预感，转头望向韩沉。

他显然也闻到了，脸色变得越发清寒。幽暗的光线里，黑色警大衣衬得他整个人极为高挑冷峻。他朝苏眠递了个眼色，从腰间拔出佩枪，贴向墙根，眼睛盯着前方。苏眠跟他步调一致，贴向另一侧，缓缓向前。

身后的三名人质，看到他俩拔枪，神色都有些怔忪，交换了个眼色，不远不近地继续跟着。

苏眠现在没空搭理他们。比起他们跳梁小丑般的自私和丑恶，她更担心的是七人团，那才是她和韩沉真正的对手。

前方是一条看起来很普通的通道，地面光滑，装修整洁。穿过通道，又是开阔的商区。两人贴着通道，拐了个弯，眼前所见却让苏眠惊呆了——

刑警丁骏浑身是血地躺在地上，胸口数处刀伤，脸色苍白地喘息着，眼见是不能活了！

"丁骏！"苏眠惊呼一声。

韩沉离他最近，立刻放下枪扑过去，伸手按住他胸口伤口，替他止血："坚持住！我带你出去！"

苏眠看得眼眶阵阵发紧，但还是保持着高度清醒，警惕地举枪，戒备着周围。季子苌三人看到这一幕，也是大惊失色。

丁骏的气息已经很微弱，他没看到韩沉身后的三名人质，一把抓住韩沉的手，那嗓音低哑而艰难："我不成了……快救……徐法医，救出来的人……要杀我们，他现在一个人……对三个……"

他的声音很小，但在场的、站得或近或远的五个人，都听得清清楚楚。

然后他的手瞬间滑落，眼睛就这么圆瞪着，已然气绝了。

苏眠只感觉到一股寒意没过心头。她看着韩沉冷若冰霜的侧脸，同时也能感觉到背后三人的视线。

挑明了。

就是此刻。

接下来的一切，都发生在电光石火间。

身后那三人还没来得及动，韩沉已提枪转身。幽暗间，苏眠只看到他俊朗的脸上，黑眸冷冽得叫人心惊。

砰砰两枪，三人中站在最前面的何亚尧和陈素琳，已经惨叫一声，脸色剧变，腿部中枪倒地。剩下唯一一个季子苌站立着，露出震惊而不知所措的表情。

韩沉和苏眠的两支枪口，却已同时对准了他。

"L。"韩沉的嗓音又低又冷，"上次的枪伤好了？"

季子苌的脸色慢慢变了，收起惊惶的表情，就像变了个人，脸色平静下来，眼中慢慢浮现讥诮又懊恼的笑意。

地上的何亚尧和陈素琳还在不断哀号，他微蹙了一下眉头，抬腿一脚把他们踢开。然后他伸手整理了一下衣领，又从口袋里拿出一方洁白的手帕，表情很嫌恶地擦了一下自己脏兮兮的脸。他做这些举动时，苏眠和韩沉都警惕地盯着他。

是的，种种迹象表明，他才是L。而视频里自称"L"的，必然是团队中另一个人，用以混淆视听。

他开口："你们是怎么知道……"

话音未落，突然就听到轰的一声巨响。苏眠只听到那声响从自己脚下传来，而她的耳朵瞬间失去声音，身体已开始下坠！

仓皇间，她只看到季子芫——L，看着她，眼神竟然是温柔而平静的。而相隔几步远的韩沉，一把丢掉枪，朝她扑来。却只看到他仿佛被霜雪浸透的漆黑双眼，看到他的双手抓了个空。一切发生得太过突然，苏眠的手跟他相错而过，瞬间就跌了下去。

眼前是一片黑暗，急速下坠的过程中，隐约可见大片地基嶙峋如怪兽般的轮廓，还有下方的水波闪烁。失去意识前，一个念头在她的脑海里闪过——这也是七人团计划好的。这里必然陷阱无数。他们大概一直在等机会，等她走到合适的地点，就引爆让她掉下去。说不定丁骏在这里遭受攻击，也是七人团安排好的。

七人团最擅长的，就是放出一大波烟幕弹，然后不动声色地突然出手，达成暗藏的目的。

而下面，是什么等着她？

L拔腿就跑。

然而韩沉动作比他更快，从地上一跃而起，一把就揪住了他的后衣领。L转身一拳朝他击来，然后韩沉依然比他快，一拳砰地重击在L的腹部。L闷哼一声，半晌直不起腰来，一抬头，就对上了韩沉的眼睛。那眼神看得L心头一抖，韩沉的动作却无半点停滞，一把抓起他，两个人也跳了下去。

徐司白靠在墙壁旁，手里拿着枪，低低地喘着气。

冰冷的金属感，熨帖着掌心。记忆中，这还是他第一次持枪与人对峙。

他平静地等待着。

刚才，与苏眠他们分开后不久，丁骏的腿伤就有些支撑不住，只能让他留在原地休息。结果等他和张福采救出另外两人后，大概是看他斯文清瘦，那三人立刻翻脸，就将他包围了。

他当时没有开枪，也用不上。法医如果想要伤人杀人，有很多种方法。况且他的身手一向敏捷。

他直接重击其中一人的喉返神经，造成他神经性休克。另外两人被吓了一跳，一时不敢上前。而他没有跟他们纠缠，转身就走。

苏眠。

随着时间一分一秒推移，这个名字，就像咒语一样在他心中徘徊。因为痛、爱和迷惘，他的心越来越平静得像一潭死水，只有她，映出清晰的倒影来。

想要找到她，想要呵护她，想要站在她身侧。哪怕此刻她的身旁，已经有人守护。

徐司白的头微微后仰，墙面冰冷，还有潮湿的气息贴着脖子。他闭上眼，听到墙后响起脚步声。

犹疑，迟滞，是那两人其中的一个。

一直纠缠不休。这令他心中升起一丝厌恶。他对这地下毕竟不熟悉，而他们了如指掌。加之他一路在寻找她，所以反而被他们咬上了。

近了。

他决定这次解决掉他们。

眼见一只脚迈出了墙根，徐司白身形快如鬼魅，一个转身，就提枪抵在了对方的额头上。

来人正是张福采。他手里还拿着把不知从哪里弄来的刀，也许是七人团给的。一看到徐司白手里的枪，他傻眼了，因为之前徐司白完全没拔过枪。如果知道他有枪，张福采是绝对不敢追来的。

哐当一声，张福采手里的刀掉在地上，他连声道："警官，我错了我错了！我是一时糊涂，是绑匪说的，如果不杀你们，就会杀了我……你饶了我吧！警官，我真的不敢了！我认罪！"

徐司白静静地看着他，清隽的脸上没有半点表情。张福采只觉得他的眼睛看起来格外幽深，有种让人害怕的感觉。

"我不是警察。"他忽然说道。

张福采不明白他为什么要强调这个，但听他嗓音温和悦耳，不由得心情一松，心想自己只要认了罪，他应该不会再把自己怎样。警方的人，总不至于要杀了他吧……

砰。

清脆的、近在咫尺的声音。

张福采不可思议地瞪大了眼，看着徐司白缓缓放下了枪。

他砰然倒地，一枪毙命。

徐司白盯着他的尸体几秒钟，忽然若有所觉地抬头。另一个人——半岛酒店集团董事长何经纶，就站在十几米外的走廊里，满脸惊惶地看着这一幕。与徐司白视线一对，他转身就跑。

徐司白一直看着他跑得很远，直至就快看不到了。他抬手举枪。

那人应声倒下。

也许这些年来，生或死，杀人或是救人，他都漠不关心。

他只想安静地做着自己喜欢的事。

做法医，陪伴在她身边。

但直至今时今日，他才察觉，原来亲手杀人，尤其是为了她杀人，也不过是一念之间。

而他，并不排斥。

徐司白脸色淡漠地弯下腰，去捡弹壳。同时掏出手帕，将手枪擦拭干净。他并不打算为这件事去坐牢。

刚戴上手套，将手枪放回口袋里，突然间，动作一顿。

他霍然抬头。

前方幽暗的商区里，林立的货架与模特背后，他看到一个男人抱着个女人站立着。

男人的脸大半藏在阴暗里，只能看到他高挑的身形和笔挺的西服。而他怀里的女人，黑色警大衣、娉婷的身形，还有苍白俏丽的脸、紧闭的双眼，不是苏眠是谁？

徐司白的心头重重一震。

然而两人的身影在角落里一闪而逝，顷刻间就退回黑暗里，地下商场四通八达障碍无数，瞬间就不知去向。徐司白几乎是立刻拔出枪，白皙的俊脸上寒意弥漫，朝他俩急追而去。

地铁。

轰隆的呼啸声，几乎要刺穿每个人的耳膜。又黑又深的隧道，像一条望不见尽头的巨龙。

唠叨站在两节车厢的中间，正弯着腰，拼命解开车厢间的链扣。几个年轻人站在他身边，七手八脚地在帮忙。

而他们身后，一旁是塞得像罐头一样满当当的车厢，人挤人，全是人；另一旁，却是空空荡荡，一眼可以望到尽头的驾驶室，只有一排排吊着的扶手在晃荡着。

车厢内的气氛紧张得不行。所有人都盯着唠叨等人的举动，不时有人问道："解开了吗？解开了吗？""还不行吗？"

唠叨闷不吭声地埋头忙碌着，其中一名帮他的年轻男人是工程专业的，有些发愁地摇了摇头："警察同志，这条链扣打了死结，死活解不开，怎么办？"

一句话说得车厢内的人一片哗然，更加紧张和恐惧起来。

唠叨平时斯文又爱笑，此刻脸却绷得铁青，看着都有些吓人。他蹲在地上，静默片刻，抓了抓自己的头，突然脸色一冷，站了起来。

"都让开！"他大喊一声，拔出了腰间佩枪。

车厢口的几个人都退了回去。人群也整体往后退了一小截。唠叨定了定神，瞄准那解不开的链扣。

砰砰砰砰——数声枪响，唠叨眉都没皱一下，几乎一口气打光了枪里所有的子弹。车厢内的人却吓得尖叫出声。

这时，人们却看到，唠叨脸上忽然露出喜色，然后竟然放下枪，哈哈大笑起来："成啦！"

众人全都低头望去，果然看到那链扣已经被打裂成几段，而两节车厢之间，前半段地铁和后半段地铁间，就这么骤然分开了！连带着他们耳边轰轰隆隆的行驶声，仿佛瞬间有所减缓了！

"啊！"

"得救了！"

欢呼声瞬间如同爆发的海浪，响彻整列地铁。人们欢呼着，大喊着，哭着，笑着，整片长长的人龙，简直成了沸腾的海洋。

还有什么比死里求生，更让人喜极而泣的呢？

唠叨在短时间内强行疏散了前半段车厢的人，又弄了半天链扣，此时已累得精疲力竭，一下子跌坐在原地，望着慢慢远离的他们，笑了。

"等等！"人群中有人喊道，"警察还在那边。"

是刚才帮他的几个小伙子，这么一喊，瞬间很多人都关切地望过来。

"警察同志，你们怎么办？"又有人焦急地喊道。

"快过来！快跳过来！"话音未落，立刻有好几个人，冒险将身体探出悬空的车门，将手朝唠叨伸过来。

"跳啊！快跳啊！"无数人都朝他喊道。

此时，两节车厢间的距离还未完全拉远。唠叨只要一伸手，真的能够住他们的手。

他坐在地上，看着那一只只手，忽然笑了，仿佛一下子打起了精神，一骨碌从地上爬了起来。然而他没有去够他们的手，而是立在原地，一跺脚，朝众人行了个漂亮又标准的礼："你们保重！车停稳后，马上会有人营救你们！"

说完，头也不回，直接朝驾驶室跑去。

众人望着他的背影，一时间竟然都有些呆住了。"回来！回来！"更多的呼喊声，传进唠叨的耳朵里。他眼眶一热，一把拉开驾驶室的门，砰的一声摔上，将所有声音，都关在了外头。

驾驶室里，冷面依旧站在驾驶面板前，听到动静，静默了一会儿，说："你不需要回来。"

唠叨吸了吸鼻子，笑笑，走到他身旁："那不成，黑盾组的冷面和唠叨，永远不分开啊。而且说不定什么事，你还要我出主意帮忙呢。"

冷面又沉默了一会儿，看着前方，淡淡地说："回来就回来。也没必要哭吧？"

唠叨道："……冷面你果然太过分了太没人情味了！我怕死不行吗？还不知道能不能把车开到安全区域，咱俩就好跳车逃命呢！"

两人正说话间，通信设备响了。秦文泷那熟悉的声音传来："冷面、唠叨。"

"在。"

"在。"

"你们的运行线路测算出来了。十分钟后，你们就会驶离市区，进入汉江的江底隧道。"秦文浥顿了顿，嗓音有些干涸，"半岛酒店站建成还未开通，你们会撞过来。"

半岛地面，疏散还在继续。每个人都在奔走，许多人在呼喊，许多人脸上挂着泪水。

A穿一身黑色风衣，戴着宽檐帽，就这么低着头，穿行在人群中。

没人注意到他，他也没看任何人。他离开了某座商厦上的表演舞台，与人群越走越远，这样行色匆匆，直至到了完全无人的酒店花园一角。

他掀开一块地下管道的井盖，纵身跳了进去，再合上井盖，嘴角勾起一丝平静的笑容。

A，悲行者A。

L，悖德狂L。

R，失心者R。

…………

这是她曾经给他们起的外号，那么犀利，却又那么悲悯。尽管那时，她不过是为了卧底而亲近他们。

而S，微笑纵容。

现在，地下，他们所期待的、他们所热爱的，是否终于会到来？

相隔数十米，更深的地下。

因为爆炸冲击波而被震荡晕厥的苏眠，缓缓地睁开了眼睛。

她首先看到的，是一盏灯。一盏橘色的、柔和的灯，就放在离她不远的书桌上。而正因为这房间周围一片漆黑，没有其他任何光源，所以更显得那灯醒目。

而她趴在橘红色的沙发里，那沙发极为柔软，她整个人几乎都要陷进去。除此之外，这房间里什么都没有。

周围很静很静。

　　苏眠定了定神，一下子从沙发里坐起来，发现腰间的枪已经被人卸走了。

　　"醒了？"一道低沉的、非常沉静温和的声音，从背后传来。

　　苏眠整个人瞬间一僵，缓缓回头。

　　暗淡无光的角落，他坐在一把长椅里，低着头，看不清面目。黑色西装，人高腿长。只见他指间，一根细细长长的香烟，在静静燃烧。

　　此情此景，男人落寞的剪影，两人寂静的相处，竟带给她似曾相识的感觉。整个世界仿佛因他阴暗下来，而她站立其中，所有的脉搏血液，仿佛都感觉到彻骨的凉意，惶惶然在她体内奔走。

　　"好久不见，苏眠。"他轻声说道。

第十一章

罪恶之王

苏眠曾经试想过无数次，与 S 再见面的场景。而当这一刻真的到来，原来她心中涌起最多的，不是憎恨和厌恶，而是铺天盖地的悲伤和寂静。

"这里是安全屋。"他轻声说道，俊朗的轮廓在阴影里半明半暗，"有几个房间，也有生存储备。楼上全塌了也没有关系。等一切结束，我们再出去。"

苏眠缓缓地抬头，看着周围。果然一侧还有扇门洞开着，黑漆漆的，通往别的房间。就在这时，她听到房间里有轻微的脚步声，似乎还有人，站在黑暗里。

A、L 还是 R ？

"你想怎样？"她问，嗓音很冷很冷。

他静默了一瞬，转过脸来。

"想让你想起我。"

离开阴暗，光线覆盖。那是一张陌生而英俊的脸。柔软的黑发遮不住他的眉眼，他的眼睛寂静、温和而深邃。灯光在他鼻翼投下淡淡的阴影，薄唇微抿着。五官并非多么出众，但你却无法不注意到他周身那静朗如同深海般的气质。

黑色西装里是洁白的一尘不染的衬衣，头两颗纽扣很随意地解开，他的双手搭在椅背上，平静而温柔地注视着她。

某些人的存在，是深深烙入你心底的。即使失去记忆，你依然能感觉到他。于苏眠而言，譬如韩沉，譬如……S。此刻，看着眼前的男人，恍惚间，她脑海中便浮现出些模糊的影像。曾经也是这样一个男人，坐在某年某月某天的某个窗前，看着日出与黄昏。而她站在离他不远的地方，静静地凝视。

压下心头所有思绪，苏眠的心，竟也慢慢变得平静，如这安全屋中流淌的空气。因为这么多年，她已太想知道当年的事，太想知道一切。所以此刻她安静不动，静静地等他讲述一切。

他却转过脸去，不再直视她，而是抬手轻轻地吸了口烟，低垂着眼眸，看着前方空无一物的幽暗角落。

"我第一次见你时，你只有八岁，我十三岁。"

苏眠的心微微一颤。这是完完全全出乎她意料的。那么早，并且从无人提及知晓。而且八岁？一九九七年。那一年……档案记录，那一年她的父亲因公殉职。

"是你父亲死的那年。"像是洞悉了她的所有猜测，他缓缓说道，"你父亲负责侦办我父亲的连环杀人案。而我父亲，最终杀了你父亲，并且成功逃脱。"

苏眠坐在沙发上，一动不动，手插进自己的长发里，思绪仿佛也随着他的话语，变得悠远、隐忍而悲痛。

"我父亲是个天生的犯罪天才。"他用很平和的语气说道，"我所有的东西，都是他教的。组织、设计、逃脱、安排替身……阅读、学习和坚持。"

讲完这句话，他就转头看着她。苏眠看着他的眼睛，却看不清他眼底的情绪。

那会是怎样的一段过去？

连环杀手之子，殉职刑警的女儿。不过十来岁的年纪，她懵懂无知，全无记忆，而他，记得那样清楚。

他又抬手吸了口烟，嗓音变得有些沉冽，就像封藏许久的酒，清澈醇厚，在你耳际挥之不去。

"当时我也在场，清楚地记得你父亲死之前看我的眼神。"他顿了顿，苏眠却已无从得知，父亲当时，会用什么样的目光，看着这个十三岁的少年。

"后来我瞒着父亲，一个人偷偷去了你父亲的追悼会，看到了你。"他轻声说，"我对你说：'节哀。'你却说：'永不节哀。直到抓到杀死我爸爸的凶手。'"

苏眠心头一震，却见他的眼眸中，浮现出更加温柔浓重的情绪。

身为一个严重的精神病态，要怎么对她讲述那一段感情呢？

讲此后很长的时间，那个男孩，就一直记得少女的那双眼睛？而"永不节哀"这句话，就如同一句咒语、一个信仰，在他心中徘徊不去？

之后又有多少次，一个人漫无目的地走到她的楼下、她的学校，远远地看着她的身影，看着她的喜笑哀愁。

那个曾经用那么怜悯的眼神望着他的刑警，他的女儿，是否跟父亲是同一种人？

万般情绪和种种记忆，他和她之间的缘起缘灭，要怎么概括？

他的手臂静静地垂落在椅子旁，苏眠看到一截烟灰无声无息地掉了下来。然后他慢慢地说："一个少女，却有永不节哀的勇气。如果我能拥有她，我的人生，就不会再孤独。"

苏眠的眼眶，忽然就湿润了。

这并不是因为对他的同情或心软。而是真的如他，还有七人团其他人所说，她的的确确真真切切地能感觉到，他温柔空旷如荒原般的感情。哪怕他是杀人无数的恶魔，她却偏偏能感觉到，他的悲哀和无力。

然而她开口了，嗓音却冰冷得连她自己都觉得彻骨惊心："你父亲杀了我父亲，你是犯罪集团的首领。你觉得我们可能在一起？"

冷冷的、极具嘲讽的逼问。

他安静了几秒钟。

"苏眠。"他温和地说，那温和竟像是经年累月沉淀进他的骨髓中，"世上事知其不可为而为之，并不是每个人，都会选择充满希望的爱情。"

苏眠一下子说不出话来。

他也捻灭了烟头，手静静地搭在膝盖上。过了一会儿，他说："苏眠，我以前对你说过，但是你不信。在你的理论里，精神病态者的特点很鲜明——

"擅长语言表达，富有感染力。但是天生缺乏中央组织者，永远无法保持自己的所想所说在一个方向上；

"冲动易怒。一旦冲动，就容易犯罪；大多数人酗酒，因为酒精能够唤醒我们比正常人更迟缓的神经；渴望一切刺激，因为我们天生就麻木不仁……

"可是唯独有一点，你说错了。"

空旷安静的室内，除了两个人的嗓音和呼吸，没有其他任何声音。苏眠感觉到莫大的悲哀和郁闷感没过心头。因为她已经知道，他想说什么。

他抬眸看着她，眼眸黑如这寂静地底的颜色。

"我爱着你。我的情感并不是浅薄而空乏的，我一直能感觉到你。

"几年后我从国外回来，你身边，已经有韩沉了。"他的嗓音如同潺潺流水，这句话却说得很静很静。

苏眠并不能太准确地想象，当年的少年，长成年轻男人，再见到她时，会是怎样的心情。

也许只余少年老成的空惘和悲凉。

又也许，是一切黑暗与光明交织岁月的开始。

她爱的，是这世上最正直最纯净的男人。

而他，是站在黑暗深处的、年轻的罪恶之王。

两人都静了一会儿，苏眠缓缓地开口："所以，从我进入七人团做卧底开始，你就知道我的真实身份？"

他点了点头："有关你的每一分每一秒，我都知道。"

苏眠的心情，压抑得有些令她喘不过气来。原来几乎令她肝脑涂地的卧底生涯，从一开始，就是他的请君入瓮。

"所以……"她的嗓音有些干涩，"当年警方计划失败，也是因为我的身份早就被识破？"

没料到这个问题，却令他沉默下来。

"不是。"他笑了笑，神色竟依然是平静的，"我这辈子唯一一输过的人，就是韩沉。在计划之前，他已经知道你的身份暴露。而后他将计就计。本来，我们是要输的。一步之遥。"

苏眠静默片刻，说："许滴柏。"

他点头："对，许滴柏。"

是他的倒戈，导致了警方和七人团的两败俱伤。

尽管苏眠还不清楚前情种种，但原来当年的韩沉，就曾经令S这样的男人，不得不认输；原来韩沉和她，距离赢得那场血战，只剩一步之遥。

苏眠脑海里蓦然响起韩沉曾经说过的话。他说，当年是我年轻蠢笨，弄丢了你，对不住你。

韩沉，是我们都不记得了。你从来没有丢失过我，从来没有辜负任何人。

我们只差一点点，就可以相守在一起。

苏眠的五脏六腑间，仿佛都涌起丝丝点点的钝痛。她闭了闭眼又睁开，某个越来越清晰的念头，就快要残忍地逼她面对。

她问："我失忆、换身份，都是你安排的？"

在她沉默的时候，眼前的男人，就这样安静地等待着。仿佛也在回想，那一段不知令谁肝肠寸断的时光。

他又点了根烟，吸了一口，轻声答："是。辛佳安排的药物，能够麻痹神经，致人记忆损伤。只是没料到，韩沉也闯了进来。"

苏眠低下头，看着地面上自己模糊的剪影。终于弄清楚，不是意外，是有预谋的替换。那被偷走的五年时光，原来是从这里开始。

"我想要，跟你重新开始。"他终于缓缓地说道，字字清晰而悲哀，"如果有一天，我不再是罪犯，你不是失去父亲、疾恶如仇的女孩，我和你重新再相遇，一切是否会不同？"

他转头，目光温凉如水地望着她。苏眠却只觉得震痛难当，以为绝对不会掉的泪水，就这么掉落下来。

他却依旧用温柔而慈悲的目光望着她："别哭，苏眠。我只是不想放弃，我只是走过了千山万水，还想回头问你一句：愿不愿意跟我走？愿不愿意，回到我们中间？"他的嗓音变得更慢，也更清澈，"你遗忘了我，遗忘了我们，也遗忘了这段感情。我的人生要怎么继续，又要怎么结束？"

苏眠抬手挡住了自己的眼睛。

"不。"她的嗓音里有浓重的泪意，"你不是S。不是你。"

这一瞬间，这个地底的封闭而幽暗的空间里，仿佛变得格外寂静。她的指缝间有泪水滑落，但她的嘴角已倔强地紧抿着。而眼前的男人看着她，指间夹着香烟，却纹丝不动。

"为什么我不是？"他问。

苏眠放下了手，放在沙发扶手上。她的脸上没有太多表情，唯独眼眶赤红，像被人深深挑衅伤害，却又无处发泄的幼兽。

"七人团不做无谓的事。从爆炸案开始，你们做的所有事，只为了一个隐藏至深的目的。"她的嗓音也冷得像这地底的寒气，"到了今天，让我们在地底看S的房间、对我讲这些话，再联系之前的密码、信笺、跳舞……你们的目的已经很明确——就是要唤醒过去的记忆。"

她抬眸看着他，那目光晦涩隐痛："如果只是为了唤醒我的记忆，根本不需要等到今天。而且……我的记忆，如果你真的是S，只怕并不想唤醒。而你刚才说，他想要跟我重新开始。"

男人望着她，不说话。苏眠缓缓吸了口气，她听到自己的声音，干涸艰涩得如同破裂的冰。而心中，那悲哀钝痛的感觉，再次袭来。

"所以，你们想要唤醒的，是另一个人的记忆。S的记忆。"

一片寂静中，苏眠听到自己的心跳声。而她慢慢偏转目光，看向漆黑房间里，那另一个人。尽管看不清，但她知道，他一直在听。

跟她一样，仔细地倾听着过往的、属于S的记忆。

"那你告诉我，S是谁？"男人看着她。

苏眠没出声。眼泪掉了下来，她伸手擦掉。

"是谁？"他捻灭了烟头，逼问着她。

"够了，R。"

清澈的、熟悉的却带着一丝低哑的嗓音，从离她不远的黑暗中传来。泪水瞬间再次刺痛她的眼眶，而她听到他缓缓说道："不用再说，我想起来了。"

R站了起来。

苏眠静坐如同雕像。

一切发生得如同寂静无声的梦。他从房间里走了出来，清隽的容颜，高瘦身材，依旧穿着颜色清素的外套，白色衬衣，黑色长裤。他脸上甚至还有刚刚在地道里沾染的灰土。而他抬起双眼，抬起那清澈漆黑的眼睛，就这么安静地望着她。

仿佛初见，仿佛过去的温暖陪伴着她的这些年。

苏眠就像是被一种苍茫如同大海般的情绪包围着。她的眼泪已经擦干，她看着他熟悉而陌生的身形相貌，脑海里，却瞬间浮现很多很多事。许多的线索，那么多的暗示，原来都围绕着眼前这个男人，如同缠绵纠葛的网，铺陈展开。

五年前，她出事；四年前，她醒来；一年后，这个男人来到她的身边。

他一直陪伴，却从不走近。他总是孤独一人，即使是她，也从未真正走进过他的内心世界。

所以数月前，T 至死都不愿说出真相。他说：我不能说。

…………

七人案发以来，韩沉曾经说过，找到诸起案件内在的关联，就找到了他们的真实目的。她曾经以为，那关联是她。可现在回想，他也关联着每一宗案件、每一次生死攸关！

七人团的挑战信：7 日 7 时 7 分，我们会来。她会看到，黑盾组会看到，他也会看到；

爆炸、蜡像、挖心、A、L 和 R 与其说是在登场表演，更像是让世人知晓他们的存在。让他看到，他们的存在；

L 献舞视频发来的当晚，她辗转难眠，他不也是一支孤烟，整晚站在寒风中？那时他在想什么？是不是也在想，画面右侧空出的位置，应该还有人，站在那里？L 那支舞，从头到尾就是跳给他看的；

及至一个又一个的密码，传递七人团的精神，也是他擅长的数学和哲学。记忆会丧失，知识和积淀却不会。所以，他们再一次在召唤他；

而将他和周小篆绑架，迫她做选择。更不是为了她，而是为了他。让他被她放弃，让他遭受离弃之苦……

最后，到了今天，再由 R，将他们的种种过往，悉数道来。连她都感同身受，他又如何不会……苏醒？

他们渴望着他，也保护着他。他们一次又一次地展示着，等待着他的回归。每一次，都天衣无缝；每一次，都讳莫如深。是 T、许湉柏、辛佳连续三人的死，让他们悲痛；还是她和韩沉的重逢，决意查明当年真相，而他黯然退守，令他们无法再蛰伏，才终于开始这记忆的轮回？

…………

苏眠压下万般思绪，只看着他的眼睛。现在，那是徐司白的眼睛，还是 S 的眼睛？

而徐司白站在朦胧的灯光中，他看着眼前的女人，泪水也慢慢没过他的眼眶。

原来。

原来这才是他和她的过去。

他已爱了她半生。

R 的话，R 的扮演，唤起太多模糊画面和记忆。而记忆最深的，是在爆炸的毒气室里。

苏眠，当时在毒气室的，不只你和韩沉。还有一个人，是心甘情愿走进去的。你看到了面前的韩沉，只看到了他。这些年，你在梦里苦苦追寻着他，却没看到，当时躺在你背后的我。

我忘记了姓名与过去，忘记了伙伴和信仰；

我懵懵懂懂，生命里只留一轮斜阳与明月；

我过着枯燥而空白的生活，只为等待着你的出现；

我终于成了你想要的那种人，可是你依然不属于我。

第十二章
她想要的

　　三人安静的对视中，R 最先抬起手，捂住了自己的眼睛。但是他马上放了下来，苏眠听到他轻吸了口气，然后走向了徐司白。

　　"S，欢迎回来。"他说。

　　很寻常的一句话，听在苏眠耳朵里，却跟针刺般地疼痛。她抬起头，静静地看着两人。R 已伸手，抱住了徐司白。而徐司白静了一瞬，这才伸手，回抱住他。

　　片刻后，两人分开。徐司白的目光却停在她脸上。

　　她同样一瞬不瞬地盯着他。

　　他的目光很快移开，看向了 R。而他依旧清隽得如同水墨勾勒的脸庞上，终于露出了一丝温和而平静的笑："对不起。"

　　R 静默了几秒钟，嗓音很沉："你没有对不起任何人。"

　　两人都安静了一会儿。徐司白抬眸，再次看向了她。

　　"我和她两个人待会儿。"他轻声说。

　　苏眠在他的目光中，仿佛被施了定身咒，挪不动，也不愿哭，只是那么安静地望着他。

　　"好。"R 直接走进内间，关上了屋门。

　　只留下一室寂静的空间，给他和她。

　　他朝她走来。

　　苏眠垂下头，别过脸，看向一旁。

　　她没办法再看他。

　　身畔的沙发微微一沉，他坐了下来，坐得离她不远，也不近。她能闻到他身上那淡淡的熟悉的气味，纯净的福尔马林、血腥味，还有陌生的硝烟味。明明很淡的气息，却仿佛压得她心里有些喘不过气来。

　　"刚才有没有受伤？头疼不疼？"清澈的、略哑的嗓音。

　　苏眠压抑了这么久，却万万没想到，会是这样的开场白。仿佛他还是徐司白，她还是白锦曦。他依旧温和而固执地关心着她。

　　苏眠转头直视着他。

　　一巴掌，狠狠落了下去。

　　啪！脆响之后，她缓缓放下手。而他白皙的脸上，几道鲜红指痕，刺目得像血。苏眠看着他的眼睛，他的眼睛依旧黑白分明，澄澈地映出她的模样。可那漆黑的瞳仁，仿佛又压抑着某种晦涩厚重的情绪，看不透。她再也看不清。

　　她想要转过脸，不再看他。他却忽然伸出手，触到了她的脸颊。她这才发觉自己脸上又有泪。然而他的触碰，却叫她全身如同刺猬般轻轻一缩，一抬手，一巴掌又朝他脸上扇去！

　　他的身手却快如闪电，这一回，一把就抓住了她的手腕。苏眠心头一震。他的手指微凉而白皙，力气却大得惊人。苏眠一时竟动弹不得，只能直视着他的眼睛。

　　"松开！"她吼道。

　　他看着她，沉默了几秒钟，手缓缓地松开。

　　苏眠得以抽回手，一时间心中也如同野草丛生，竟只觉得满心疮痍。

　　而他只是看着她，不说话。

　　"你是什么时候知道的？"她缓缓地问。

　　徐司白沉默了一会儿。

　　然后他伸手，从茶几上拿起了 R 的烟盒，抽出一根点上。这不是苏眠第一次看到他抽烟，可直至此刻才发觉，他点烟的动作这样娴熟。那样静好的容颜，当白色的烟气在他面前指间缠绕，却原来一直是带着颓唐和冰冷的。她却从未察觉。

"刚刚。"他轻声答,顿了顿,又说,"但这些年,我一直知道,自己有精神病态。所以……"

苏眠的眸色猛地一怔。

而他静静凝望着她。原本这些天,躁动、迷惘、痛苦,甚至还有怨恨的心,在得知一切真相后,却反而平静下来。

比失去她之前,离开他们之后,更加平静。仿佛一潭再也望不见尽头和彼岸的水,满溢在他心上。

你明了吗?

我心爱的女人。

即使失去记忆,我也在睁开眼的一瞬间,就察觉到自己与别人的不同。

我对人没有太多感觉,所以从来形影孤单;

我从不对你多言,因为说多了,你就会察觉我言语的缺失和混乱;

所以,我一直不让自己对你表白。

…………

话语未尽,他望着她的眼睛,却已经确定,她已经在顷刻间明白了所有。

"一开始,他们就让我有熟悉的感觉。"他缓缓说道,"开始怀疑我的身份,是从那天,看到 L 跳舞的视频开始。"

苏眠不吭声。

他却有片刻的迟滞,然后说道:"被绑上炸弹那次,我已渐渐地明白,他们在做什么——是要让我再次被你放弃,才看得清自己的心。到今天看到 S 的房间,再到他们营造机会让我亲手杀人,我已经基本确定。"

苏眠咬着下唇,言辞艰难。三言两语,他已概括了一个宿命的轮回。

是啊,她为什么一直没发现呢?

或许是因为,在那懵懂如同秋梦般的年月里,在陌生的茫茫众生中,唯独他,对她笑得如阳春白雪般温暖。

"徐司白。"她抬起隐隐含泪的眼,一个字一个字地说道,"让我走。"

他没说话。

他安静着,仿佛依旧是昔日清隽安好的模样,唯独修长指间的香烟,无声无息地燃烧。

"苏眠。"他看着那洁白的烟气，像是低喃，又像是有些出神，"我曾经在梦中，吻过一个女人，曾经看到她，一直在我面前哭。"

苏眠不说话，对他没有任何回应。

"这些年，在梦中寻找你的，不止韩沉一个人。"他缓缓说道，"一直找不到，一直分不清。熟悉，模糊，心疼，但是又不确定。直至你和她，越来越相似，越来越重合。原来这是我自己给自己设的一个局，自己给自己造的一个梦。现在，梦终于清醒。"

那缓慢的语调，那熟悉的嗓音，却仿佛一团无所不在的空气，浸痛了她的心。她静默无言地抬头看着他，他也转头望着她，狭长的眼睛里，有很浅很浅，如同水雾般黯淡的光。

然后他放下了烟，低下了头，手撑在她身旁的沙发上，朝她吻了下来。

苏眠的心微微颤抖着，全身发凉。而她的手缓缓在身侧紧握成拳。他在靠近，缓缓地靠近，熟悉的气息、冰冷的气息。灯下他的侧脸清秀而朦胧，他的手轻轻握住了她的肩，额头缓缓抵上了她的额头、鼻尖，慢慢地贴近鼻尖。

他俩已无比靠近，他闭上了眼睛。唇齿相依般靠近，呼吸纠葛。

然而他的吻，却始终没有落下来。

只是这样，靠近着她。

苏眠始终一动不动。

就在这时，一个手刀，狠狠地劈向他的后颈！然而他的动作比她更快！睁眼的同时，就挡住了她的手。她看到他眼中那漆黑暗涌如湖水般的颜色。然后他扬起了手，同样是一击，法医的攻击比她更轻更快更精准，落在她的后颈神经上。

苏眠闭上眼，昏厥过去。

徐司白一把抱住了她缓缓倒下的身躯，然后就这么静静地抱着，没有动。

R走了出来，看一眼他怀里的女人，问："S，现在怎么做？"

徐司白放下了她，让她靠在沙发上。然后又拾起放在桌面上的香烟，含进嘴里。R看着他的样子，忽然有些难过，脸上却有淡淡的笑："S，知不知道我们有多久，没看到你抽烟的样子了？"

徐司白又轻吸了两口，也笑了笑，问："你们原来的计划是什么？"

R答："会有一辆地铁撞过来，唠叨和冷面在车上，死定了。撞击发生后，半岛酒店会倒塌。但这还不够。A那里还有个引爆器，引爆汉江大桥上的炸弹。埋得很隐秘，警察应该还没发现。只要炸了桥，人就会死得更多。陆路被封死，我们就可以趁乱出去，没人会察觉。"停了一下，他又说，"曾经的两败俱伤，今天算是祭奠与结束。"

徐司白安静了一会儿，像是在沉思。然后他抬头看了看周围，问："这间屋子、这个计划，你们是什么时候开始准备的？"

"三个月前。"

徐司白点了点头。

这时R低头看了看表，微蹙眉头："A刚才来过电话，说马上到。但L应该到了。"

徐司白抬眸看着他："L从不迟到。"

两人都没说话。

R拉开书桌抽屉，拿出把手枪："我去。"

徐司白却站了起来，径直从他手里拿过枪："我去。你不是韩沉的对手。"

R有些迟疑，徐司白却已将枪拉开保险，插入腰间枪套，淡淡地说："我会把他们俩都带回来。"

R静默片刻，点了点头。对于S的指令，他们向来是无条件地服从。此去经年，也不会改变。

徐司白又抬眸，看了一眼沙发上的苏眠。R也顺着他的目光望过去，问："我们这次带她走吗？"

徐司白凝望着她，眼眸清寒如雪，他什么也没答，开门离去。

L刚从地上爬起来，就感觉到冰冷的枪口对准自己的太阳穴。幽暗的光线里，他看到韩沉的脸如同沉静的雕塑，表情晦涩不明。

L有些无奈地站直了，抬头飞快地扫视一下周围。脚下是湿软的泥地，他们站在林立如同黑暗森林般的地基旁，四周寂静无声。

而韩沉这个人吧，太凶。即使站在黑暗里，你也能感觉到他周身的气场。

L被韩沉用枪抵着，往前走了几步，有些漫不经心地开口："你是怎么知道，我就是L的？"

韩沉没答，目光扫过他的双手指甲。

然后就想到了苏眠。

之前在上面时，当季子芠挽起袖子，被他们看到了腕表，也看到了指甲。苏眠就转头与他对视一眼，确定了心中的猜测。

七人团能制订这个计划，能知道诸多内情，必然有团员之一，对这个建筑项目很熟悉。而A和R的职业已经清楚，那么剩下的，就只有L了。而季子芠尽管一路表现得十分沉稳仗义，也不拘小节，全身脏兮兮的，脸上是泥土，似乎也浑不在意——这与L的性格，是完全违背的。

但他穿得很简单大方，腕表却太过繁复华丽，并且一尘不染，没有一丝划痕。但既然他是一名建筑师，常年出入建筑工地，如果真的是大大咧咧的生活习惯，怎么会把表保存得这么好？

而且他的指甲盖里，整洁干净。按理说他之前被囚禁在柱子里，理应拼命挣扎，指甲盖里全是尘土渣子才对。可是他的身上那么脏，指甲盖却干净得跟仔细打理过似的。

所以，答案已经很明显了。

想起苏眠当时与他心有灵犀的眼神，韩沉心头就泛起一阵浓郁的寒意。他只用枪抵了L一下，根本就不打算回答他的疑问。

L也知道话不投机半句多，见他神色凛冽，眼眸黑得吓人，便也笑了笑，慢条斯理地说："韩沉，我不会给你带路的。我一个人死无所谓，也不会让你找到他们。"

这话他说得冷淡果决，也有点报复意味。哪知韩沉淡淡地答："我知道。"L听得心头一抖，就感觉到脖子剧烈一痛，韩沉已经狠狠地给了他一下。

"太狠了……"L低骂一声，瞬间晕厥，栽倒在地上。

韩沉迅速将他拖到一旁，掏出手铐，铐在一根地基上。然后搜他的身，搜出了一部手机，还有手电。

韩沉打开手机，有信号。他和苏眠等人的手机，都在当时爆炸发生时被震坏了，搜索不到信号。

他立刻打给秦文泷："秦队，我是韩沉。"

秦文泷听到他的声音，都快要哭了："韩沉！你小子总算还活着！什么情况？"

韩沉无法与他多说，只简洁道："地下第三层，北向往南70～90米，西向往东200～250米的位置，地面已被爆破。L被我铐在这里。你们突击下来后，马上将他抓捕。"

秦文泷的声音却仿佛更急了："搜救部队就快进入地下，但你们得马上上来！十分钟后，就会有辆地铁撞过来，楼可能会塌！"

韩沉静了一瞬，答："知道了，我找到她就回来。"他挂了电话。

他虽语焉不详，可电话那头的秦文泷听到"找到她就回来"，只感觉到阵阵寒意往心头冒。

韩沉将手机塞进裤兜，又脱掉了警大衣，只余衬衣。这能让他的行动更加寂静无声。他举起手电，看着昏暗的前方。对方还有三个人，而她此刻是否孤独无助，无法逃脱？

他低下头，仔细而迅速地勘测地面痕迹，起身朝前追去。

真正的地底，建筑物之下，阴黑复杂得像个迷宫。没有路，只有地基、钢筋混凝土、木架和岩石。

韩沉翻过了一片土墙，前方是一条望不见尽头的类似堤坝般的土丘，两侧是深深的地基，漆黑而不见底，隐隐还有不知何处传来的水流声。

他刚要跳下去，就听到了细碎的脚步声。这若是寻常人，自然是听不到的。因为对方的脚步声也放得很轻。

他伏低身躯。

很快，就看到一个人影，从阴暗的混凝土梁柱后，走了出来。黑色风衣，压低的帽檐，黑暗中若隐若现的脸。

A。

他极为小心，又抬头四处看了看，这才将双手插进口袋里，沿着土丘，跳了下来。

待他走出有数十米远了，韩沉才跳到土丘上，水声掩盖了他的脚步声。Ａ丝毫未觉，继续朝前走。

周围黑得像有鬼魅聚集，稍不留神就会失足坠落进它们的世界。韩沉远远地跟着，穿过土丘，眼看即将抵达尽头，前方是片平地，或许离他们的老巢已经不远了。

就在这时。

一个人影突然从一块地基后走了出来，出现在土丘上，与Ａ正面相逢。韩沉几乎是立刻伏低到旁边的沟壑里，在地基上那黯淡而稀疏的灯光中，韩沉看清了那人的脸。

徐司白。

Ａ也看清了眼前的人，一时竟愣住了。

然而下一秒，徐司白已经拔出枪，冰冷的枪口，对准了Ａ的前额。

"苏眠在哪里？"他的脸色依旧清寒，嗓音也凛冽无比。

韩沉原地不动，静静地看着。他的眼眸漆黑幽深。

Ａ静了一会儿，从徐司白的角度，完全可以看到他的眼中某种失望的神色一闪而过。Ａ忽然笑了，懒洋洋地答："法医，我怎么知道？大概，她是跟Ｓ私奔了吧。"

徐司白的唇轻抿着，嗓音更清冷："双手放在头上，转过去。"

Ａ慢慢地将双手放在头上，突然长长地叹了口气，然后转过身去。徐司白单手持枪抵着他的后心，另一只手在他身上一阵搜摸。

他很快摸出个小小的遥控器，还有把手枪。Ａ看了他一眼，眼眸寂静又乌黑。

"这是什么？"徐司白问。

Ａ漫不经心地答："不是什么。做着玩的。"话音未落，他突然就转身，一个手肘狠狠地往徐司白胸腹撞去，伸手便要夺那遥控器。

徐司白侧身避过，将遥控器牢牢抓在手里，胸口却结结实实地吃了他一击。Ａ伸手正要夺枪，突然间就感觉到后脑一凉，被枪抵住了。

韩沉。

"松手！"韩沉低喝道。

A眼中闪过不妙的神色，不敢动了，看一眼徐司白。而徐司白捂着腹部直起腰来，也看着他。

"你怎么会在这里？"

"你怎么会在这里？"

韩沉和徐司白同时开口。

徐司白神色不变地答："我……杀了那三个人后，看到一个男人，抱着苏眠经过。追到这里，失去行踪。"

韩沉点了点头，又看向A："带路。还有几分钟地铁就撞过来，你如果不带路，我们都是死，你也是死。"

徐司白静默不语。

A沉默了一会儿，忽地又笑了："行。我给你们带路。不过你们真以为到了地方，你们也能活下去？两位哥哥，此去依然是死路一条。跟我走吧。"

韩沉端枪不动，徐司白垂下眼帘。

A在前，韩沉和徐司白在后，徐司白手里打着手电，三人便沿土丘，继续往前走。这时韩沉开口道："法医，把遥控器给我。"

A继续走着，像是完全没有听到。徐司白却静默片刻，答："不行。"

韩沉瞥他一眼，他的神色却淡然如水，看着前方："韩沉，你考虑的事太多，我只考虑她的安危。这个遥控器如有必要，我会用它跟他们交换苏眠。所以我不会交给你。"

韩沉的眼眸中升起寒意，却没说话。

近了。

更近了。

A踩着脚下崎岖的路，暗暗舔了舔自己的嘴唇。

前方，离密室所在地已经不远。只是从表面，完全看不出来它的所在。而再往前几步，就有他埋的炸弹，也进入了R的监控区域。

只不过，如何刚刚好炸掉韩沉，又不伤到徐司白，是个问题。

他低下头，看着地上，三人很淡很淡的影子。就在这时，他发觉大概是因为路窄，徐司白不知何时已往后退开了些，与韩沉拉开了一两步的距离。刚刚好，够 R 进行精准爆破控制。

这让 A 微微一怔。

但已来不及细想了。他一脚迈过炸弹，听到身后的韩沉跟了上来。

"十、九、八、七……"他在心中默念，多年的默契，他可以判断，R 必定会选择在此时下手。

"……三、二、一！"A 突然发足飞奔，与此同时，身后轰的一声巨响。

砰！

夹杂着子弹破空的声音。A 只感觉到身体像是被什么重重撞了一下，剜心般的疼痛从胸口传来。他低下头，看到自己的右胸破开一个小血洞，然后猝然倒地。

剧烈的疼痛，伴随着血液的涌出，仿佛令他全身的力量都在迅速流失。但他趴在地上，还是拼命回头，就看到小规模定向爆破的烟尘后，韩沉毫发无损地站着。而徐司白，站在他对面，两人持枪而对，脸色同样冰冷无比。而地上，离 A 不远的地方，还丢着一把枪。正是他刚才的佩枪。

原来，A 没看到的是，刚刚的一切都发生在转瞬之间。

在爆破发生的前一秒钟，韩沉竟不知怎的察觉了，飞身往前一扑，竟躲过了这次爆炸，同时朝 A 开枪！

徐司白也侧身避过爆炸，迅速持枪对准韩沉，同时将另一把枪掏出来丢给 A。而韩沉人还没回头，枪口已经掉转，对准了徐司白。

一片硝烟中，爆炸的余声仿佛撞钟般，沉闷而刺耳地回荡在地底空间里。周围的泥土因为爆破，大块大块地正在往下陷落，一时竟如同要垮塌一般。而两人就这么站着，都没说话。地上的 A 伸手想够那把枪，却根本抬不起手。

韩沉的脸色冰寒无比，眼眸也显得执拗冷酷。他开口："果然是你，S。"

徐司白端稳枪对准他，生死一线间，眼眸却依旧那么平静，平静得像水。他不说话，一旁的 A 却彻彻底底地愣住了。

"S……"他哑着嗓子喊道，整张嘴却都咧开，看起来竟像是极开心地笑了，"S、S，你真的醒了？"

徐司白缓缓点了点头。

　　A 忽然哈哈大笑起来，挣扎着想要爬起，却又跌落，然后长长地舒了口气，伸手捂住自己胸口的血流，喃喃道："我死而无憾，死而无憾……"

　　徐司白没有看他，只是漆黑眼眸中的颜色，仿佛更深更深。而韩沉也是全神戒备，端枪瞄准着他。

　　两人这么静静对峙了有一会儿，韩沉忽然开口："遥控器是炸桥的？"

　　A 的意识已经有些模糊，但还是因韩沉出人意料的敏锐吃了一惊。

　　"是。"徐司白轻声答。

　　"你会炸吗？"韩沉又问。

　　徐司白静了几秒钟，答："不会。你把 L 和 A 给我，我把遥控器给你。"

　　韩沉也沉默了一会儿，答："成交。"

　　地上的 A，只怔怔地听着，心里又高兴又难过。

　　"L 在哪里？"徐司白又问。

　　韩沉报出了方位。

　　徐司白单手持枪不动，从怀里掏出手机，放到耳边："R，确认 L 的位置。"

　　徐司白拿着电话，两个男人都安静地等待着。

　　韩沉的嗓音略哑了几分："苏眠呢？"

　　徐司白静了一瞬，答："我会让她过她想要的生活。"

　　韩沉眉目不动，过了一会儿才淡淡地答："好。"

第十三章
虽死犹生

苏眠醒来时，就看到一室暗淡的灯光。她被绳索绑在一张椅子里，动弹不得。徐司白已不见踪迹，唯独 R 坐在沙发里，一口又一口地抽着烟。他面前的墙壁上，数面监控器已经打开。

而正中的画面上，正是 A、韩沉和徐司白走在土丘上的画面。苏眠看到时，爆炸还未发生。

苏眠心里咯噔一下。

她瞬间明白了两件事。

一、徐司白在骗韩沉；

二、韩沉也在骗徐司白，他已经怀疑他的身份。

若徐司白的身份已经挑明，两人绝不可能这样和平共处。但是，这里却有个最大的漏洞。那就是 A。

以七人团的性格，此时即便是死，只怕也不肯给韩沉带路。除非，有陷阱；或者，A 不想另一个人待在外头、死在外头，只能给他们带路。

那就是徐司白，S。更何况，她能想到，韩沉此刻必然也能想到，徐司白也是诸多事件的关联人之一。

然后，爆炸就发生了。

…………

及至他俩持枪对峙，苏眠已有强烈的不祥的预感。等到 R 与徐司白保持通话，听到徐司白说，我会让她过她想要的生活。而韩沉答"好"，苏眠的整颗心仿佛都疼起来。

他们要同归于尽。

这两个人都决意同归于尽。所以才会有这样的交谈。

韩沉不可能放过徐司白。徐司白既然已经恢复记忆，就绝对不会退让。

他们俩，是打算杀死对方了。

苏眠狠绝的心性也起来了，一个转身，连人带椅子就狠狠地撞在墙壁上。但椅子却没有被撞碎，而 R 猛然回头，看着她。发现她只不过如困兽之斗，R 又迅速转头，切换调整着屏幕。

然而他根据韩沉给的坐标，找到附近的一只监控摄像头，调集画面后，却皱起眉。因为幽暗的画面里，韩沉所说的那根地基柱上，只能看到半截被打断的手铐，并没有人。

他抓起手机，对徐司白说道："S，L 不在那里。只有半截手铐，看样子是被子弹打穿的。"

苏眠低喘着抬起头，同样看着画面上的韩沉等人。

她的胳膊，已经卸掉变形，可以从绳索中抽出来了。

而画面外，类似堤坝般的土丘上，A 气如游丝，韩沉和徐司白听到 L 不见的消息，都沉默下来。

"地底，还有另一个人，一直没出来。"韩沉缓缓说道。

"嗯。"徐司白答道。

"你们的计划，是什么时候制订的？"韩沉忽然扬声，问的是地上的 A。而密室内的 R，听到韩沉问了跟徐司白相同的问题，忽然一怔。

"三个……"A 喃喃。

"三个月前。"徐司白替他答道。

这时 A 陡然睁大了眼，他已经明白过来。这个计划是绝对保密的，只有团员知道。而三个月前，这世上还有一个人，知道整个计划。

"但是……"A 疑惑道，"他为什么……"

徐司白没出声。

而韩沉淡淡地对着周遭的黑暗道："出来，许满柏。"

离他们最近的一根地基后，一个人影走了出来。他穿着全黑的衣服，看起来当真如影子一般。而他已不再是当日儒雅斯文的模样，下巴上全是胡楂，脸色也有些不正常的苍白，不知已经在地底躲了多久，也不知道在一旁窥探了多久。

他的脸色很淡，嘴角却有某种讥诮的笑，手里也端着枪。

"好久不见。"他噙着笑，慢慢说道，也不知道是在跟谁打招呼。韩沉和徐司白依旧瞄准着彼此，都没有回头。而 A 喘着气，瞪大眼看着他。

许湎柏缓缓地靠近他们，在距离几米外的位置站定。

然后手里的枪，也对准了韩沉。

不远处，R 全神贯注地盯着监控屏幕。他拿出了一把枪，看样子是准备出去了。

苏眠的动作进行得始终悄无声息。她的双手从绳索中脱出。左臂已经剧痛无法再使用，只剩右手，紧紧地抓住了身后的木椅。

R 放下了烟，身形微动，准备站起。

两人隔得本就不远，苏眠如同蛰伏的兽，抓起木椅，就朝他头顶砸去！

R 的脑后却像是长了眼睛，头猛地一偏，成功避过。咔嚓——破裂声传来，苏眠手里的木椅砸在茶几上，瞬间四分五裂。

R 脸色冰寒，伸手就要拔枪。然而苏眠等的就是这一刻，抓起砸碎的一根尖细木块，直接朝他胸口刺去！

这才是她真正的攻击。

R 躲闪不及，木块结结实实地扎进了他的左胸。他吃痛闷哼一声，然而反应也是极快，一把推开苏眠，并且正好推在她脱臼的肩膀上。苏眠剧痛，应声倒地，痛得半晌爬不起来。

而那根木头，却不知道是否刺入了他的心脏。只见他脸色发白，额头也直冒汗，单手捂住胸口，竟不敢拔，另一只手，已持枪对准了她。

苏眠同样痛得翻天覆地，但是死死咬着牙，没有吭一声。她想她真的是没有办法了，竟然开口对他道："R，你放我出去。你有你想救的人，我也有。你放我出去，我不能再待在这里。我要去帮他，我一定要去帮他！"

我要回到他身边，我要跟他在一起。他深入虎穴，他身陷重围，他决意赴死。

那就让我跟他死在一处，再也不要分开！

R却看着她，用枪指着她，缓缓地摇了摇头。

然后他慢慢往后退，打开门，退出了房间。苏眠心头巨恸，从地上一跃而去，冲向门口。然而砰的一声，门被他结结实实关上。咔嚓一声，苏眠听到了落锁的声音。

"你给我开门！"苏眠的身体重重撞在门上。

门外，却传来R沙哑而微弱的嗓音："苏眠。"他的嗓音里，竟然有了丝温和的笑意。

"苏眠。"他说，"我把钥匙留在门上了。如果S能回来，他就会给你开门。如果他不能回来，你就在这地底，永远陪着他。"

"呵……"苏眠靠着门，眼泪一下子掉了下来。想大声哭，却发不出任何声音。这时，她却瞥见监控中，那几个人持枪而对，似乎正在说话。而韩沉依旧被两把枪同时指着，脸色冷峻无比。

她忍着泪和痛，拖着几乎断裂的胳膊，又回到了监控前，一瞬不瞬地盯着他。

韩沉，我的韩沉。

许湎柏如此突然地出现，最先开口质问他的，反而是A。

"K，你这是……什么意思？"A捂住胸口枪伤，气喘吁吁地问道。

徐司白和韩沉却都没说话。

许湎柏有片刻的沉默，扫一眼地上的A，端枪不动，淡淡道："没什么意思。我一直在等S醒。"

"你现在想怎样？"徐司白忽然开口问道。

许湎柏笑了笑。但那笑意马上敛去，那张脸变得冰冷，眼神也执拗无比。

"S，你曾经是我全部的信仰。"他缓缓说道。

寂静而空旷的地底，唯独他的声音，干涩而平静。而A听到他说"曾经"，脸色又是一变。

"你不应该有弱点的，S。"他继续说道，"苏眠，我们，都不应该成为你的弱点。策划最完美的犯罪，让世人都看到七人团的精神，让他们为我们、为这人生战栗，才是你应该拥有的人生。可是……"他的眼神仿佛变得更加冷，也更加空洞，"可是你却让我失望了，S。从你五年前，决定解散我们，踏入那间毒气室开始，我就一直在失望，一直在难过。这五年，不是你该拥有的人生，也不是我们应该过的生活。你、我们，明明应该活在这个世上最引人注目的位置，你却带我们走向堕落。"

A有些失神地听着，没吭声。韩沉眉目不动，脸色冷毅，继续瞄着徐司白。而徐司白只是沉默，平静地沉默着。

"我一直在等。"许滴柏忽然笑了，是那种带着自嘲和癫狂的笑，"等你恢复记忆。我就是想看看，你若恢复记忆，是否会跟以前有所不同，是否不会再让我失望。可是你却再次为了那个女人，许诺给她想要的人生。你为了A和L，甘愿放弃这次原本完美的犯罪。这么多的仁慈，你已经不是我想要的人。"他忽然转头，直勾勾地盯着徐司白，语气骤冷，"你不能再当S。你活着还不如死了。"

A听到这里却急了："K！你想干什么！"

许滴柏只是笑，微笑不语。

徐司白脸色清冽，手里的枪依旧瞄着最大劲敌韩沉。他却淡淡开口了："你想杀我？"

许滴柏的枪虽然瞄着韩沉，却没出声。

徐司白的眼眸淡若流水，竟是不疾不徐地道："我即使死，也不会死在你手里。你现在如果开枪杀我，韩沉的枪口就会掉转对着你。你也跑不掉。"

韩沉没说话。

而地上的A没出声，手却悄无声息地往前伸，拼命地伸，想要够地上的那把枪。

许滴柏却又缓缓笑了，轻声道："你说得对，我也不会傻到冒死跳出来。但如果，我有两个人、两把枪呢？L！"

他话音刚落，另一个人影，从阴暗的地基后，走了出来。

L。

衣衫褴褛、一只手腕上还残留着半截手铐、神色恍惚的L。

而他手里，也有一支枪。从他步出阴影开始，那支枪就精准地对着徐司白。

然后，他面无表情，一步一步地走近，站稳，站在许滴柏身旁。

韩沉和徐司白谁也没说话，都明白了个中缘由。而A还没够到枪，这一幕只看得他心头一抖，嘶哑的嗓音，破口大骂道："许滴柏你疯了，催眠L？！"

而L的眉头微不可见地抖了一下，却依旧端枪对着徐司白不动。

画面之外，苏眠亦是看得惊心动魄。毫无疑问，许滴柏这是故技重施。他曾经与L是伙伴，轻而易举就能在日常进行轻度催眠，并且只怕能催眠得更加深入和成功。刚刚L落单，被他带走，他又有时间对L进行深度催眠，让L服用了一些神经麻痹或者致幻的药物也有可能。此刻，当然能够轻易地、在短时间内控制L。

局面，就这样逆转了！韩沉和徐司白互相受制，许滴柏瞬间占尽上风。

"你们俩都放下枪。"许滴柏下令道，"慢慢放，把遥控器给我。"他的神色变得肃然，"桥会被炸断，那些人，会死伤无数。荒诞表演、地底谋杀、地铁撞击、桥毁人亡……这终究会是一次完美的世纪犯罪，我们的犯罪！"

韩沉和徐司白纹丝不动。

"放下枪！"许滴柏再次命令道，同时手指扣到了扳机上。L也如法炮制。

韩沉和徐司白终于动了，他们盯着彼此，缓缓地将手臂放了下来。

可是画面外，从苏眠的角度，却看到他俩飞快地交换了个眼神。苏眠心里咯噔一下，瞬间明白过来——他俩打算联手，对付许滴柏？

一时间，苏眠连呼吸都已经停滞，怔怔地望着他们。

然而。

然而变故就这样突然发生。

然而让她心肝俱裂的一幕，竟然就在这一瞬间突然到来！

原本在这局中，处于支配地位的L，忽然全身微微一抖，掉转枪口，缓缓对准了自己的太阳穴。许滳柏最早察觉，神色大变。

而徐司白猛地挑眉，放下的枪突然抓起，朝 L 开枪，砰的一声正中他的手腕。L 手中也是砰的一声，原本应该打死自己的一枪，偏射到天上。他全身剧烈一颤，看到了眼前的徐司白，眼神恢复清明。

说时迟那时快，许滳柏抬枪就射，砰的一声正中徐司白左胸。韩沉瞬间色变，他出枪亦是最快，砰砰两声，一枪射中许滳柏头顶，一枪同样打中了徐司白。

又是砰的一声，地上的 A 终于抓起了地上的枪，抬手就射中了韩沉，想要阻止他对徐司白出枪，但是已经来不及。这一枪正中韩沉胸口。

A 已用尽全部力气，枪脱手而出，倒在地上。许滳柏瞬间断气，眼睛睁得很大，死不瞑目地砰然倒地。徐司白身中两枪，却只见他脸上寒雪般的颜色。他忽然抬头，苏眠竟觉得他是朝监控的方向看来。而后他的枪和遥控器，全都脱手而出，掉落在地。他站得离土丘边缘最近，身后就是深深的地基。他就这么望着她，那眼眸竟然是漆黑而平静的，苏眠甚至不确定自己是否看到了那一丝如阳春白雪般清隽温和的笑容。

然后他仰面掉了下去。

苏眠抬手捂住自己的嘴，最后看着韩沉一只手还握着枪，另一只手捂住自己的胸口，背对着她，栽倒在了地上。

顷刻之间，只剩 L 一个人还立着。这一幕也只看得他眼眶刺痛。他忽然抬起头，发出一声如同困兽般的号叫，抓起地上的枪，塞进自己嘴里，砰的一声，他的头被打穿，倒在地上。

一片寂静中，唯有一个人，以枪撑地，踉跄着站了起来。

而苏眠望着他，望着他胸口的枪伤，忽然低下头，拼了命似的在沙发、茶几、书桌各处翻找。明知希望渺茫，可还是想找着钥匙，找到出路，立刻去找他。

然而韩沉没看到，苏眠也没注意到，躺在地上的 A，正缓缓地合上眼睛。而他嘴里，仿佛游魂呓语般，颠三倒四，念念有词。

"S……S……姐，姐……我没杀韩沉……别伤心。"

他闭上眼，断了气。

姐，我终于还是没杀他。抬手的瞬间，意念已发生偏差，偏离了他的心脏。

我想，这不是背叛，真的不是。

因为 S 说，要给你想要的生活，所以韩沉不能死。

因为我其实已经深深地知道，早就知道，这一场悲歌般的人生，错的是我们。我只是无法再回头，也不想再回头。

我们的人生或许有一个错误的开始。

我们却已让它错误地结束。

…………

苏眠打不开门。

R 已决意赴险，R 一心替徐司白守着她，又怎么会给她逃脱的机会？她用后背抵在门上，用完好的那只手，狠狠一捶门。

"韩沉！韩沉！"她大声喊道。她不知道韩沉距离她多远，只希望他赶紧到密室中来，在撞击发生之前。

韩沉已经缓缓地站直了。他就像一尊雕塑，茕茕孑立在一地尸身中。

就在这时，震动传来。

苏眠霍然抬头，看着仿佛地震般开始整个震颤的房间。而与她相距不知多远的土丘之上，韩沉也猛地抬头，看着摇晃的空间和瞬间开始掉落的土块和砖木。

这不是普通的震动。这震动无处不在，并且越来越强烈。苏眠几乎是用尽全力大喊道："韩沉！我在这里！"

汉江隧道。

地铁已经高速驶入。

"你准备好了吗？"唠叨问。

冷面点头。

"都快死了，你就不能多说两句话吗？"唠叨忽然笑了。

冷面静默片刻，也微微一笑。

"有点舍不得。"他轻声说。

唠叨在剧烈的震动中点了根烟，抽了口："舍不得你的女朋友？"

"嗯。还有其他人。"

"那就让她和他们，永远记住你吧！"唠叨感叹道。

"忘记更好。"冷面轻声说，然后拿起了通信器，"秦队，我们已经就位。十秒钟后强行转向撞击隧道壁，力争避开半岛酒店。完毕。"

他挂断了通信器。那头，秦文泷却几乎是热泪盈眶。

地铁原本的撞击终点是半岛酒店地下的站台，也等于是直接撞在地基上。他俩若是提前跳车，就能逃生。

但如果，他们手动驾驶地铁，在那之前，强行转向，撞向轨道壁，而技术工程师们亦提前对轨道进行了破坏，两方作用，就有可能让地铁提前停下，并且让爆炸提前发生。这样，半岛酒店就不会倒塌，周围尚未撤离的数千市民，就有了生机。

"冷面，唠叨……"秦文泷站在如潮水般仓皇溃退的人群中，对着汉江的方向，无声地敬了个礼。

地底。

在韩沉站起来的同一瞬间，另一个人影，出现在离他不远的地方。

R。

浑身是血、脸色苍白的R。苏眠的攻击，已令他如同纸人般虚弱，血也从他胸口，淌了满地满身。而他看着韩沉，又看着满地的死人，亦找不到徐司白。刹那间，他已明白所有，顿时面如死灰。

韩沉捂着胸口，缓缓抬枪，对准了他。而他亦不知是哪里来的冲动，突然对韩沉露出诡谲冰冷的笑容，弯腰一把抓起地上的、离他更近的遥控器，转身就跑。他身后是一片黑暗，顷刻间便不见踪迹。而这时，震动更剧烈，头顶的坠落物更多。

就在这时，苏眠看到韩沉忽然回头，朝她看了一眼。

竟是与徐司白坠落前相同的举动，转头，看了她一眼。英俊的脸，漆黑而望不见的双眼。

这一眼，只看得苏眠肝肠寸断。转眼间，他已捂着胸口，朝 R 的方向追去。

"韩沉！"

画面中的一切瞬间崩塌，屏幕骤然全黑。苏眠听到了山崩地裂般的轰鸣声，然后整间密室突然失去光源，陷入深夜般的漆黑中。

而她站在黑暗中，无声泪流满面，悲痛得难以自已。

近了。

更近了。

前方有烟尘遍布，前方也有机械最后的轰鸣。

唠叨与冷面，站在驾驶室内，看着车头猛烈撞击墙壁，看着车体像是遭受撕裂般的力量，每一节车厢，似乎都在四分五裂。

其实已经站不稳了，撞击的力量将他们甩来甩去，撞在车顶上，撞在窗玻璃上，头破血流，面目模糊。

可偏偏这种时候，唠叨还在唠叨。

"喂，还记得……小篆说过的那段话吗？"

冷面拼命掌控着方向，让撞击发生得更深更快。他的声音也几乎被轰鸣声淹没："记得。"

唠叨的声音里也有笑意："对哦……怎么不记得？那货得意得很，专门做了小抄，贴在我们每个人的电脑上了。"

两个声音，齐声响起，断断续续，已听不太清晰。

"我们是黑盾。我们面对的，是最可怕的案件；我们追捕的，是最凶残的罪犯。我们是放在黑暗边界上，一块最坚硬牢固的盾牌。永不被磨灭的铁血意志。永不让被我们保护的人失望。请选择让我死去，就让我死去。我们虽死犹生。"

…………

第十四章
明年今日

唠叨醒来时，首先看到的，是四散的火光，然后就是刺鼻的烟气。他咳嗽两声，一把推开压在自己身上的残缺座椅。

没死，居然还没死！他心中一阵狂喜。

轰的一声巨响，只震得他耳根发麻，转头望去，原来后部某节车厢，已经被炸得粉碎。他吓得一下子从地上爬起来，爆炸还在持续，这一秒没死，下一秒就不一定了。

一抬头，就看到冷面整个人趴在驾驶面板上，满头是血，一动不动。唠叨在刚才短暂的昏厥间，依稀记得自己倒下后，直到最后一秒，冷面都还在顽固地驾驶着地铁。

唠叨只觉得全身冰凉，也不管他是死是活，抓起他就往驾驶室外拖。

卡住了！

驾驶室早就被挤压得变了形，他勉强从半扇门缝中挤了出去，再拖冷面，却实在是拖不动了。

他急得如同热锅上的蚂蚁，眼泪都快掉下来："冷面！你醒醒啊！赶紧逃命啊！老子不能丢下你，快醒！"

但以他的目力，竟无法准确估计冷面到底受了多重的伤。只见他一张脸苍白无比，手也冷得吓人，眼看是进气多出气少了。

"啊——"唠叨一声哀号，近乎疯狂般使劲地拽着他。

"唠叨！冷面！"就在这时，一个熟悉的、焦急的声音传来。唠叨一回头，看到来人，狂喜得都不知道该哭还是该笑——周小篆带着几名刑警，正从隧道里一扇小门冲出来，朝他们跑来！

"快！"唠叨大喊，"冷面卡住了！"

众人一拥而上，两个刑警砸碎车门，成功将冷面拖了出去。唠叨看着他们沉肃而年轻的面容，只觉得今天即便死，也是死而无憾！因为这里随时可能爆炸，小篆他们却冒着生命危险，不放弃最后一点希望，下来营救。

唠叨体力早已透支，受伤也极严重，此刻见冷面终于获救，他眼前一黑，晕倒在地。周小篆和其他刑警看得心惊胆战，立马背起两人，跑进隧道壁的那扇小门中，跑进通道里。

关上门，一行人立马拼了命似的往上跑。刚跑了几步，就听到门外传来连声震耳欲聋的爆炸声，只震得众人脚步踉跄，耳膜也阵阵发疼。

一名高大的刑警背着冷面，周小篆背着唠叨，继续往地面跑。冷面依旧昏死着，对着震天的爆炸声毫无察觉；而唠叨大概是昏昏迷迷，在周小篆耳边残喘问道："楼，没事吧？"

周小篆埋头往前跑，闷声答："你们虽然沿路撞击，减缓了不少冲撞力，最后才撞在地基上。但楼，还是慢慢塌了。就在刚刚。"

唠叨有气无力地骂了句。

"建筑质量太差。"小篆答，"好在人群都上桥疏散了，没有太大伤亡。"

"嗯。"唠叨应了声，又问，"老大……和小白没事吧？"

周小篆的眼泪忽然掉了下来。那眼泪一旦决堤，就跟止不住似的。他就这么背着唠叨，一边哭一边跑。

"没事！"他执拗地说道，"他们一定没事。虽然楼塌了，但是桥没有炸。秦队说桥没炸，就说明老大他们成功了。老大多牛的人啊，对不对？他们一定没事，一定……会回来！"

地底。

被掩埋如同封墓般的地底。

残垣、断柱、灰土、火光。

无一处不混乱，无一处不压抑。死亡气息的压抑。

一面缀着火光、坑洼不平的土坡上,躺着两个人。

两个人都一动不动。

韩沉躺在那里,当他睁开眼时,首先看到的,是满目的倒塌和堆积。他的眼睛里全是血,以至于眼睫被黏在一起,不太睁得开。

然后他看到,R就躺在离他不远的地方,眼睛就这么睁着,胸口除了那个木块,还有韩沉之前射给他的一枪。他已然气绝。而爆炸遥控器,就掉落在两人中间的位置。

韩沉躺着,没有动。

他的意识,有些恍惚,恍惚间,却好像看到了多年前的苏眠。洁白的校舍,温柔的绿荫,她站在树下,穿着色彩飞扬的裙子,眸若繁星,转头望着他笑。

韩沉忽然就笑了,缓缓地从唇角露出一丝笑意。

他忽然又想起,两人相认后,苏眠曾经问过他的一句话。

她说:"韩沉,你怎么就这么喜欢我啊?"

那时他答什么?

他说:"得了便宜还卖乖。我就这么喜欢你。"

喜欢你,从那么年轻的时候起。男人真正的爱,像炽烈而压抑的火,分离或是相聚,你让我如何停止?

模模糊糊间,他忽然又想起,在江城的那一天。

那个傍晚,暮色笼罩的房间,他在屏风后心烦气躁地抽着烟,他想他已经找了她一千八百九十二天,为什么还没找到,为什么她还不出现。

然后她就那么出现在他面前。一身干净的警服,干净的脸,完全像是另一个人,却又似曾相识。

后来才明白,原来那是他唯一爱过的容颜。

浓浓的倦意,再次袭上心头,他的身体已经疲惫得无法挪动半点。他甚至能感觉到,身上的伤正在持续透支着他的生命力。他想闭上眼,就这样闭上眼,闭上眼,静静地想她,想他们俩这一生。即使已没有未来,他也从未失去。

…………

哨声。

仿佛幽灵般的哨声，就这样轻轻地钻入他的耳朵里。

那声音太小，也太微弱。他已分不清那到底是幻觉，还是真实。是他听多了她的召唤已经迷失了意志，还是她真的在？

嘀——嘀——

一声又一声。听不清，辨不明，在这黑暗覆顶的地底。

韩沉的眼泪，忽然就从眼角滑了下来。

然后他缓缓地睁开了眼，用尽全身力气，开始爬，慢慢地，往她的方向爬。

同样的哨声，在这幽闭而漆黑的空间里，萦绕穿行。

它唤醒了另一个人。

另一个奄奄一息的男人。

他满身是血，躺在地基之下。他处于漫长而混沌的昏迷中，生命一点一点地流逝，直至听到了她的哨声。

他睁开了眼睛，缓缓地睁开温和清隽的双眼。

求死，抑或是求生，只在一念之间。

她，或者终将没有她？

他就这么躺着，躺着听了很久，听着她的哨音。

然后他没有动。

他闭上了眼睛。

就这么闭上了眼睛。

…………

我爱的人，我心爱的人。

你的哨声，是他生的勇气。

也是我死的决心。

苏眠背靠着冷硬的门，周遭一片漆黑。没有一点声音，也没有其他人。她不知道已经过了多久，也不知道自己现在到底在哪里。

　　她只是拿着哨子，一声又一声地吹着。她的嗓子已经哑了，胳膊已经痛到麻木。她甚至觉得已经没有太多感觉，只是一直吹着，吹着。

　　就吹到，她吹不动那一刻为止。

　　她抬起眼，看着漆黑如同深渊般的虚空。眼泪已经干涸，她想，大概就在这地底，他们一起被掩埋，终将成为同一堆白骨。也许，还能被埋在一起。

　　恍惚间，她忽然听到，身后传来了声音。

　　隔着门，传来了一些声音。

　　她简直不敢相信自己的耳朵，哨子脱手而出，她呆呆地转身，看着那一片黑暗。

　　黑暗中，有人的手，在门上摸索，传来窸窣而无力的声音。

　　黑暗中，有人终于握住了钥匙。刹那间，苏眠的整个世界，仿佛都因之停滞。

　　然而，她听到了钥匙转动的声音。门被人推开。

　　她看不到那人的容颜，那人也看不到她。她只听到那人用近乎嘶哑的嗓音，轻轻说了声："苏眠，我来了。"然后就砰的一声，猝然倒地。

　　苏眠所有的眼泪几乎都在这一刻夺眶而出，她一下子跪倒在地上，抱住了他浑身是血的躯体。

　　"韩沉！"

　　她抱着他，坐在地上，痛哭流涕。

……………

　　我在最好的年龄，爱过的最好的女孩。

　　无论天涯海角，无论生死离分。

　　我会去到你身边，把你找回来。

　　一年后，江城。

　　苏眠站在办公室里，望着窗外的烟雨。已入了秋日，这雨却下得更加频繁，像是层灰色的纱帐，笼罩着江城。

　　她的胳膊，又有些酸痛，伸手揉了揉，扯了扯嘴角，好疼。

这些疼痛，总是能唤起某些回忆，像是附骨之疽，丢不掉，于是埋藏。

她怅怅然站了一会儿，身后传来个老迈但又精气神十足的声音："小白！快来整理新档案！"

"好咧！"她脆脆地答了声，转身走了过去。

几个月前，她已恢复身份，当年的一些案件，也证明是真正的"白锦曦"所为。她也领了新的身份证。不过，身旁的一些老人，譬如江城档案馆的周老头，还是习惯叫她"小白"，她懒得纠正。

两人一起把几沓档案，抱到了桌子上，开始一份份分类归档。忙了一会儿，周老头就忍不住感叹："最近的失踪案又多了。瞧这几个年轻女大学生。"

苏眠也叹了几声气。两人一老一小，长吁短叹，又操着江城方言，咒骂那些罪犯，倒也痛快。

末了，周老头忽然想起一件事："你还记得好久以前，跟你半夜一起来馆里的那个小伙子吗？"

跟她半夜一起来档案馆？

苏眠明白过来，这是说韩沉呢。

她来这个档案馆打零工，才不过一个月的时间。这一个月韩沉岚市、江城两头跑，没有在周老头跟前露过面。周老头待在档案馆，消息闭塞，不知道她的前情过往，也实属正常。而她虽然经常在周老头面前嘚瑟自己男朋友有多帅、多能干、多体贴、多专一……倒也没跟他提太多往事。

"记得啊。"她慢悠悠地答，"叫韩沉嘛。怎么啦？"

周老头叹息道："那晚你这丫头睡得跟猪似的，你不知道，他当时也在找人呢。"他把当晚的经过说了一遍，然后感叹道，"当时那小伙子跟我抽着烟，怎么讲的来着……哦，没名字，不知道长相，也不知道死活。还是他的未婚妻。唉，真叫人不忍心，也不知道他现在找到没有。"

苏眠脑海中浮现出曾经初遇韩沉时，他的样子，那一副什么都看不进他眼里、什么都不在乎的冷峻模样。想象他当时抽着烟，说出这句话时的表情，而她，就躺在他身旁。

她静默了一会儿，非常不尊老爱幼地抓起一团纸，砸在周老头身上：

"老周，你就没半点推理能力？他的未婚妻已经成功找到了！"

"啊？"

苏眠一个劲儿地笑，低头看了看表，快到跟韩沉约好的时间了。于是她潇洒地拎起包包，又整理了一下长裙："拜拜老周，快点想出来，奖励一包烟！"

周老头惊讶极了，但又有点明白过来。她却一溜烟似的跑了。

屋外，雨声淅沥。

苏眠撑着伞，走出档案馆，就看到韩沉的车停在路旁。他也不怕车里淋湿，看到她出来，就降下了车窗。

黑色风衣，高领毛衣，手搭在方向盘上，隔着车门望着她。

不知道是不是苏眠的错觉，为什么两人相处久了，她觉得他随便一个眼神，都有调戏玩味的意思？好像百看都不厌似的。

好吧，一定是她太臭美了。

刚要上车，却瞥见车身上多了几道划痕，苏眠十分吃惊："车怎么了呀？"

韩沉推开副驾的门让她先上来，懒懒地答："刚才来的路上剐的。"

"啊？等等！"苏眠瞬间化身妻管严角色，伸手捏住他那高高挺挺的鼻梁："你不会是又跟人飙车了吧？"

不能怪苏眠过于紧张。

自从一切尘埃落定后，两人停薪留职、离开刑警工作后，她就专心致志地陪韩沉养伤。

可她吧，还是原来的样子。某人被养着养着，虽然大体还是成熟稳重的，某些似曾相识的少爷脾性，却也给养了回来。

譬如，平日里，吃苦耐劳更少，公子哥儿散漫挑剔的习惯倒是更多了。吃个鱼还要她亲手挑刺，他就这样闲闲散散地在边上看着；喝个咖啡还要她从网上订进口咖啡豆，她不会磨，他就亲手上，还不忘淡淡地打击她："你当初是怎么把我骗到手的？磨个咖啡都不会。"苏眠直接推开他："滚蛋！"

而飙车呢，大概每个爱赛车的男人，不管活到什么年纪，都不会忘却这个爱好。更何况他才二十八九岁。所以两人安定下来后，他有几次晚上自己开车出去，也没跟苏眠说去干什么，只是用尾指绕着车钥匙回来，看起来心情很好。

后来，咳咳，家里收到了几张超速罚单。身为曾经的警务人员，他偶尔的放纵，苏眠决定原谅他。

而他虽然话还是不多，但养着养着，北京土著青年那种雅痞劲儿，倒是恢复得越来越好。

譬如此刻，他听到苏眠的指责，只淡淡答道："我缺心眼儿吗？大雨天飙车堵塞交通？是一孙子技术不行，蹭了我的车。"

苏眠抚额无语。

瞧瞧，这京味十足的横劲儿，还骂人孙子。

两人就这么不疾不徐，在雨中开车回家。

"今天降温了，我中午买了羊肉，晚上吃火锅，暖暖身子。"苏眠说道。

"嗯。"

"你要洗菜。"

他漫不经心地转头看她一眼："成。别让我白干活就成。"

苏眠听懂了，抿嘴骂道："流氓！"

韩沉唇畔也浮现了浅浅的笑。

现在两人住的，还是苏眠当初租的那套一居室。虽然老旧了点，可两个人窝着，就是觉得刚刚好。

车开到自家楼下，苏眠却意外地瞥见有三个熟悉的身影立在门廊下，正在躲雨。望见他们的车，其中两人立刻用力地挥手。

苏眠惊喜地笑了，韩沉也笑了。

停好车，苏眠立刻走下来，韩沉打伞，握着她的肩，走向他们。

"哟！稀客啊！"苏眠就是嘴贱，一脸惊讶地演了起来，"什么风，把三位男神给吹来了啊？"说完她就一个劲儿地笑。

别说，三位男神，还真不过分。虽然周小篆的长相拉低了三人的平均值，但人靠衣装马靠鞍嘛，他现在也学乖了，不穿棉袄，开始穿立领夹克了！此刻三人齐刷刷地那里站一排，整体气场还真的挺强大的。

不过周小篆一开口，那气场就啪的一声被戳破了。因为他得配合苏眠演呀！他深深地叹了口气，文绉绉地道："岚市一别，分外想念。所以我们今天就亲自来啦！"

话没讲完，就被唠叨伸手敲了一下头："小篆，说重点哪！"转头望着苏眠他们，"你们怎么才回来！冷面说不要麻烦你们接，所以我们都在这儿等半天啦！饿死了，要吃饭！"

苏眠扑哧一笑。始终没出声的冷面也微微一笑，与韩沉对视一眼，点了点头，两人算是打过招呼。

苏眠领着他们往楼上走，走着走着又忍不住回头瞥一眼冷面："冷面，我怎么觉得你最近……脸胖了点？"当然，依旧是平日里俊朗模样，只是原本棱角略显瘦削，现在却柔润饱满了一些。

冷面还没答，一旁的周小篆抢答道："他整天给女朋友煲汤，自己都喝胖了！"

唠叨也立马诉苦："你们不知道啊，我们最近都没汤喝啊。"

冷面打断他们："废话。"

这两字实在太重色轻友太冷酷虐心，唠叨和小篆一路长吁短叹，苏眠说说笑笑，冷面不动如山，而韩沉则淡笑不语。在女人这个问题上，两位人生赢家，是没办法拉低到唠叨和小篆的水平线上，去做深入交流的。

热腾腾的锅子架起来，屋子里一下子暖和起来，窗户上也慢慢地覆上一层薄雾。窗外的景色，变得模糊不清。寒冷的日子，仿佛只剩这一屋散漫的暖意。

五个人围坐在小方桌旁，着实是太挤了，但是也都不在意。唠叨一看到苏眠端出羊肉片，就开始嚷嚷了："啧啧……这可真心疼咱老大啊，知道老大是北方人，爱吃羊肉，小灶就开得这么好啊！"

苏眠淡淡答："当然！你这种没有老婆的人，是不会懂的。"

唠叨忍不住骂了一句脏话。

他突然发现了一个可悲的事实，跟这群人在一起，为什么躺枪的总是他？！

一群人吃着喝着聊着笑着，慢慢地都酒足饭饱了。唠叨朝冷面使了个眼色，小篆也放下了筷子。

他们三人过来，不是纯玩的，也有正事。

冷面抬手跟韩沉干掉了最后一口酒，放下杯子，开口："尸骨找到了。"

一瞬间，整个屋子仿佛都安静下来。

苏眠筷子一顿，抬头看着他，也放了下来。韩沉手搭在椅背上，酒意微醺，眸色清亮："说吧。"

半岛工程坍塌面积很广，也很深，又牵扯到地质问题。案件之后，挖掘工作一直在持续进行。

冷面言简意赅："前几天挖出了几块骸骨，DNA 鉴定结果，与徐司白一致。但还没找到尸体其他部分。另外，小姚依旧下落不明，已经被全国通缉。"

众人都沉默下来。苏眠静默不语，目光漆黑安静。

"知道了。"韩沉说。

这时唠叨却又开口了："话说回来啊，老大，苏眠，你俩啥时候归队啊？秦老大和厅长可是天天念叨你们呢！"他一说完，周小篆立马期冀地望着他们，那眼神儿，当真跟小鹿一般亮闪闪的。冷面虽然没说什么，目光也是充满期待的。

韩沉笑了笑，抬起酒杯轻抿一口。苏眠抬眸与他对视一眼。

"看他。"

"看她。"

两个声音同时说道。

说完两人都是微怔，那三个却已起哄了："哎哟！还真是妇唱夫随！""太肉麻了！""那就回来吧。"

…………

他们三个离开时，暮色已经降临。

韩沉开车去送他们了，约好明天再带他们在江城海吃海喝一通。苏眠收拾好碗碟，又把电磁炉撤了，放进橱柜时，却微微一怔。

她再回到屋子中央，竟有些茫然，到底是推开了门，走到阳台上。

昏黄的暮色已经降临，笼罩着她全部的视野。一片蒙蒙的颜色中，近处的低矮民居，到处都亮着灯火，家家户户炊烟升起，香气弥漫。弯弯折折的巷道里，有人步伐匆匆，有人大声吆喝招呼，哪里都是一派安静祥和的气息。

她这样静静地看了许久，又抬眸，望着远方。

江城最美的建筑，都修筑在长江旁。它们头顶的霓虹，都已经亮起。偏偏天光还未全暗，那些灯终究还是显得颜色黯淡了些，交织照耀着江水。

而长江，又宽又直的灰色长江，就在这两岸寂静中，缓缓地流往前方。江面上除了慢慢行驶的船，什么都没有。

苏眠的眼眶不知不觉就蓄满了泪水。

韩沉已经回来了。他轻轻推开阳台的门，什么也没说，只从背后环抱住她。苏眠握着他的手，两人静静相拥，直至夜色完全降临。而她的身躯，因为有他，终于变得温暖。

同样的阴雨，不仅落在江城，也绵延千里，落在长江上游的小镇。

小镇并不知名，大多数时候，也只有本地人居住。小镇有暗黝的青色路面，也有繁茂得快要遮住路的大树。下雨的时候，街上人就很少。到了夜晚，天气又冷，更是半晌见不到人影。

街道转角处，前几天，却新开了家花店。这在小镇并不多见，但大家也泰然处之。小店没有名字，但花总是特别香，也特别新鲜。隔着老远走过，都能闻到那淡淡的花香。店主是个很年轻的男人，温和有礼，也不多话。所以镇上的人，对他印象都很好。

夜色，已经很深了。雨帘稀稀疏疏，落在门口。小店里还亮着灯，那男人站着，拿着剪子，细细地修剪着花枝。

"老板！我要买康乃馨。"一个高中生模样的女孩，挑开帘子冲了进来，"就一朵。"

她这样年纪的女孩，衣衫和皮鞋却十分老旧，书包也不是什么漂亮时新的款式，可见家境一般。

"好。"老板放下剪子，挑了朵最饱满的递给她。

高中生端详着那朵花，脸有点红，笑了："今天是我妈妈生日，送她朵康乃馨，没错吧！老板多少钱？"

老板和气地笑了笑，答："一朵花，给妈妈，就不要钱了。"

高中生高兴得双手合十："老板你太好了！谢谢你！那我就不用省明天的早饭钱了！下次我们班同学如果要买花，我一定拉他们过来，你放心！"

老板微微一笑："那就谢谢你了。回家注意安全。"

"嗯！"高中生转身要走，这时却被门边一大片紫色清新的小花吸引住了，"老板，这是什么花啊，好漂亮。"

老板微一沉吟，答："七叶堇。"

在年轻男人面前，女孩总是会调皮些，笑了笑，问："老板很喜欢这种花吗？这么多，贵不贵？"

老板却答："不，并不特别喜欢。"

女孩哦了一声，跟他告别走了。

而他静默片刻，望着门外的雨。今天这么晚，应该没有人再来了。他关上店门，不经意间回头，却又看见了那大片大片的七叶堇。

他微微一怔。

的确，并不特别喜欢。只是有些事，只能这样纪念。

或者，已不需要再纪念。

年轻男人的眼眶里，忽然就有了泪。

深埋于地底，变成一堆无人认领的白骨，才是他们应有的归宿。

应得的，惩罚吧。

宇宙最简单的存在，

交错复转。

生命最繁复的形式，

朝失暮得。

我们每个人生而不同，却又有何不同？

当你抬头仰望星空，当你俯瞰着苍茫如同群兽蛰伏般的大地。

你可曾看到了我？

我是这样平凡，也许会这样庸庸碌碌，跟他们一样，过完我的一生。

可那也是万中无一的我。害怕被辜负，渴望被珍重的我。

你可曾在梦中见过我的双眼？

你可曾忆起我的只言片语，我模糊的轮廓？

你可曾与我一样，迷失于美梦深处，不愿意再苏醒，舍不得再回头？

你是否知道，那时的我，为你掏出一颗真心。

找到你之前，失去你之后，幸福，它再也没有来临过。

（一）庄生晓梦

苏眠第一次看到韩沉，是在某个阳光灿烂的午后。

那时，她还是公安大学大三的学生，亦是许慕华教授最得意的弟子。许教授经常协助市公安局侦破案件，所以她也时常在学校和警局两头跑。

那天是周五。许是大多数人都在外头跑案子，偌大的一整层刑警队办公区，居然没什么人。苏眠今天的任务是来替教授取一份档案，但她天生是个路痴，在七纵八横的楼宇里找了半天，也没找着保安说的"很好找啊，左拐右拐再直走"就能看到的档案馆。

为了显示犯罪心理的高大洋气不可侵犯，她今天还专门穿了高跟鞋呢。这一圈走下来，脚指头都要断掉了。她郁闷地在走廊里找了张椅子坐下，一抬头，倒瞥见对面的大屋里，坐着个年轻男人。

这时是秋天，北京的空气透着股清爽的凉意，时间仿佛也过得很慢很慢。她抬头看了看门牌：刑警三队。

屋子里很静，似乎就他一人，低头在看文件。可他实在跟她见过的任何刑警都不同。尽管他也穿着黑夹克，但那夹克分明是修身时尚款嘛，显得他格外高挑挺拔，偏偏他还跷着二郎腿；他也在抽烟，可抽的却是细细长长的、看起来很漂亮的外国香烟。

他也十分警觉，几乎是立刻就抬头，望向门外的她。她看清他的眉眼轮廓，一下子怔住了。

他却凝视她一瞬间，很淡漠地移开目光，继续看文件。

苏眠的心莫名其妙扑通扑通地跳得不稳，心想这人看起来哪里像个刑警啊，根本就是一富家公子哥儿模样。刑警不都又憨又猛又土……咳，错了错了，不能说"土"，是"质朴"。

"喂！"她开口，"请问一下，档案二区怎么走？"

他又抬眸看了她一眼。

那眼神，完全没别的刑警看到美女时"眼睛一亮，略显局促"的反应。明明只是瞥了她一眼，却跩得跟二五八万似的，似乎还有点不耐烦。

"直走，左拐，再右拐。下楼梯，往前走三百米。"他淡淡地说。

苏眠脸色一僵。虽然他似乎没说一个多余的字，但她光听就晕了，并且已深深预感到自己肯定又找不到了。不过这种事，是绝对不能在这种超级帅哥面前暴露出来的，太丢人。

"哦。"她也同样淡淡地答了一声，"谢谢。"

起身刚走了两步，忽然听到他清清亮亮的声音从门内传来："总共巴掌大块地方，你能偏离到完全相反的对角线方向，真是人才。"

苏眠呆了一下，才明白过来——他这是在挤对自己呢！

这人！白长那么帅一张脸了，嘴可真损啊！她招他惹他了？

苏眠尽管腹诽，脸上却很淡定地答："您过奖了。我一向都是人才。"然后转头，艰难地踩着自己的两寸高跟鞋，娉娉婷婷地走远了。

这便是苏眠跟韩沉的第一次见面。没有什么波澜，更没有刻骨铭心惊心动魄。只有这样苍茫广阔的北京城，在某个不起眼的角落，他和她，相遇了。讲了几句话，彼此的印象并不完美惊鸿。

而后来，苏眠对这一次见面的评价是"短暂、无情、毒舌"，都是批评韩沉的。但也是后来，她才知道，那时的韩沉，岂止是"毒舌"啊。他天分过人，又是老北京城大院里长大的公子哥儿，不开口则已，一开口必然又贫又损，简直能把局长都气个半死。对她，其实已算难得的温柔。

这一次见面后，苏眠尽管对"刑警三队那个很帅很跩的年轻刑警"留了心，但也没有太放在心上。

直至两人的第二次见面。

又是在对于苏眠来说，如同迷宫一样的市公安局办公楼里。并且这一次，苏眠还路过了刑警三队的办公室。但是对于路痴来说，仅仅到过一次的地方，下次再来，那是绝对没有印象的。更何况办公室的门还关着，她也没瞧见韩沉这个算是标志性的醒目存在。

找找找，找了两圈，她也没找到保安口里"很好找啊，就在楼梯拐角前行一百米第五间"的鉴证科。而且这天还是周末，整座大楼里都没什么人。

苏眠再次伤神地坐在了刑警三队门边不远的椅子上。好在这一次，她换了平底鞋。

就在这时，刑警三队的后门吱呀一声打开，一个穿着警服的男人走了出来，目不斜视地经过她面前。

苏眠一看到他，眼睛就亮了。这是……这是上次那个嘴毒的大帅哥啊！

"等等！"她立马站起来，张开双手拦住他的去路，果断问道，"鉴证科怎么走？"

韩沉双手插在裤兜里，帽檐下是张白皙而棱角分明的脸，只看得苏眠有些发怔。他斜睇看了她一眼，淡淡开口道："人才，又迷路了？"

苏眠脸上一烧。他居然还记得她，但他不这么小小刺她一下会死吗？刑警哪有这样的？！对人太不友好了！

"没错，是我。这次你说仔细一点。"她强调。

韩沉却扫她一眼，淡淡地道："出入证我看看。"

"哦。"苏眠把胸口挂着的临时出入证牌牌，拿起来递给他。韩沉接过，目光飞快扫过。

姓名：苏眠。

单位：公安大学。

事由：公干。

韩沉放下牌牌，手又插回裤兜里。

"走吧。"他说，"我带你去。"

苏眠倏地睁大眼，哎哟这么好？这人，原来是面冷心热啊！

"好好好。谢啦！"她立马站起来，屁颠屁颠地跟在他身后。而韩沉神色还是挺寡淡的，领着她绕了几圈，终于到了鉴证科门口。苏眠探头往里一看，就瞧见了跟她对接联络的熟人，立马高兴起来，跟人打了招呼。然后一转头，却见楼道里空空荡荡的，韩沉不知何时已经走了。

"你认识韩沉？"鉴证科的熟人好奇地问。

苏眠问："谁？"

熟人是个三十余岁的妇女，十分八卦地说道："你不认识？就是刚才带你来的那小伙子啊！他可是刑警队里最出挑的年轻人，还是高干子弟呢！我还是头一次看到他跟女孩待在一块……"

这一次见面，尽管韩沉几乎依旧没拿正眼瞧苏眠，但她对他的印象却有了明显改观。毕竟，他还是乐于助人的嘛。

然而苏眠不知道的是，韩沉当时推门而出，来给她领路，真的不是因为他乐于助人。实在是他当时在办公室里看卷宗，一抬头，就看到她从窗前走过。

过了一会儿，一抬头，居然又看到她走过。

能够这样一圈圈地绕着迷路，对于韩沉这种天生方向感惊人的男人来说，简直令人发指。他就奇怪了，她长了张挺漂亮也挺聪明的脸，眼睛也灵气有神，怎么就这么笨呢？

但韩公子从小到大，在女人面前都是端着的，因为这样会少很多麻烦，还因为吧，追他的女孩太多，到底是众星捧月心高气傲，被女人们惯惯的。所以此刻他即使有心替她解围，那也不能直接帮忙啊。于是就起身出门，假装没看到她，目不斜视地从她跟前经过。好在她虽然没方向感，眼力还是不错的，立马叫住了他，貌似还认出了他……啊。

…………

她方向感为零，他却南北西东通透于心。遇见，是缘分，还是注定？而喜欢她，到底是从那一瞬间的心软开始，还是目睹了她微蹙眉头一脸无奈的可爱开始，已经不得而知。

只是多年之后，当韩沉从长久的昏迷中醒来，当他再一次踏进市局那纵横交错的辉煌办公楼，那时他身边跟着的人是辛佳，那时所有人都告诉他，他就是一名孑然一身的刑警。

可他站在她曾经一圈又一圈迷失的回廊旁，站在刑警三队的门口，忽然间就感到胸口一阵刺痛。

某种无法控制的预感，就这样袭上心头。他对自己说，应该还有一个人，曾经在这里。这个地方，这条回廊，曾经发生过什么。

可是，他死活就是想不起。想不起这是他们初遇的地方；想不起他曾经领着她，在办公楼里绕了一大圈，其实鉴证科明明离得很近；想不起他借口看通行证，记住了她的名字。他从没追过女孩，那时只是觉得她有意思，心念一动就想知道她的名字。

也想不起后来两个人在一起了，他时常一抬头，就看到了窗外等着他的她。他是刑警，远比她忙。而她总是借口公务，从学校跑过来找他。

那是他的女孩，在他最年轻肆意的岁月，刻上的最深的烙痕。尽管记忆被抹去，那痕迹也如刀削斧凿，道道清晰，痛得入骨。

正式认识，是在几天之后。因一宗连环杀人案，市局成立专案组，并且聘请许慕华教授作为专家参与。而苏眠身为许教授的助手，自然也跟来了。

彼时，许教授站在大会议厅，给刑警们做简报。而韩沉亦是专案组最年轻的成员之一，跟她一样，坐在第一排。两人间隔了三四个位子，也看到了对方。但两人的表情反应都很淡定，她说了声"你好"，他点了点头，答"你好"。

一来二去，就这么熟了起来。

由于案子的原因，俩人时常会见面。因为公安大学这边跑腿的是她，而警队方面的联络人是他。其实对于韩沉肯当联络人跑腿这件事，刑警队长还挺困惑的。韩沉虽然年纪轻，可不是伺候人的主儿，队里几个比他早进来两三年的小伙子，也不知怎的，就是服他，平时都是他差使别人跑腿。

现在他却偏偏肯当这个联络人，时常往公安大学跑，有时候还得跟那个女学生一起干打印扫描的活儿。但韩公子好像也没什么意见，干得也很好。

于是局领导对于韩沉的评价又上了一层楼——上次是谁投诉韩沉眼高于顶，仗着破案快，言语打击老同事的工作积极性了？瞧瞧，人家多踏实。

而对于苏眠来说，参与专案组，经常往公安局跑腿这件事，不知不觉就变得值得期待起来。有时候是一块儿开会，韩沉总是坐在最末一个，依旧是英俊得不像话的模样。他话总是不多的，但偶尔一句话，真能把人给噎死。

譬如——

对于凶手的藏尸地点，老赵刑警建议动用全区警力，展开大规模搜索。你说你韩沉眼力好，现场发现了痕迹，直接说出来不就得了？非得凉凉地损损地开口："老赵这个建议好。"老赵面色一喜，就听这小伙子继续说道："等全区搜索完毕，咱们食堂的黄花菜，可都凉了。"

老赵顿时无语。

又譬如——

有受害人哭哭啼啼来报案。那天正好是韩沉跟另一个女刑警在执勤，苏眠恰恰也在他们办公室。受害人喋喋不休，半天讲不清楚，只拉着女刑警哭诉，也完全不听刑警问什么，就只顾自己哭诉发泄。女刑警束手无策也有些烦躁，而韩沉一言不发，抄手跷着二郎腿在边上等了半天，突然出声打断："讲得好，讲得真好。"受害人中年妇女一怔，有些感动的样子，结果就听这帅气的男刑警又说道："讲了一小时，没有一句说到正题上，实在难能可贵。等把您的案子破了，您应该去天桥底下说单口相声啊，一准儿比郭德纲还红。"

女刑警闷笑，但赶紧拉住了他示意别惹事。苏眠也在一旁颇有兴致地看着。而受害人都呆了："投诉！我要投诉！你们警察就这么服务人民的！"

女刑警完全没拦住，因为韩沉往椅子里一靠，特别干脆地答："屁话。有您耽误的这段时间，说不定我都能多救条人命。您到底报不报案，不报案出门右拐，65路公交车直接到天桥西站。"

苏眠扑哧笑出声来，然后就看到韩沉回头，看着不远处的她。他嘴里虽然又贫又损，神色冷淡，那双眼却是隽黑清澈，就像她见过的水底的石子，有她看不透的温润光泽。两人四目一对，她跟没事儿人似的转过头去，然后就感觉到他的目光又在她身上停了一会儿，这才移开。

当然，年轻气盛是要付出代价的，尤其是韩沉这种骨子里犯横的北京土著青年。那时他的破案率，几乎是全局最高的。但是投诉率，也是最高的，令局领导们哭笑不得。但到底谁都有爱才之心，索性睁一只眼闭一只眼，任由这年轻人锋芒毕露。而岁月，自然会慢慢磨砺他的棱角，让他沉淀成为成熟温和的刑警。

然而后来，谁也没想到，他的棱角有多锋利，这磨砺就有多惨烈迅速。别的人，大概很多年才会被磨平棱角，而他，却是一年，甚至可以说是一夜间完成——"4·20"血案之后，在他醒来失去她之后，那个曾经跋扈锐利的韩沉就不复存在了。

他很快又回到了刑警队，却沉默得像个干了一辈子、不再有激情和冲动的老刑警；他再也不会拿话去逗去损别的同事，他对工作要求极为严苛，几乎看不到半点人情味。大多数时候，他都在抽烟，一根又一根，当他的鼻翼间喷出淡淡的烟气，你看着他的眼睛，会觉得这个人其实过得很不好。否则他的瞳仁，不会染上这样晦涩厚重的颜色。

慢慢熟了以后，苏眠渐渐地了解了更多的他。她发觉他除了紧张枯燥的刑警工作，日常生活里，还真是丰富多彩。经常看到有跟他年龄相仿的年轻男人，开着好车，到警局楼下来召唤他。而他下了班，就脱了警服，换上大衣或者休闲外套，下楼开了自己那辆路虎，跟他们扬长而去。

有时候听他在办公室里接电话，也会听到他说出一个又一个陌生的地名，××会所，××酒吧，××私房菜……一听就知道是纸醉金迷的地儿，韩公子的夜生活好不丰富。

但是却从未见他带过女孩，貌似只是跟那群兄弟们混在一起。听刑警队其他人说："韩沉没女朋友。""为什么没有？谁知道呢，估计眼光高着吧。"

有时候他也会带一些好烟好酒，来分给刑警队同事。对于他的家庭背景，他倒也不掩饰，很坦然。贵而不骄，这也让他更招人喜欢。

而在韩沉眼里，苏眠又是怎样的一个人呢？

挺有意思的一个女孩。

虽说还是个大三学生，但每每提及犯罪心理专业问题，那可是牛气哄哄、女王范儿十足。职业套装一穿，高跟鞋一踩，明明还是个小助理，可任谁质疑犯罪心理，她都能呱呱呱说一大通。韩沉还见过她巧笑倩兮，却把刑警队一众大老爷们儿给噎住说不出话来。

可这么张牙舞爪一个女人吧，工作起来，却格外安静，格外沉得住气。好几次韩沉路过许教授在警局的临时办公室，就看到她跟许教授相对而坐，手里全是厚厚的卷宗。好笑的是，手边还都是一个老气横秋的青瓷杯，茶水冒着烟气，看起来似乎很香。这么个年轻艳丽的女孩，却跟老头子相处得极好，甚至自己也带着几分老僧入定般的气场，一坐就能一整天甚至好几个整天。而她白皙的侧脸，盈盈如水的眼睛，就这么映在窗玻璃上，像一幅极静却极美的画。每当这时，韩沉心里就闪过一句话：动若脱兔，静若处子。

当然了，当时"时常"路过犯罪心理办公室的小伙子，不止韩沉一个。也有人出手追求，但是据说当场就被苏眠干脆拒绝，不留半点余地。于是渐渐地，苏眠在众单身刑警心中，也成了朵难以采撷的高岭之花。到底是年轻人，都有些跃跃欲试地期盼着，不知最后会花落谁手。

苏眠和韩沉第一次单独长时间相处，是在不久后的一个周末。

那天苏眠留在办公室加班。暮色降临时分，楼里的人差不多都走光了。她接了个电话，就下楼，在楼门口等人。

结果就看到韩沉也走下楼来。而门口不远处停着几辆挺拉风的车，估计又是来等他的。

两人目光一对，苏眠冲他笑笑："出去玩啊？"

韩沉微不可见地扬了下眉。这女人，什么语气？似乎就是个只懂吃喝玩乐的纨绔子弟而已。

"嗯。"他淡淡地答了声，问，"你在这里干什么？"

韩沉这人向来待人极淡，也从不多管闲事。此时他突然的询问，让苏眠奇怪了一下，但也没有多想，而是答："我在等人。"

韩沉就没再说话，走远，跳上兄弟的一辆跑车，几辆车很快就开走了。

车上，猴子问："沉儿，刚才谁啊？你们局还有这么漂亮的女警，我怎么不知道呢？"

另一人立刻笑了："猴子，你不会又看上人家小姑娘了吧？别啊，这可是沉儿的地盘，你在这里乱搞，小心他生气。"

猴子嘿嘿笑，看向韩沉："那还不是他一句话？这女孩怎么样，有男朋友吗？"

韩沉偏头点了根烟，又吐了口烟气，不答反问："猴子，你知道男人最忌讳什么吗？"

猴子没意识到他已挖好了坑，奇道："什么？"

"癞蛤蟆想吃天鹅肉。"他慢悠悠地答，"她你就别想了。"

猴子骂道："……有你这么损人的吗？还是不是兄弟！太伤人了！我哪里不好了？哪里？！"

这晚到了九点多钟，兄弟们还没散场，韩沉却提前离开了。因为吃的是一家很好的广州馆子，他还叫人打包了几份精致的糕点。

猴子他们有些奇怪，问："韩沉你不是从来不吃甜的吗？"

韩沉淡淡笑了笑，答："不吃。拿回去喂鱼。"

一群人大骂他朱门酒肉臭，几百块钱的糕点竟然拿去喂鱼。

韩沉开车到了警局楼下时，就见她的办公室还亮着灯。他信步而上，就见她一人坐在窗前，许教授已经不在了。而她低着头，神色特别专注，连他走到门口都没有察觉。

韩沉那时候是多损的人啊，也不吭声，提着糕点，无声无息走到她桌前，砰的一声放下。苏眠只吓得全身一抖，生生倒吸口凉气，从椅子上弹了起来。一看清是他，她松了口气，立马横眉而对："韩沉你干吗吓我？"

韩沉淡淡地答："我吓你了吗？刚才叫了，你没听见。"

"哦……"苏眠半信半疑，鼻子却很敏锐，闻到桌上的香气，眼睛也瞄过去，"这是什么？"

韩沉双手插回裤兜，答得特别理所当然："给许教授带了点点心。他不在，你就转交给他吧。"末了又补充一句，"甜的。"

苏眠又哦了一声："可是许教授不吃甜的，你不知道吗？"

"是吗？"韩沉淡淡地答，"那你看给谁吧，自个儿吃了也成。我也不吃甜的。"

苏眠嘿嘿一笑："那我可真吃了。"

韩沉在旁边座位坐了下来："随你。"

苏眠最喜欢的就是榴梿班戟，也不客气，打开盖子，拿出一颗，咬进嘴里，只觉得唇齿留香，顿时露出满足的表情。而韩沉看她一眼，不着痕迹地笑了笑，目光又落在桌上、电脑旁那个空饭盒上，已经吃得干干净净。

"还有人给你送饭？"他状似不经意地问。

苏眠满嘴都是美味，含糊道："嗯，我妈。我要加班，她又喜欢操心，就给我送便当过来了。"

所以说，她刚才在楼下翘首以盼的人，是母亲？

韩沉的手指在扶手上敲了敲，又坐了一会儿，起身道："走了。"

苏眠嗯了一声，抬头冲他笑笑："谢了！我会向许教授转达你的好意。再见。"

韩沉脚步一顿，转头看着她："你不走？我车在楼下，可以顺道送你。"

苏眠连头都没抬，径直摇了摇："不用了，我还有很多工作。回见！"

韩沉静静地看了她两秒钟，到底还是转身走了出去。这时整座大楼里几乎都没什么人。他穿过回廊，下了楼梯，忽然就笑了。

这女人，还真不会来事儿。

虽然他没跟女人有过太多相处，但是没吃过猪肉，也见过猪跑。那些女人，是怎么纠缠他那些兄弟，他看得多了，也看得透，越发讨厌那些会来事儿的女人。

这女人倒好。他好歹也是所有人眼中的金龟婿，论长相、人品、才干，有哪点差了？别人提到韩家的儿子，都是想方设法地靠近。现在他瞧着她一个孤身女子，半夜不安全，主动提出送她回家，谁知她根本不正眼瞧他，也完全没有讨好招惹他的意思。

想着想着，韩沉脑海里又浮现她刚才满嘴包着点心，面颊鼓嘟嘟的模样。她的皮肤还真是白，还很细，嘴唇没抹口红，但很是水润粉红，小小一口。

别的女人也这样吗？还是她是独特的天生丽质？

韩沉还真不知道。因为之前，他对女人从来没有留意过。

韩沉下楼后不久，苏眠工作工作着，不知怎么，就有些分神，完全工作不进去。她下意识地抬头，透过窗玻璃，就望见了他的身影。他正从一棵大树下走过，从她的角度，恰好能看见他的头顶。路灯照在他乌黑的短发上，映出柔和光泽。从背后看，他的脖子生得很漂亮，线条干净，轮廓又很有男人味儿。

苏眠干脆手撑着下巴，就这么一直盯着他走出了警局大门。她想，一个男人，怎么会长得这么有味道呢？仔细一想，他的味道并不是因为那英俊绝伦的长相，而是他讲话的语气、他的眼神、他每一次在案情分析会上犀利冷静的发言、他周身上下那股雅痞的横劲儿……

想着想着，几乎失神。

忽然间，她却有了异样的感觉，抬眸，望向不远处的街道。

这幢办公楼是临街的，相距不远就是二环路。此时已是夜里十点多，车流依旧，但是人迹已经不多。

但是她刚才为什么总有种奇怪的感觉，感觉有人在看自己？只是抬眸望去，茫茫车流、林立的建筑，并没有任何迹象和端倪。

她摇了摇头，一定是看错了。她一个普通警校学生，怎么会有人监视窥探她呢？

她转身回屋，一手卷宗，一手糕点，怀着某种惴惴的但又甜痒难耐的心思，一口一口地吃了起来。

（二）忽然东风

秋日，天高云阔。

一众刑警在会议室里，等着开会。

眼看快到点儿了，大老爷们儿也都到齐了，就差领导们和……她了。

韩沉习惯性地坐在最角落的位置，此刻跟旁人一样，点了根烟，一抬头，就看到个娉婷的身影，踩着高跟鞋走了进来。

到底是年轻粉嫩秀色可餐，所有人都有意无意地望过去。唯独韩沉低下头，跷着二郎腿，有一搭没一搭地吸着烟，像是完全没看到她。

而苏眠披着长发挎着包包走进来时，余光就往他那里瞟。结果啥也没瞟到，她面色淡定如水地找了个空位坐了下来。

空气中，仿佛多了清淡的洗发水香味，还有她身上某种微暖微甜的气息。

韩沉搁下烟，端起面前的茶杯，抿了一小口。

这时，她身旁一名年轻刑警问："小眠，你怎么才到啊？"

就听到她低声答："我没迟到啊。你看，还有一分钟会议才开始。我早起洗了个头啦。"

刑警哦了一声，但到底是无法理解女人的逻辑，好奇道："你干吗早上洗头？那得多耽误时间，晚上洗呗。"

苏眠扑哧笑了。一旁的韩沉，修长的手指搭在膝盖上，也笑了。

这哥们儿就是一愣头青。女人大早上洗个头吹个头，还不是因为爱美？大晚上洗头吹头给谁看啊？他韩沉虽然没谈过恋爱，兄弟们身边环肥燕瘦那么多，这个小常识他还是懂的。

作！漂亮的女人或多或少都有些作。就他所见，苏眠这么漂亮，方方面面也有些作，不过程度相对算轻的了。而且她还有点……憨，一般美女身上不会有的憨。

果然，那头就听到苏眠一副信心满满的语气，在跟刑警兄弟解释："嘿嘿，我要弄漂亮一点啊。这是我第一次实习，当然要做到一百分！"

刑警兄弟哦哦哦地表示受教。韩沉目光一瞥，就落在她"弄漂亮"了一点的长发和脸庞上。的确，一看那乌黑柔顺的长发，就是大清早仔细吹过的；没化妆，但是眉目已经足够清晰动人；只抹了一点唇彩，显得色彩亮眼。

她还抹了指甲油。其实韩沉以前最讨厌女人抹指甲油，给他一种浓妆艳抹的感觉。可她偏偏抹的是透明指甲油，不见刺目颜色，只见朦胧色泽。加之她的手指细长又白嫩，这样扣在毛衣下摆上，十分纤细醒目。

韩沉睬了一眼她的手。

过了一会儿，又睬了一眼。

约莫是察觉到他打量的目光，苏眠忽然抬头，两人的目光便对上了。

两人离得并不远，中间也没有别人挡着。韩沉就这么大剌剌地看着她，然后目光又移到了她的长发上。

"等以后正式入职了……"他淡淡开口，"你这头发就得绑起来。"

现在两人算是在一个组里，韩沉这样说，旁人也不会觉得怪异。可好多事，只有当事人能感觉到气氛的不同。他明明很普通的一句话，很平静的打量眼神，苏眠却莫名觉得暧昧，觉得脸颊发烫。

他说，等以后，她正式入了职……

他还说，她得把头发绑起来。

"那就绑起来呗。"她若无其事地答道，索性抬起手，利落地一绾，就将长发绾成了髻，然后用手扶住，转头望着他，"这样还不行吗？"

明亮的灯光下，女孩长发如同黑缎，安静地缠绕着素手；大片白皙的后颈露了出来，晶莹剔透得不可思议。而她状似随意地看着他，乌黑眼睛里有湿润灵动的光。

二十一岁的韩沉，从小被女人们追捧着长大。眼高于顶的公子哥儿，也从来不会被美色迷惑。此刻，看着这又美又娇憨的小家碧玉，却清晰地感觉到喉咙有些发烫发干。

他静默片刻，转过脸去，依旧是那吊儿郎当的语气，答："行——吧。"

而苏眠眼尖，瞥见了他有些发红的耳根。他的皮肤是极白皙的，绝不似其他刑警五大三粗。此刻白玉般的耳郭上，一抹润润的红，却不知是为了哪般？

"哦。"苏眠应了一声，松手，将长发放了下来。再抬头看着前方的会议桌，周围人那么多，两人的交谈凝视也不过是转瞬之间，她却只觉得心跳如鼓擂。

刚才她是不是表现得太明显了，他会不会以为她故意在他面前表现——绾起了头发让他看？

于韩沉而言，苏眠就是这样一个女孩——有一点点作，也有点臭美；

有点挑剔，有点憨，还有点……难以言喻的性感。但她与他见过的其他女孩都不一样。她很自然，即使是最作最麻烦的时候，也让他觉得舒服自然。

譬如领导来视察工作，她绝对会打扮得极漂亮得体，虽然只是最渺小的实习生，却巧笑倩兮得像个十足的淑女。但谁都知道她昨晚跟几个刑警打牌，输了之后耍赖不肯下楼跑圈，直接披了件绿色军大衣，伪装成路人甲跑路，简直是无赖又痞气。

又譬如她吃饭饭极挑食，大约是从小被母亲照顾得太好，味道咸了一点不吃；味道淡了不吃；不够辣提不起兴趣吃；苦的半点不吃……每次队里吃盒饭，就见她坐在角落里，一个人愁眉苦脸。韩沉虽然自个儿挑食，但他一直觉得是自己品味太高，他是挑剔，不是挑食。所以咳咳……他最看不惯的就是挑食的人。于是每次看到苏眠挑三拣四，他心中就冒出个念头——谁要做了她的男朋友，那得多麻烦，要么得伺候她，要么得管教她，呵……

而在苏眠眼里，韩沉是个怎样的男人呢？

酷，太酷。

虽然人群中，他永远是最醒目最招人喜欢的一个，破案时更是锋芒毕露。但他其实……也很爱耍帅有没有？跟女人讲话时，永远是一副爱理不理的样子；老刑警们都很欣赏他，他对他们也绝对尊重礼貌，但绝不爱跟老刑警待在一起——总是跟那群年轻刑警一起出入，称兄道弟。当然，无论在哪里，年轻男人们的小团体，总是让他们收获更多瞩目，尤其是女人的瞩目。

所以苏眠觉得，韩沉这人吧，看起来冷漠成熟，骨子里其实就是个大男孩。因为只有性子还有些幼稚的大男孩，才会这么喜欢耍帅啊。

当然，也曾有过争执。

或者，不能称之为争执，而是……她热爱的犯罪心理与他热爱的传统刑侦的对决。

那是她到警局实习、配合许教授工作三个月后，某一天，发生了一起极其恶劣的杀人案。五名同在一家酒店上班的年轻女服务员，在一个安静的冬夜，被人乱刀杀死在宿舍里。

宿舍就是普通居民楼里的一套三居室。苏眠跟着刑警队去现场勘查，现场简直惨不忍睹。

那也是她第一次独立地做犯罪心理画像。

刑警队长说："大家都说说自己的看法。小苏，你搞犯罪心理的，也讲讲……"

话还没讲完，其实队长也就是客气一下，结果就听见苏眠脆生生地答了句"是"。

于是所有人都抬头看着她，包括正蹲在一具尸体前，蹙眉端详的韩沉。

苏眠被一帮前辈这么盯着，也丝毫不怯。那时她的偶像是谁啊？不是老成持重的许慕华老师，而是传说中的犯罪心理第一人——薄靳言教授。简直是万般推崇。所以那时十九岁的她，无论思考还是发言，都难免带上点薄式腔调——单刀直入，不留余地。虽然不至于毒舌，但也绝对是威风凛凛的。

"咳……"她清了清嗓子，穿着暖色高领毛衣和牛仔长裤的姑娘，就这样洒脱开口——

"一、年龄在 20 ~ 35 岁，男性。中等身材，惯用右手；

"二、现场并无明显特征，表明他患有精神方面的疾病。因为现场虽然混乱，但并不呈现无组织能力特征。罪犯还是对现场进行了简单清扫，但比较蹩脚和生疏。所以这是他第一次作案，并且是无预谋的作案；

"三、他从事的是简单、低收入工作。在生活中难以获得尊重和成就感，并且缺乏人际交流。考虑周边企业和工业环境，他的职业很可能是工人，也可能是无业游民；

"四、重点搜索周围五公里范围内，他很可能就居住其中；

"五、他杀人后并未实施强奸，而是洗劫财物后离开。因此在性方面，他并未表现出压抑和特别的需求……"

她洋洋洒洒讲了一堆，只把众刑警听得一愣一愣。犯罪心理毕竟是个新玩意儿，苏眠的学术腔还很重，几乎是立刻把众人给侃晕了。

"哦……"刑警队长思索片刻，点头，"我觉得她讲得有道理。你们怎么看？"

众人有的赞同，有的蒙了，有的还有疑虑。

队长又看向韩沉。虽说加入警局才一年，这小子却已经是他的镇山之宝。

"沉儿，你怎么看？"队长问。

在破案时，韩沉一直是个内敛和不动声色的人。他不会像苏眠这样，刚有了推测，就一股脑倒出来，直接亮出底牌，而是会在找齐了一切证据后，对这盘棋十拿九稳后，在众人还云里雾里时，直接将嫌疑人抓回来，让所有人扼腕惊叹——

好吧，用苏眠的话说，他当时的确是喜欢耍帅，怎么酷帅怎么来。

所以队长此刻问他时，以为他多半还不会多说。谁知今天，这小子却一反常态，站了起来，漂亮的脸上似乎有散漫的笑，答："嗯，我已经有结论了。"

所有人都震惊地瞧着他，包括刚才占尽风头的犯罪心理小能手——苏眠。

这时，就见帅气得无与伦比的年轻刑警，随手整理了一下自己的夹克，摸出根烟，但又似乎想起现场不能抽烟，于是顺手将细长的苏烟夹到耳朵后，然后似有似无地看了她一眼。

这一眼只看得苏眠心头怦地一跳。

然后他就开口了："阳台外沿的积雪上，留下了脚印。疑犯的身高在170~175厘米，体重60~70千克，从步伐宽度推断，是年轻人。只有来的脚印，没有离开的鞋印或者脚掌印，说明罪犯从阳台进入，从大门离开。

"罪犯连杀五人，鞋底已沾满血迹，现场血泊中也留下他的足印。但是大门口、楼道，都没有脚印，说明他逃离时已脱了鞋。大冬天一个人如果不穿鞋走出小区，必然会引起保安注意，但是现场并无目击者报告。所以有理由相信，罪犯很可能就生活在这个小区里。更进一步说……"他又有意无意地看向她，淡淡道，"对门的邻居，刚刚我们询问过的那个年轻男人，身高、体重都刚好符合描述，并且如果是他，爬窗过来也更合理。"

众人都是一愣，全笑了，也有些振奋起来，纷纷点头。队长拍拍韩沉的肩膀："干得漂亮！我刚才也觉得对门那人形迹可疑，有些过于紧张了。小刘、小张，立刻把嫌疑犯看紧了，你们仨，跟我进屋搜查！"

众人全都忙碌起来，韩沉也跟在队长身后，往对门走去。苏眠今天本来就是来打酱油的，虽说刚才算是打了个漂亮的酱油，谁知韩沉一出手，众人倒是把她给忘了，也没人再问再提刚才她的犯罪心理推论——毕竟，嫌疑犯都几乎锁定了啊！

苏眠站在原地，也没任务，就是人有点蒙有点震撼。她知道自己的推理全部没错，他们犯罪心理系，无论师生，平时也都是这么做练习的，协助办案时也都是这么华丽而絮絮叨叨地登场的——甚至包括她的偶像薄靳言。可是没人告诉她，初出茅庐的犯罪心理学者，一旦遭遇了传统刑侦的天才，还被对方给全面逆袭了，该怎么办呢？

她还原地磨蹭着，韩沉却不知怎的，落在了队伍最后，斜瞥她一眼。

"怎么？"他的嗓音里居然还有淡淡的笑意，"是不是发现你的犯罪心理也不是那么管用？"

他的声音不大不小，前头几个刑警听着都笑笑，转头瞧着两人。

"哼。"苏眠不轻不重地应了一声。

可韩沉的本意就是撩她，难得的推理秀，也是故意表现。此刻见她并不像别的女警，目露热烈的艳羡崇拜，多少有点不满足。于是单手往裤兜里一插，抬起另一只手，作势掏了掏耳朵，淡淡地道："讲了那么一大堆，耳朵都快听起茧了。回头现场报告是我写，还得把你那一大堆写进去。到时候你个儿来写，我可记不住。"

这当真是韩公子赤裸裸又略显幼稚的撩拨了。由于没谈过恋爱，尽管他聪明过人，这招惹手段也就是高中男生水平。可是苏眠也没谈过恋爱啊，而且跟他一样，也是个表面淡定无比、内心闷骚又生涩的家伙啊。本来韩沉的出手，让她对一直以来信仰般存在的犯罪心理产生了一些困惑。别人也就算了，可是，是他啊，此刻他散漫嫌弃的语气，更叫她有些受伤。

苏眠也是有点小脾气的，何况在警校，她一直都是众星捧月、女神般的存在，哪里被人这么当面欺负过？她又轻轻哼了一声，脸也有些红了。

"爱写不写，随便你！"她丢下这么句话，踩着高跟鞋，气呼呼地就走了。

留下韩沉站在原地，有点发怔。而旁边的几个人集体起哄了。

"韩沉！把小眠给惹恼了吧！谁让你嘴那么毒，对美女还毒？"

"赶紧去赔礼道歉啊！要回头人家毕业了，不来咱队里怎么办？到时候全队人都来削你！"

"赶紧去把人追回来！"

…………

韩沉却往门口一靠，点了根烟，满不在乎地道："我干吗去赔礼道歉啊？我又没说错。"

这态度又引来周围一片骂声，韩沉也不在意，抽着烟，望着她离开的方向，想起她刚才生气的样子，只觉得胸膛里又软又痒，还有那么一点点不为人知的甜蜜缠绕。

他不想惹她生气。他想，可不能让她就这么走了。

现场勘查和盘问很快结束了。嫌疑犯被抓住，并且人赃俱获。回警局整理整理就能结案了。刑警队长再次清点人手，却发现除了提前离场的编外人员苏眠，韩沉也不见了。

"韩沉呢？"队长问了一圈。

"哦，他说临时有事，先走了。"

"这小子，总是我行我素！怎么突然就有事了？明天开会一定要批评他！"

…………

冬日的夜晚，云层厚重，不见星光，只有半弯明月，从云朵中露出光洁的轮廓，照在林立的楼宇上，也照在灰蒙蒙的雪地上。

苏眠顶着寒风，站在家里阳台上，跟没骨头似的趴着，也不觉得冷，只是心中阵阵哀叹。

韩沉的传统刑侦带给她的震撼，已经平息下来。仔细一想，她的推论其实都证明是对的啊，只不过……咳咳，的确比韩沉的推理烦琐了一点点而已。照她的推理，搜寻个五六天，也能找到凶手嘛……

他可是已经工作一年，参与了许多大案，可她还没走出校园呢。这根本不能证明犯罪心理不如传统刑侦嘛，她下次更努力战胜他好了！

只不过……

想起他贬低犯罪心理时的眉梢眼角，想起他当时那欠扁的语气，苏眠真的好烦躁。

他对她，跟对其他女孩，也没什么差别嘛。甚至更恶劣一点？

他到底是喜欢她，还是不喜欢她呢？

这么纠结了一会儿，苏眠便站直了，转身往屋内走。母亲是教师，学校有晚自习，估计又得很晚回来。她决定去把消夜热上，给母亲大人一个惊喜。

刚转头，眼角余光突然又瞥见了楼下某处，树枝似乎在动。苏眠身形一顿。

来了。又来了。

又是那种感觉。

感觉人群中，感觉某个她没注意到的角落里，有什么人，在窥探跟随着她。

跟踪狂？可要是精神和心理有问题的跟踪者，怎么会有这样的身手？她也算是刑侦高手，那人堪堪每次都做得了无痕迹，就仿佛，一切只是她的错觉。

可要是真的犯罪高手，干吗找上她，又什么都不做？她不过是个普通人而已。

她甚至想过，对方，会不会是外星人？

或者，真的只是她神经过敏？

就这样不经意地，转头望去。

她愣住了。

因为这回，正对着她家阳台的那棵大树下，还真的站着个人。

树叶早就掉光了，树枝倒是繁复蜿蜒，在灯下交织成深邃的光影，笼罩在他头顶。他的身材修长挺拔，夹克、修身长裤、短短的靴子，双手插在裤兜里，那么英俊又那么安静地抬头看着她。

苏眠的整个世界仿佛都静止了。

她站在阳台上，没开灯，所以韩沉肯定看不清她的脸。于是她的脸色，就肆无忌惮地红透了。

然后他举起手，朝她晃了晃手里的手机。苏眠刚摸到口袋里的手机，它就响了起来。

"喂。"她的嗓音照旧脆生生的，还有点冲，"你来干吗？有事吗？"尽管心里，已经乱得如同被他跑马肆虐而过。

韩沉看着她，不紧不慢的嗓音传来："这不是说错话得罪人了吗？来赔礼道歉了呗。"

苏眠忍不住笑了，语气却依旧淡定："哦，那你打算怎么赔礼道歉？"

楼下的韩沉，沉默了几秒钟。苏眠似乎听到了他的手指，一下下轻叩手机背面的声音。

"请你去吃消夜怎么样？"他问。

苏眠也安静了一会儿。

其实虽然是警校生，但从小到大，追求她的男孩也不算少，各种手段都用尽了，她从来都瞧不上。而像韩沉这样，直接约吃饭的，还真是没有半点技巧，也不知道他哪里来的自信。要是换别人，苏小姐一定断然拒绝将其打击得体无完肤……

"……好啊。"她慢吞吞地答。

"那我等你。"他几乎是立刻说道。

"哦。"

挂了电话，她步伐很平稳，很若无其事地转身，也没多看他，走进了屋子里。因为她知道此刻他一定盯着自己。

可是一进屋，关上门，她就啊的一声尖叫，将手机丢在床上，人也直接扑上去，来回滚了两个圈！

然后一抬头，就看到穿衣镜中的自己，通红如火的脸。

他约她了，他居然约她了！

他是不是……要追她了啊？！

心脏扑通扑通，快得像是要跳出来。那你就追啊追啊一定要追啊！

韩沉在楼下等了十来分钟，感觉差不多了。苏眠也许会让男人等，但一定不会等太久。

他一抬头，果然就看到她走下了楼。

路灯色泽浅淡，映在她的长发与长裙上。韩沉盯着她，将手里的烟头戳熄丢进垃圾桶，走了过去。

"去哪儿啊？"她慢条斯理地问，还带着点懒洋洋的腔调。

"我车在外头，走吧。"他答非所问，双手插在裤兜里。明明是他约她，表现得却比她还要理所当然。

等到了小区门口，苏眠瞧见了他的"车"，却是吃了一惊。以为他会开个轿车过来，哪知竟然是摩托车。黑色的哈雷，线条简洁明朗，就跟他这个人一样帅气不羁。

他将一个头盔丢给她："怎么？不敢坐？"

"谁说我不敢？"苏眠将头盔往脑袋上一扣，又将长裙一提。韩沉望着她笑了笑，率先跨坐上去："上来。"

苏眠坐在他身后。她不是扭捏的人，伸手从后面搂住他的腰。

有好一会儿，两人都没说话。苏眠透过雾气蒙蒙的头盔，看着他插钥匙发动。十根手指轻扣在他的皮夹克上，凉凉的、滑滑的，她这才发现，原来他的腰很消瘦。她脑子里甚至冒出个念头——是不是还没有女人，这么搂过他的腰呢？她，是不是第一个？

正想着，猛间听到引擎急促低沉的声音，摩托车骤然发动，她连忙往前一靠，抓紧他的腰，整个人都贴了上去。韩沉任由她这么抱着，倒是不动如山，摩托车立刻就飙驰出去。

起初他开得很快，穿过街道，穿过林荫，霓虹如流水般从两人身上滑过。苏眠虽然有点害怕，但是怎么能露怯呢？一声不吭，只是将他搂得更紧。而韩沉感觉到那双柔软的手，紧锁在自己腰间；感觉她的温暖馨香，就贴在自己后背上，心情便如这一路霓虹，五光十色，无声灿烂。

兄弟们说得没错，摩托车果然是追妹利器。他的唇角无声地勾了勾。本来距离吃饭的地方只有二十分钟车程，他索性沿着二环又跑了半圈，直至她低声在他耳边嘀咕："怎么还没到？还有多远啊？"

"马上就到。"他答，"开去什刹海就得这么久。"

她是超级路痴，自然他说什么就是什么，他想绕多远就绕多远。

　　果然，她哦了一声，老老实实地待在他身后不动了。

　　本来韩沉今晚的计划是很浪漫很完美的，先骑车带她兜风，再烛光晚餐，最后在雪地里跟她表白。至于她会不会答应，他心里还真的没谱，毕竟"死"于她裙下的年轻刑警们已经无数。不过韩公子头回认准了一个女人，早已做好了长期艰难困苦战斗的准备。至于要战斗多久才能抱得美人归，就看她会不会心疼他，有多心疼他了。

　　谁知这完美的计划，却在摩托车刚驶入什刹海周围时，就被人打乱了。

　　他们居然跟韩沉的几个兄弟，正面相逢了。

　　也不知是巧合，还是那几个人故意的，湖边一个拐角酒吧里，几个年轻男人也不怕冷，就这么在灯光下坐着。哈雷摩托车的声音一靠近，就有人吆喝起来："哎！那不是沉儿的车吗？"

　　"是他！车上怎么坐了个女孩啊？"

　　"不是吧？沉儿，谈恋爱也不告诉哥哥们啊！"

　　那群人全站起来，笑嘻嘻地望着他们。还有人对她喊道："妹妹，赶紧下车！沉儿可是匹狼啊，别被他骗了！"

　　"是啊是啊！韩处长，把人带过来给我们瞧瞧啊！"

　　一时间嘻嘻哈哈一片，苏眠倒也不怯，只是颇为好奇，低声问："他们是你玩得好的？"

　　湖边夜色太暗，又戴着头盔，所以她看不到，当那群人打趣时，韩沉脸上泛起的一抹红晕。不过他的语气却淡定得很："嗯，他们无聊得很。不必理会，咱们走。"话音刚落，一脚油门，摩托车飙得更快，瞬间就从他们身前跑过。

　　"嘿，这小子！万年铁树开花，一定是害羞，带着人跑啦！"有人在身后笑骂道。

　　"没关系，躲得了初一，躲不了十五。明天就去他们警局堵人，看看咱弟妹长得啥样！"

　　…………

　　喧嚣声慢慢地被丢在身后，车速也减缓。繁茂的树荫在头顶交织，耳畔是湖对岸传来的音乐声。

他们的话，到底让苏眠有些羞涩，也有点尴尬，便小声嘀咕："他们干吗那么说啊？"

韩沉安静了几秒钟，答："不怪他们。我车上从没带过女孩，今天他们大概吓了一跳。"

明明是很平淡很随意的语气，苏眠心头却跟涂了一层蜜糖似的，慢慢地荡漾开。

"哦。"她若无其事地答，"从没带过女孩啊，看来你的女人缘不太好。"

夜色中，他的嗓音中似乎也染上了笑意。

"嗯。"他答，"一直就不太好。"

苏眠便不吭声了，心里却有个声音在唱歌：啦啦啦……怎么办？她好像越来越开心了。

他将车停在湖边一个不起眼的角落，然后摘下头盔，转头看着她："咱们把车停这儿，他们找不到。走到湖对岸去吃饭。"

"好啊。"苏眠下了车，摘下头盔还给他。看着他将头盔挂在车把手上，两个头盔紧紧挨在一起，她莫名又有些脸红。

"走吧。"他说。

"嗯。"苏眠挎好包包，还是有些拘谨，闷头跟他并肩朝前走。而韩沉瞥一眼她纤细的肩膀，有点想伸手搂住，但又怕唐突了她，更何况是第一次。他刚犹豫了两秒钟，她已经走到前头去了。他到底还是暂时将手插回了裤兜里。

湖面已经结了厚厚的一层冰，一眼望去，只见灰白冰层，望不见底下的鱼和水。尽管湖边挂着禁止上冰的提示，但很多人走来走去，还有人在滑冰，完全视警示牌为无物。

他俩都不是循规蹈矩的主儿。韩沉先从湖边跳到冰面上，又伸手接她。苏眠将裙子一提，豪放地挥挥手："不用你扶！"自个儿稳稳地跳了下来。

韩沉的二次亲近计划又落了空，脸色却依旧淡定得很，看着她拍拍手，两人继续朝前走。

空气非常冷，月亮已经不见了。两人走了片刻，天空中却已飘起雪来。而岸边灯光在大雪中更显得朦胧璀璨。

　　苏眠呵了口气，伸手接了片雪花，又吹到了地上，然后抬头看着他："你冷不冷啊？"

　　韩沉今天只穿了件厚夹克，还真有点冷。但是他怎么可能在她面前承认？笑笑，答："不冷。怎么？你穿得跟个包子似的，还怕冷？"

　　苏眠瞪他一眼："你才像包子呢！不是说要跟我赔礼道歉吗？我等着呢！"

　　瞧这得理不饶人的劲儿！韩沉望着她清亮的眉目，胸中那痒痒的软软的感觉又冒了上来。

　　他干脆站定，不走了，低头看着她，嗓音也放低了几分，就跟说悄悄话似的："你要我怎么赔礼道歉都成。"

　　那懒洋洋的，似乎还带着几分暧昧的腔调，让苏眠的脸一下子烧了起来。

　　冰面折射着暗暗的安静的光，他的眼睛比天空更漆黑，比灯火更明亮逼人。周围好静，苏眠却有点慌了，一跺脚，道："我怎么知道？你自己想！"说完就扭头朝前走。韩沉眼明手快，一把抓住了她的手腕。哪知她走得太急，被他这么一抓，竟然失去平衡，就往旁边倒去。

　　韩沉一把搂住她的腰，同时也成功握住她的手。两人第一次这样无比贴近地站着，他嘴里还在打趣她："站都站不稳，还想跑？"

　　苏眠闻着他身上的气息，感觉到他胸膛的温度以及他圈在她腰间的手，只感觉全身的细胞仿佛都麻了痒了起来。

　　他抱她了……第一次，感觉好奇怪。身体，仿佛都要爆炸了。

　　"我站稳了，你松手。"她小声说。

　　韩沉没吭声，松开了她的腰，手却依旧牵着。他的手指修长有力，紧紧地握住了她的。

　　她抬头看着他。

　　然后就看到了他湛黑而带着浅浅笑意的眼睛。

　　"小眠。"他说，"真当我是来赔礼道歉的？我是来……"

　　他的话没说完，然而苏眠怎么可能不懂？他也知道她懂了。

　　两人就这么静静地站着，他牵着她的手不放。周围雪花簌簌落下，落在他的肩膀上，也落在她的头顶。苏眠的脸慢慢红了，越来越红。而他也不出声，只是将她的手握得更紧，十指交缠，生涩却温热。

然后他转身，牵着她，继续往饭馆的方向走。苏眠盯着两人紧握的手，深一脚浅一脚地走在雪地里，抬头，只见漫天大雪，而他的背影高且直。

苏眠忍不住就笑了，偷偷地笑。

原来喜欢一个人，而他也喜欢你，会在心中，堆积出这么多、这么浓的欢喜。就好像中了头等大奖，突然发现，人生原来这么可爱、这么美好。

夜色越发浓，雪也越发大。

湖上的人少了，周遭酒吧的音乐却更热烈。于是更显得那两个人牵手行走的身影，亲密而醒目。

一辆黑色轿车，停在湖边的林荫道中。

R坐在前座，也盯着窗外看了一会儿，转头，有些为难地看着后座的男人。

"S。"他说，"你刚下飞机，我送你回酒店吧。"

那个男人，却依旧盯着那两个身影。清隽的脸上看不出太多表情，似乎既不因她身边多了个人而生气，也无重逢的喜悦。

"你先回去。"他淡淡地答，"我再待会儿。"

R默了片刻，却没动，又说："他不是普通人，他姓韩。否则在你回来之前，我们就干掉他了。"

S点了点头，嗓音依旧温和："你去吧。"

R就没再说什么，留下车钥匙，推门下车。

车内恢复清净。

S换到了驾驶位，发动了车子，又点了根烟。细细长长的万宝路，清淡的烟草气在他的面颊指间缠绕。他看着他们的方向，徐徐驱车，沿着湖边靠近。

他是今天一早刚下飞机的。这几年，他一直美国、中国两地跑。既是构建自己的犯罪团队，也是继承父亲的犯罪帝国。

而记忆中的那个女孩，他每次回国，总是习惯性地来看看她。而对她的感觉，也是他唯一说不清楚的事。所有犯罪心理学的书籍都清楚地记载：

精神病态者不会有深刻的感情，包括爱情。但他却总是想看看她，远远地看着，抽完一支香烟，就足够。

不过团队里的其他几个人，知道她的存在后，却已将她默认为他的女人，也安排了身手最好的人，日夜保护她、看着她。他知道后，也没多说什么，算是默许。尤其是A，似乎对老大的女人极感兴趣，经常偷拍一些她的照片、资料，发给国外的他，开口闭口都是"嫂子嫂子"，或者"苏眠姐姐"。

几乎所有人都以为，他迟早会将这个女人收为己有。毕竟对于他们这样的罪犯，掠夺，是再寻常不过的事。

然而这一次回来……

湖边偶尔也有车驶过，所以他的缓慢穿行，并未引起任何人的注意。

慢慢地，就驶近了。他深吸一口烟，小心翼翼地开着车，避免碰到任何行人，仿佛只是普通人开车经过。

然后就开过了他们身边。

他们站在一间饭馆的外墙边，两人没再往前走，不知道在说什么。她的背靠在墙上，一只手还被他牵着。说着说着，他忽然伸手，按在了她身旁的墙上，几乎是将她整个笼罩在怀里。

S抽烟的手就这么顿住了。

然后韩沉低下了头，而她闭上了眼睛，她的睫毛甚至还在轻轻地颤抖。他吻了她的嘴唇一下。过了一会儿，他又伸手抱住了她的腰，深深地吻住了她。而她的双手轻抵他的胸口，一动不动，没有抗拒。两人就这么吻着，吻了很久很久。

S静静地看着，直至连后视镜里，都看不到他们的身影。他深吸口气，将烟头丢出窗外，眼睛看着前方，车子很快离开，驶入了茫茫夜色里。

（三）红颜白发

屋顶。

城市就像是一大片蛰伏嶙峋的屋脊，绵延千里，看起来高低林立，不可逾越。

但这只是对普通人而言。

苏眠穿着运动装，戴着鸭舌帽，长发束成马尾，活脱脱一跑酷女孩。她沿着一座矮楼的天台，急速飞奔。待到了边缘，三米多的楼间落差，她眼都不眨一下，直接翻身跃下。

然后继续往前追。

而相聚不远的另一座楼顶，另一个身影，比她更快更敏捷，如同黑色猎豹一般，时隐时现。

韩沉。

灿烂的阳光下，苏眠眼角余光瞥见他，微微一笑。而前方，另一座楼宇的逃生通道处，已能望见他们正在追缉的歹徒的身影。

呵……

苏眠抽出警棍，全身热血几乎都沸腾了，冲冲冲！

其实跟韩沉好之前，她虽然也算牛吧，但从没干过跑酷这么炫酷的事。现在两个人整天如胶似漆共同进出了，她才知道，韩沉少年时还是个跑酷高手。现在，他居然把这一点发扬在刑侦追踪里。

苏眠不得不再一次感叹——她就没见过比他更酷帅的刑警！

韩沉自然也乐意把跑酷诀窍都教给女朋友。她身手本就算女生中最好的，学得也很快。于是刑警三队的屡次小规模抓捕行动中，就经常可以看到韩沉带着自己的小女朋友，飞檐走壁地抓犯人。也有熟人问他："你干吗总带着女朋友冒险啊？"韩沉只淡笑答："她喜欢。"然后旁边的苏眠总是会探头过来："对啊，我喜欢。"

与有情人，做快乐事。只不过他们的共同兴趣点，稍微暴力刺激了一点而已。

…………

眼见一名歹徒要爬墙走了，苏眠一声断喝："站住！警察！"贴在暖气管道上的歹徒浑身一抖，差点没摔下去。这也是韩沉教她的。别看电视里警察总是这么喊，好像很没必要，其实在实际抓捕工作里，这一声很有必要。首先从气势上就震慑压倒对手，警方才能趁此机会动手。

苏眠嘴角一勾，露出漂亮又冷艳的笑，一个箭步上前，抓住那人的肩膀，将他揪了下来，再反手一扣，将他摁在地上。挣扎？踹一脚！上铐！动作一气呵成，那人讨饶不已。

苏眠又亲手抓住了一名罪犯，正得意呢，抬头就想寻觅韩沉的身影，猛然间就听到耳后一阵劲风——有人偷袭！

她心头一冷，刚要转身反击，却听到那人一声痛呼，转头一看，韩沉不知何时已跑到她身后。螳螂捕蝉，黄雀在后，他单手就将企图偷袭她的歹徒扣在墙上，冷峻的身影、漂亮的眉目，只看得她心头满满的都是欢喜。

"哼！还想偷袭我！"她伸手在那歹徒脑门儿一戳。韩沉表情倒是寡淡，只不过敢动他女朋友，他下手可真不轻。随手一扭，那歹徒就疼得哭天抢地。然后铐好，丢给匆匆赶来支援的同事。

追捕结束。

旁人熙熙攘攘还在现场勘查、忙碌，他俩对视一眼。韩沉从地上拾起之前脱下的夹克，搭在肩上，对同事喊了声："先走了。"

"好咧！"有同事答道。

其实按照分工，抓犯人另有刑警负责。可谁叫韩沉武力值高呢，最近又难得地热心，总是替他们包揽了。

韩沉便往楼梯间走去。苏眠跑得全身是汗，若无其事地四处看了看，也跟在他身后离开。

结果立刻就有刑警打趣道："哟，编外人员也走了？"

"什么编外人员？是家属！当然要跟着正主儿走了！"又有人起哄。

起哄的都是平时跟韩沉交好的年轻刑警。当然了，因为苏眠还在读警校，为她考虑，这事儿韩沉也没声张，就队里几个人知道。

苏眠的脸顿时有些热了，抬眸望去，却见韩沉一脸坦然，仿佛她被称作家属就是理所当然的事。

太讨厌了！明明珠玉般清贵俊朗的男人，却是超级厚脸皮！

"别乱讲！"她装模作样抗议了一声，赶紧跟着他走进了楼梯间里。身后，还听到有人在含笑议论："这个韩沉，一声不吭就把公安大学警花给撬了。"

"是啊，整天带进带出，宝贝似的。"

…………

苏眠听得心头发烫，一抬头，就见几步楼梯下的韩沉。他已停下脚步，双手插在裤兜里，转身在等她。他们的话，他当然也听到了，那黑漆漆的眼睛里就有些似笑非笑的意思。

"干吗呀？"她走到他跟前，瞋他一眼。

"他们不是说了吗？"他不急不缓地答，"我……宝贝你呗。"

这油嘴滑舌的！苏眠切了一声，心里却甜甜的。韩沉将她的肩一搂，一块儿往下走。苏眠伸手推他："走开，一身臭汗！"韩沉哪里肯，干脆将她腰一扣，整个人都到了他怀里。苏眠低声笑了，他也笑。楼道里昏暗又安静，外头的喧嚣刺激仿佛都隔得很远很远。两人打闹了一阵，他就直接将她扣在墙上，管他臭汗淋漓，管他天昏地暗，抱着彼此，热烈地、绵长地亲吻着。

尽管已经好了两三个月了，可每次亲吻，苏眠都会全身发软。初恋的滋味是干净的、甜美的，还带着点难以言喻的疯狂。欲望与爱情混杂成某种极富诱惑力的存在，只尝一点点，每次多尝一点点，都能让青涩的他和她，义无反顾地沉溺其中。

这可是，我长到十九岁，最喜欢、唯一喜欢的男人啊。苏眠意摇神驰地想。

也许人生还很长，但是现在她已无比确定——她很想跟他结婚，在一起过一辈子。

不过这个想法，可不能告诉他。他看起来十分高冷，实则很闷骚很嘚瑟。

两人亲昵了好一会儿，他才将她松开，只是双手依旧搂着她的腰。约莫那个年龄的男人，对女人的纤腰都会有所迷恋。自从好了以后，那双手总是离不开，像是总喜欢将女朋友搂在怀抱里。

两人到了楼下，骑上他的摩托车。不过现在，她都坐前面，而他从背后环住她。

"去哪儿啊？"她问。

夕阳斜沉，已是周末。左右无事，她也不想回学校去。

韩沉戴上黑色皮手套，圈住她，握住摩托车把手。当然她也有了一双一模一样的小号皮手套，紧挨着他的手，一起握住把手。

"猴子他们晚上有个饭局，叫我们去。然后一块去酒吧。"他侧头在她耳边说道，"想去吗？"

"不想去。"苏眠老实答道，"其实我并不是很喜欢去那些地方，太吵。"

"嗯。"他漫不经心地答，"那以后我也不喜欢去了。"

苏眠扑哧笑了，他却将脸一侧："亲个奖励下。"

她抬头，在他俊朗如玉的脸颊上，轻轻一吻。

最后商量了一会儿，决定这个周末去北京郊区的十渡景区。韩沉家在那边有座假屋，平时也没人。那儿山清水秀，花好鱼肥，正是度假好去处。

因还是有几小时车程，韩沉便没有骑摩托车，而是开了辆轿车过来，带她到了十渡。

韩家的度假屋就在拒马河畔，背靠群山，旁边是山涧与溪谷。原木色的房屋，格外幽静别致。两人到的时候，天已经快黑了。

韩沉原说要钓鱼，给两人当晚餐。结果垂钓了一小时，什么都没钓上来。苏眠嘲笑他公子哥儿不中用。而没能在女友面前表现一番，韩沉面上虽然没说，心里却计较着。

最后，两人只得从屋里翻出两包泡面，凑合吃了。只不过微寒的春日，煮着热腾腾的泡面，尽管韩公子一脸嫌弃，吃得却比她更快更干净。

"我妈下面条是一绝。"他说，"回头我学两招，让你尝尝鲜。"

"好啊。"苏眠笑答。男朋友有兴致洗手做羹汤，难道她还拦着？

只是此刻，两个人都不知道，只是这随口的一个约定，后来他一个人，守了多久多久。

吃了面，两人大眼瞅小眼对坐着，无事可干。

"来。"他站起来，拉住她的手，"转转，看这里有什么可玩的。"

苏眠却干脆从沙发上跳到他背上："那你背着我转。"

"成，大小姐！"他认命地背着她，双手自然也托住她的大腿。两人好了这么久，亲昵也仅限于亲亲抱抱。如今这温香软玉一入手，韩沉也不知哪里来的冲动，伸手就在她大腿上轻轻捏了一把。

苏眠被他捏得全身一抖，紧接着就是麻，酥酥痒痒又带着某种异样刺激的麻。她的脸一下子烧起来，平时虽颐指气使，此刻莫名地却跟小动物似的，小声嗔道："你干吗呀……"

韩沉的心头也有些发烫，嗓音却低沉淡定得很："你说我在干吗？"

一句话，竟然让苏眠不敢接了。天！平时看他高冷男神不近女色，觉得他一定是正人君子。什么嘛！分明是流氓！不，简直是色狼！

所以说，后来的后来，尽管遗忘，尽管丢失，某人的流氓本性，只为她展露的流氓本性，还是没有改变。当她靠近，当她归来，他几乎埋藏的那个鲜活的自己，也终于找了回来。

尽管话放得狠，韩沉骨子里还是个挺传统的男人，也绝对不愿意让苏眠感到唐突。更何况他还是个雏儿。所以他背着苏眠，却没有再造次。只是转了一圈，仅仅发现了一副扑克。

于是……

青山绿水，月朗星稀，郊外的度假屋，孤男寡女，深夜裹着被子相对而坐……

打升级。

苏眠一直是个很能自娱自乐的人，此刻两人打升级，她也兴致勃勃。韩沉刚要洗牌，就被她小手一挥拦住："等等！是不是得设个赌注啊？要不打着多没劲儿啊！"

韩沉就笑笑，抬眸看着她："成。你想要什么赌注？"

彼时苏眠也曾跟警局青年们玩过几次牌，但韩沉从没参加过。所以她还挺嚣张的："简单。我赢了，你就做俯卧撑呗；你赢了，我就仰卧起坐。"

在警局大家都是这么干的，谁知韩沉却轻轻淡淡瞥她一眼："我要你做仰卧起坐干什么？"

苏眠眨了眨眼。

"我赢了，你就亲我。"他说，"赢五分，亲一下。累计计算。"

苏眠想了想，觉得还挺公平的："成啊。"

于是韩沉静坐不动，她摩拳擦掌，牌局开始……

十分钟后。

啊啊啊啊啊！！

苏眠不可思议地看着地上的牌面，而韩沉双臂枕在脑后，长腿交叠，好整以暇地望着她。

可是谁能告诉她，总共只有一副牌，这个男人怎么能炸弹又双扣，换了庄之后，还把底牌里埋了整整八十分？！太狠了！那她到底输了他多少分？她已经算不清了。

她唯一后知后觉明白过来的是，他是数学帝啊，算牌肯定杠杠的。她怎么就忘了呢？这下好了，简直一局就被他屠了！

"小眠，过来。"他忽然开口，黑色短发下，那双眼湛亮如星。

苏眠做贼心虚地瞅着他，杵在原地没动。

他微微失笑："坐过来一点，不然怎么兑现赌注？我又不会吃了你。"

"哦……"苏眠慢吞吞地挪过去，却听他好似自言自语般念叨了一句："至少不是现在吃。"

"想得美！"苏眠伸手捏住他的俊脸，往两边扯。他低声笑了，翻身就将她压在地毯上。

"喂，不是我亲你吗？"她含糊地抗议。

"你太慢了。"他扣着她的双手，吻如同雨点般落了下来，"我耐性可不好，等不起。"

…………

那时骄横如他，怎么会知道，后来自己的耐性，也可以这样好。

当你真正想等一个人，根本不会等不起。

只怕等不到。

这赌注，履行了足足有一个多小时。她在他怀里，被亲得面色绯红衣衫不整。而他也是气血上涌极不满足。但两人却似乎有默契，守着没有再更进一步。

末了，翻滚的气血和激情终于平息下来。她便靠在他怀里，两人坐在地上，有一搭没一搭地聊着天，看电视。

不知什么时候，她就睡着了。

韩沉原本还在玩她的手指，一低头，却发现伊人眉目舒展，靠在他肩上，呼吸均匀得像个孩子。那一头青丝更是肆意地散落在他怀里。

韩沉的心忽然就软得一塌糊涂。

他小心翼翼地将她打横抱起，放了床上。又替她脱了鞋，盖好被子，在床边站了一会儿，又伸手摸了摸她的脸，然后低头亲了亲。

长夜漫漫，她果断睡得香甜，他却还了无睡意。只是这么瞧着心上的女孩，嘴角就泛起浅浅的笑。

起身，百无聊赖地在屋内转了一圈，他最后推门出去，点了根烟，往走廊里一靠，抬头，只见峡谷的上方，漫天星光，璀璨如梦。

秋去冬来。

晴朗的冬日，苏眠专程跟学校请了一天假，一个人在逛街。

很快，就找到了她想要的东西。

一条颜色很漂亮、很柔软的男士围巾。

虽然韩沉这家伙很扛冻，几乎从不戴围巾，可苏眠觉得他系围巾的样子一定非常帅。而且每次看他光着漂亮的脖子，站在寒风里，总有点心疼。

更何况，今天是他们恋爱一周年纪念日，没有比这更合适的礼物了。

站在商场明亮的灯光下，苏眠一边付账，一边等着服务员包装。今天她当然还刻意打扮了一番，小羊皮长筒靴在大理石地板上一下下地点着。

"小姐，请问林宛书店在哪一层？"有人在旁边问道，嗓音低沉又温和。

苏眠抬头，便看到一双漆黑狭长的眼睛。来人穿着质地极为考究的黑色大衣和毛衣，短发整齐，双手垂在身侧，指甲也是修剪得整整齐齐。俊朗而儒雅的青年男子，眉梢眼角都有礼貌的笑。

但苏眠看到的，不仅仅是这个。

商场人这么多，她又站在深处的柜台前。若是问路，旁边的服务员比她更合适。

所以，这人是有意搭讪了。

苏眠笑笑："在第五层，从前面坐电梯上去，右拐就能到。"

她语气平和，讲完就礼貌地笑了笑，然后转头，不再搭理他。

那人似乎踟蹰了一会儿，也并不掩饰自己醉翁之意不在酒。

"噢，好的。我叫穆方诚。"他朝她伸出手，"可以认识一下吗？"

尽管这人看起来修养极好，并不像流氓登徒子，苏眠也没看他，接过服务员递来的提袋，淡淡地答："不可以。"转身就走了。

留下那男人一人，站在原地。在服务员好奇的目光中，他始终望着她的背影远去，最终笑了笑，也走了。

于服务员眼中，这不过是个金贵男人想要追求漂亮少女却碰了壁的八卦故事；在苏眠心里，这不过是一个无关紧要的小插曲。

她们并不知道，这一天，其实是一个庞大而阴暗计划的开始。

那男人离开商厦后，就上了辆轿车。开了一段时间，就到了某个地方。这个地方，不少他的同伴聚集着。

那时候，七人团还不叫七人团，S 的核心团员不止七个人。而这个男人，也是其中之一。他的标记犯罪行为，是性窒息杀人。

"M！"R 和 A 迎面走过来，问他，"事情进展得怎么样？"

穆方诚笑了笑，抬眸望了一眼不远处的 S。他正坐在吧台前，衬衫领口随意地解开，白玉般的面颊泛起浅浅的红，在喝浓浓的苦艾酒。

"一切按照 S 的计划，进展顺利。"M 答，"请君入瓮，一步步来。"

R 静默不语，A 笑了笑，但这笑并没有太多欢愉的味道。他们同时抬头，都看向了 S，而心中，也是相同的念头——

就应该这样。

就应该彻底掠夺。

如果 S 有想要得到的人，这个人怎么能不属于他呢？

带着周年礼物，从商场离开后，苏眠很快到了警局。但韩沉最近工作很忙，她也不能随意打扰。于是就在警局旁边找了个咖啡厅，尝试给他打电话。

关机。

又发了条短信：在干吗？忙完联系。没什么事，想你了。

没有回复。

其实相爱这一年来，他很多时候都这样。苏眠也习惯了，等了几次，也没脾气了，于是就点了杯咖啡，揣着柔软的围巾，耐心地等着。

从天亮等到天黑，从咖啡馆坐满人等到打烊。

夜里十一点多了，她从咖啡馆走出来，裹紧外套，一个人走上寒风凛冽的街头。她溜达了半天，都快冻成冰柱子了，终于等来了他的电话。

"小眠，我刚出完任务，回到局里。有事？"他的嗓音听起来有点哑，却足够温柔，无端端让苏眠觉得……暖和。

"韩沉，我在你们警局外头呢……"她委委屈屈地说。

这样的撒娇，韩沉哪里舍得？几分钟后，其实还在开会的韩沉，中途就跑了出来。门口还有人进进出出呢，他也不管了，直接将冷冰冰的她整个抱进怀里。

"冻死了……"她小声嘀咕。

韩沉解开夹克，将她裹进去，一边搂着她往宿舍走，一边给她的手呵气。要是那些兄弟们看到韩公子对女人体贴成这样，只怕都要大跌眼镜。

"怎么不打招呼就过来了？"他问，"一个人傻傻地在外面冻着。"

"我不过是想给你一个惊喜嘛……"苏眠小声说。

韩沉就慢慢地笑了。

刑警的生活是危险的、刺激的，也是疲惫的。这样的午夜，在刚刚抓捕了一名穷凶极恶的罪犯后，他坐在办公室里，确实会心生空旷的感觉。

可她来了，看到她，就不同了。

她是这样鲜活、娇气又温暖地依偎在他怀里。而原本空乏的夜晚，瞬间也变得愉悦起来。

两人进了屋，韩沉直接干脆利落地反锁了房门，又将窗帘拉上，免得宿舍楼里其他人打扰，而后拉着她的手在床边坐下："为什么想给我惊喜？"

苏眠都快气死了："韩沉，今天是什么日子？！"

韩沉这些天的确是忙得昏天暗地，忘了日子。但她一提醒，他脑子又好，立马想了起来，心里顿时咯噔一下。

苏眠见他面露歉意，倒也没有真的生气，就将围巾拿出来："喏！礼物。"

韩沉接过，拿在手里看了看，三两下围在脖子上，说："以后我每天都戴。"

苏眠嘿嘿一笑："好不好看？"

"好看。我从没见过这么好看的围巾。"

"去你的！"苏眠总算满意了，韩沉已低头搂住了她，温柔而热烈地索吻。

"等等！"苏眠拦住了他，想蒙混过关吗？

"我的礼物呢？"她伸手。

韩沉是真没准备，也知道她是故意刁难，笑了笑，直接咬住她的手："看来今天只能以身相许了。"

"去！"苏眠将他推开，却被他抓回身下，两人打情骂俏，又是一阵耳鬓厮磨。

其实两人好了这么久，只差最后一步防线没有突破。韩沉这人吧，虽然还没对她做什么，好几次言语里有意无意地提到，而这撩拨总是让苏眠尴尬又紧张。

"既然没礼物，那接下来几个月，就多抽时间陪我。"她娇娇软软地在他怀里抗议。

韩沉任由她躺在自己肩膀上，这个要求却又让他为难了。

"怎么？你又要忙了？"她察觉到他的沉默，抬头看着他。

他嗯了一声，答："最近发生了几起连环杀人案，很可能是同一个犯罪团伙所为。上边马上要成立专案组，我可能是专案组的执行刑警之一。如果进了专案组，几个月可能都要中断跟外界的联系，见不了面。"

苏眠听得一阵失落。几个月不能见面，简直无法想象。

两人沉默了一会儿，她先开口："那我等你呗。"

韩沉低眸盯着她。

"能怎么办呢？"她叹了口气，眉宇间却又有了他所熟悉的明朗笑意，"韩沉，等你忙完了这几个月，我正好毕业啦。如果你连我的毕业典礼都错过，看我不打你！我就不申请到你的分局工作来了。"

韩沉一把握住她的手，送到嘴边亲吻："怎么可能错过？等你毕业了，我……"

苏眠的心怦怦地跳，甘甜如同野草般胡乱缠绕。

"你什么啊？"她斜眼看着他，眼睛里全是笑意。

他却没有笑，漆黑的眼睛一瞬不瞬地盯着她，嗓音里却带着他惯有的痞子劲儿："我可都苦守一年了。等你毕业了，就该真正成为我的女人，把什么都交给我。"

寒假到了。

没有男朋友陪伴的日子，尽管阳光依旧灿烂，生活依然充实，可总觉得少了点什么。他十天半月也见不到人，唯有夜深人静时或许会给她回个短信。

睡了吗？想你。他说。

可她早就睡了。第二天起来看到短信，立马回复一大段：**我也想你！韩沉你是不是很忙？一定要注意安全。我最近特别无聊，就跑去咖啡厅打工了，观察人生百态嘛，这可是一位教授教我们的……**

他当然没有回复。过了好几天，她才收到他的回复：**发张穿服务生制服的照片过来看看。**

哎？明明很普通的话语，她怎么感觉到了调戏的意味？回复：**流氓！**

他过了一会儿才回复：**等我忙完这个案子，让你知道什么叫作真正的流氓。**

看着这短信，站在咖啡厅吧台后的苏眠，连耳根都红了。要知道韩沉虽然一直有点流氓，可是流氓得很含蓄很高冷的。现在居然这么露骨，她猜想一定是分离太久的缘故……

正心猿意马着，就听到吧台对面响起个有点耳熟的声音："一杯拿铁，谢谢。"

她抬起头，看到了那个有过一面之缘的男人。

照旧是质地考究的西装，衬衫领口洁白无瑕，那双深湛的眼睛，似笑非笑地看着她。

他叫什么来着？

那天在商场……

穆方诚。

苏眠平时也并不是个好相与的人。她脸上的笑容淡了下去，答："二十二块，谢谢。"穆方诚将钞票递过来，她注意到他的手保养得极好，但是虎口和手心有薄茧，指甲修剪得整整齐齐，因为太过精致，给她一种不太舒服的感觉。

她将零钱找给他，转身冲泡咖啡。他笑笑接过，又说："还记得我吗？小姑娘。"

二十岁的苏眠，是有股傲气的，在她心中，与韩沉的爱情更是纯洁重要，不容任何人打扰玷污。所以男人的搭讪，让她很是反感，淡淡地答："不记得，下一位！"

"再要一块芝士蛋糕。"穆方诚说道，指了指窗边的座位向她示意，"请替我送过来，谢谢。"

苏眠没吭声。

她对韩沉说来咖啡厅观察人生百态，是认真的。咖啡厅位于繁华区，整天人来人往，在这里，可以仔细观察形形色色的人，对她的犯罪心理练习是有好处的。

几分钟后，她便端着块蛋糕，走向这位不速之客，同时习惯性地观察分析着他。

不舒服。

这个男人给她的整体感觉，就是不舒服。但那时，苏眠真的还只在书本上见过高智商的连环杀手，并没有过真正的接触。所以她只是感觉穆方诚身上的每一个细节，都有些不对劲，但又无法确切地与精神病态联系在一起。

他打开了笔记本电脑，低头沉思的样子，仿佛整个世界只有他一个人，与周遭的人都格格不入；他端起咖啡喝了一口，动作太过慢条斯理，充满了某种……自我欣赏的意味；他的手机响了，在接电话，大概是个工作电话，她听他在跟人讨论程序代码。他讲得很快，她感觉电话那头的人一定插不上嘴，这样的滔滔不绝与他的外形有些格格不入。而且他的思路似乎也极为跳跃，即使她是IT门外汉，也听出他在不断转换话题。

最后挂了电话，他显得有些生气，眉头紧蹙着，翻了几下书，又端起咖啡喝了一大口，表情才恢复平静。

莫名地，苏眠心头忽然蹿出一股冷意。但那时，她还不知道，这是某种直觉，当犯罪心理学家遭遇精神病态时，那种敏锐而势不可挡的直觉。

"你的蛋糕。"她放下托盘，转身就要走，却听他温和含笑的声音又在背后响起："你不要误会，我没有恶意。只是看到你……"

苏眠转头，静静地看着他。

"只是看到你，就觉得你一定是个很有趣的好人。"他不疾不徐地把话说完，眼神堪称平静真诚，"只是想认识你，交个朋友，如此而已。如果让你感到厌烦了，我表示抱歉。"

苏眠双手往腰间一叉："你为什么认为我会是个有趣的好人？"

穆方诚笑了。

"你的眼睛。"他说，"你有一双非常清澈的眼睛。我经历过太多人和事，所以看一眼，就能把你从人群中区分出来。"

苏眠愣了一下。没有女人会反感男人这样的赞美，但心中不舒服的直觉还是占了上风。她点点头："谢谢，不过我已经有男朋友了，交朋友就免了，的确会带给我困扰，再见。"

她拒绝得不留余地，穆方诚似乎也没有太受挫，笑了笑，继续上他的网，喝他的咖啡。

然而有些靠近，是润物细无声的。

之后一个月，穆方诚隔三岔五就会来咖啡厅小坐。有时看书，有时上网，有时也会与她目光交错，看她泡咖啡，看她在咖啡厅里穿梭。

而苏眠始终跟他保持着距离。说实在的，死缠烂打的追求者以前也不是没有，全都死在她的无情斩杀下。穆方诚对她算不上滋扰，更不算热烈，更像是对她有一些兴趣，有一些欣赏，仅此而已。

直至这天傍晚，苏眠下班回家，却被两个陌生的男人拦住了。

"公安大学犯罪心理系大四学生苏眠。"对方清晰地知晓她的身份，然后说道，"我们是公安部猎鹰1号专案组。"

苏眠彻底愣住了。

他们开的是黑色普通的商务车，而从衣着、举止、佩枪以及他们出示的证件来看，的确是公安部的人。

苏眠跟他们上了车，不知道开了多久，到了一座很不起眼的写字楼。在那里，她见到了自己的导师许慕华教授，还有专案组另外两名领导。

自从许教授跟韩沉一样加入专案组后，苏眠已经有一段时间没见到他了。此刻见到他们，她心中涌起许多种预感和猜测，但最终只是平静地点头："老师，你们找我……什么事？"

这晚，韩沉并不在场。而专案组的大多数人，也并不知道他们俩秘密的小爱情。

"苏眠，我们正在调查数起非常严重的连环杀人案。"他们这样说，"对手非常狡猾，是一伙高智商的罪犯。但是现在有一个机会，我们锁定了其中一名嫌疑犯，而他最近恰好频繁出入你打工的咖啡厅。你应该认得他。据我们观察，他似乎在追求你？"

"你也许成了他下一个狩猎目标。而我们的目的，不只是抓住他一个人，我们想要将他们一网打尽。"

"你暂时不需要做太多事，只需要跟他有些接触。如果有机会，就深入接触；但是如果有任何危险，我们会保证你安全撤离。许教授说你是他最得意的弟子，职业能力不输任何女警，我们相信你能圆满完成这个任务。"

"据我们调查，这个团伙的某些作案手法，与你父亲当年殉职的案件，有相似之处。我们不排除凶手存在关联性。"

"如果有必要，我们会为你办理退学。你在公安大学的档案会销毁，为你伪造一个新的身份，避免引起他们的怀疑。这件事极其重要，他们是杀人不眨眼的罪犯，你必须绝对保密，对家人、朋友都要保密。"

…………

人生有的时候，并没有太多选择。

如果你生而是一名警察，前方是刀山火海，但你若蹚过，许许多多的人就不会再受伤，你去还是不去？

如果这些罪犯，甚至还可能与你的杀父之仇有关，而你始终记得父亲临死前的惨状，你曾立志为他永不节哀，那么，你去还是不去？

"我去。"苏眠一字一句地回答道。只是在签署卧底任务书的那个瞬间，脑海中骤然闪过韩沉含着烟、低头浅笑的容颜。

她知道此去危机四伏，她知道她即将与最凶残的罪犯共舞。她甚至猜想，韩沉作为专案组的基层执行刑警，很可能还不知道她成为卧底的事。

现在他们俩，到了一个案子里了。他迟早会知道。

没关系。

她想，只要她足够努力，只要她足够小心，帮助他和他的专案组，破了这一宗大案，几个月后，他们的约定依然会实现。他会完成任务回到她身边，而她恢复身份，顺利毕业，然后去他的单位上班。然后，还会有很多很多的然后，他们一起去实现。

只是此时，苏眠不知道，专案组也不知道。

一切，都正按照S的计划在进行。毕竟，那个组织看起来那么严密，穆方诚对苏眠的兴趣，仿佛也只是一时心血来潮，才给了专案组顺藤摸瓜的机会。这一切之所以如此可信，是因为没人会认为，他们会为苏眠这样一个普通女孩，煞费苦心。

没人会想到，这一切，不过是为了爱情。

过了几天，穆方诚又来了。

照旧是拿铁加芝士蛋糕，坐在靠窗的位置，儒雅风度如同每一位金贵的职场人士。另一名服务员知道苏眠烦他，做好咖啡后，问："那我去送？"

苏眠站在吧台后，望着那人看似安全无害的模样，答："我去吧。"

托盘到了他跟前，像是若有所觉，他抬头，依旧是似笑非笑望着她："怎么今天……亲自来了？"

苏眠语气依旧冷淡，但透出一丝好奇："我说……每天都吃喝相同的东西，你不腻吗？"

他笑笑接过，答："有些人，不喜欢改变。"

"哦，是因为缺乏安全感吗？"她问。

穆方诚怔了一下，抬头又看向她，她却单手往裤兜里一插，不急不缓地走回了吧台。

穆方诚陡然笑了。

这天下班后，苏眠给负责与她联络的专案组同志发短信：鱼上钩了。

穆方诚离开咖啡厅后，改换了好几次路线，确定甩掉尾随的警察后，又到了那个地方。

这晚，S坐在光线暗淡的沙发角落，似乎在思考什么，身体几乎深陷进去，领带搭在沙发背上，慵懒又颓唐，一双长眸深沉难辨。

那是个足以令任何人痴迷的男人。穆方诚这样想，然后他走过去，说："S，鱼上钩了。"

天气一天天地冷起来。就快过年了，苏眠没再去咖啡厅打工，也没去学校。

周末的晚上，雪花飘飞。苏眠坐在黑色轿车的副驾里，望着窗外的雪景，有些出神。

"在想什么？"身旁的穆方诚问。

苏眠眨了眨眼，答："想我男朋友。他工作忙，我们已经有好多天没见面了。"言语之间，终究有些落寞。穆方诚笑了笑，下车，替她打开车门，道："你这样自由自在的性格，身边真要有个男人，倒显得累赘了。快活点。"

苏眠扑哧一笑，下车："我当然快活，少了谁，也不能阻止我快活过日子。"

穆方诚与她并肩往她家楼下走。的确如他最初的承诺，他并未对她有任何逾矩之举。两人的相处，更像是志同道合的朋友。而苏眠甚至不得不承认，这人在很多方面，观念、想法都很独特，有个性。如果不是已了解真相，她真的可能被这个朋友吸引。

而她对他……同样无声无息地努力吸引着、靠近着。

"今天的表演怎样？"他问。

苏眠微微一笑，答："很好。空灵的街头艺术，每一幅画的灵魂仿佛都被抽走。伟大而低贱的艺术。"

这几句话出口，她清晰地看到穆方诚眼中一闪而过的动容。他甚至有片刻没有说话。

这正是苏眠为自己制定的卧底原则。想要真正获得他乃至他身后那些人的信任，就必须真正了解他们、靠近他们。而精神病态的研究，本就是她之前擅长和专注的。这些天，她更是不眠不休地揣摩他们的每一个想法、每一个喜好。她几乎都活得像一个精神病了。

所以她确信，自己能打动他。

而她不知道的是，穆方诚之所以动容，是因为这些画，并非那些所谓的街头艺术家画的。

那是 S 画的。

而当画成时，S 对他们说："每一幅画的灵魂都已经被掠夺。你们，感受到了吗？"

难怪他爱她。穆方诚想，也许她真的会对他有感觉，会怜惜他，珍重他，爱慕他。

多么难得的一个她。

"喂，什么时候带我见你那些朋友？"苏眠不紧不慢地问。

穆方诚从自己的思绪中回神，盯着她，含笑道："找个时间约见面。他们也很期待。不过他们都不是普通人，你真的想见？"

苏眠抬头看着纷飞的雪，忽地笑了："越不普通的人，越想见到。你不明白吗？"

穆方诚并没有送她上楼。

而她沿着幽暗的楼梯，拾阶而上，回头确认他的车已经开走了。这才卸下伪装，叹了口气，只觉得满心疲惫，困乏不已。

她在他面前表现得很随意，天知道每句话都要仔细斟酌。这件事还不能同任何人讲。她也没发短信告诉韩沉，怕他分心影响他的行动。

但他迟早会知道。

她已经有多少天没见到他了？

正满腹柔肠地想着，突然间看到自家门口杵着个黑色高大的身影。苏眠被吓了一大跳，刚往后退了一步，就听到那人开口了："小眠。"

韩沉！

声控灯亮起，他的轮廓乍然明亮清晰。苏眠望着他黑色的短发、挺拔的身形，还有脖子上的那条围巾，只觉得恍如隔世。

而他望着她，眼眸漆黑如同楼外冬夜的天空。

"你怎么来了……"苏眠直接扑了过去，双手抱紧了他。而他低头望着她，紧紧地将她抱在怀里。

"韩沉……韩沉……"她这才发现自己真的是太想他了，那个丢下她只顾着工作、只顾着抓坏人的他。她哭了，在他怀里又哭又笑。

韩沉紧紧搂着她的纤腰，大手扣着她脑后的长发，低下头。他的唇还带着凉意，还有淡淡的她熟悉的烟草味，他开始热烈地吻她。

吻了一会儿，苏眠摸出钥匙，含糊道："我妈去给学生上晚自习了……"话音未落，韩沉已接过钥匙，熟门熟路地打开门，将她推了进去。两人倒在沙发上。

"你想我没有啊？"她轻声问，问的是废话。

"你说呢？"韩沉几乎是将她整个人都压在身下，十指紧扣，又在她脖子上亲了好几下，抬起头看着她。

苏眠感觉他眼神不对，心里咯噔一下。

"我前些天在外面执行搜查任务。"他说，"今天才看到卧底名单。"

苏眠道："我不告诉你，是怕你担心。你要是分心，有危险怎么办……"

"这么大的事，你怎么能不告诉我？"他打断她，到底是动了气，眉宇间越发显得冷峻。

两人一时都没说话。

他态度强硬，苏眠心里也有些不舒服。可瞥见他脖子上还挂着她的围巾，紧扣着她的手指，也是冰冰凉凉，不知道刚才在外面等了多久。她的心一下子就软了，委委屈屈地说："你放心，我有分寸，不会吃亏的。你看这些天，教授他们都说我做得很好。"

"不行。"韩沉斩钉截铁地说，"那些人杀人就跟捏死蚂蚁一样简单。"顿了顿，又说，"你没见过他们的作案现场。我已经跟专案组说过了，你是我女朋友，是我要娶的人！我不同意你继续卧底。只要你提出申请，卧底计划就中止，你明天马上提申请。"

苏眠咬紧下唇。韩沉的脸色同样不善。

"我不提。"她说，"我一定要做下去。韩沉，你知不知道，这个组织很可能与我爸爸的死有关？而且专案组说，也没有其他更好的机会。你很清楚的，我们不能错过这个机会！"

"你父亲的仇，我来报！一定会为你查清楚。"他再次打断了她，"我是警察，你还不是！苏眠，我怎么可能让你跟那样一群人待在一起？"

苏眠的心阵阵犯堵，抬起头，盯着他："韩沉，我不能放弃。"

韩沉也看着她，没吭声。

过了一会儿，他松开她起身，那脸色看着让她心头发疼。他拉开门就走了出去，没有回头。

苏眠呆呆地窝在沙发里，过了一阵，伸手抱住自己的膝盖，埋下了头。

"韩沉……你浑蛋……"

苏眠第一次参加他们的聚会，是在一个雪花纷飞的冬夜。

那天天气格外冷，她坐上了穆方诚的车，然后被黑布蒙住了双眼。

不能带窃听器追踪器，因为这群罪犯的反侦察水平很高。果不其然，在车开出不知多久后，中途还换了两辆车，终于在某处停住。

然后就有人搜她的身。彻底检查扫描过一番后，她才感觉到穆方诚握住了她的胳膊："好了，你很'干净'，总算没让我失望，我可是为你做了担保的。走吧。"

瞧，多么煞有其事。虽然明明这幢屋子里的许多人，都知道她是卧底。

苏眠亦步亦趋地跟着他，感觉从黑暗的通道，走到了个灯光很明亮的地方。

而她不知道的是，她头回孤身赴险的今晚，韩沉待在专案组里，整晚抽了多少根烟。他觉得自己快要被这个女人逼疯了。

音乐、灯光、香烟、美酒……周围似乎有不少人，空气中还有某种古怪的气味。她辨认出大概是海洛因。

然后穆方诚就带着她，在沙发上坐下。

"可以摘掉眼罩了吗？"她略有些不耐又有些好奇地问。

穆方诚静了一瞬，没答，抬头。越过人群，他看向坐在吧台后的那个男人。

不只是他，在场的十来个人，A、T、K、R、L……几乎同一时间安静下来，看向了S。

S，你的女人来了。

她懂他的画。她是真的懂他，懂他们这一群人。

独一无二的她。

S今天穿着黑色休闲西装，薄薄的高领毛衣。他的手轻叩酒杯，原本盯着酒液，然后抬头，看向了她。

灯光之下，她穿着深蓝色毛衣，长发散落肩头。皎洁晶莹如月光般的脸庞上，黑色眼罩遮住了她的眼睛。

她被蒙住双眼，带到了他的面前。

这样柔弱，又这样倔强，一如记忆中那个眼神执拗、通透敏锐的姑娘。

S端起苦艾，喝了一小口，然后将剩下的大半杯酒，递给了A。

A会意，将酒拿过去，递给了穆方诚。

穆方诚接过，放入了苏眠手里。

苏眠没有迟疑，一饮而尽。

眼罩被人摘了下来。

这不知是哪里的一座房子，被改造成酒吧的模样，几个人坐在她跟前，但是都戴着面罩。

小丑的面罩。

"嗨，你就是苏眠？"一个高个的、声音听起来十分年轻的男人，或者应该称之为男孩，走到她跟前，"你好像比我大呢。"

苏眠看着他："你是谁？"

男孩面罩后的双眼，狭长明亮。他笑了，似乎很开心地笑了："你可以叫我小艾。我呀，想认识你很久了。"

苏眠也笑了笑，不经意间抬头，却瞥见吧台后坐着的男人，清瘦而安静的背影。他也戴着面罩，但是可以看见脖子和侧脸的线条，异常白皙干净。

不知怎么，苏眠觉得，他跟其他人都不一样。

那晚苏眠回到家，已经是凌晨了。

其实不应该称之为"家"。她从家里搬了出来，自己租了个房子住。一是方便卧底工作，二是避免给母亲带来危险。而对母亲那边，她只找了个借口，说教授那边有事。专案组也安排了人，二十四小时保护她母亲。

苏眠开着辆红色 mini cooper，进了巷子里。这车是穆方诚让她用的，她便用了。当然她不知道的是，车是 S 挑的。

冬夜，巷子里好像一口枯井，又冷又深。苏眠不知怎的，就有些烦躁，将车胡乱停在墙边，就裹紧羽绒外套，踩着高筒靴，推门下车。

走了一段，她脚步一顿，然后又继续朝前走。

背后有人，在黑暗中看着她。

从她卧底开始，好些天晚归时，都能感觉到那人的存在。她想，应该是杀手组织安排的盯梢人员。

傻 ×。她在心里骂道。

骂完之后又有点惆怅。这是韩沉偶尔骂人的脏话，她不知什么时候也学来了。

地上的雪很厚，还结了层冰。苏眠走得心不在焉，一不留神，脚底打滑，啊的一声尖叫，差点没摔倒。她一把抓住旁边的树干，手掌却被树干上的糙皮刺了。

"咝……"她倒吸一口凉气，却在这时，听到巷口那人，脚步一动，竟然似乎有些关切。

苏眠突然就反应过来，猛地一回头，就看到了路灯下，那个高挑熟悉的身影。

他看着她，她也看着他。

几日不见，为什么却好像隔了几个世纪那么久？

他那天摔门出去的样子，她到现在记忆犹新。此刻看着他冷峻沉默的样子，她却忽然怨不起来了。脑子里陡然意识到一件事——所以这些天，只要晚归，他都暗中跟着她，看着她……保护她？

他的眼睛漆黑无比，就这么盯着她。

苏眠一咬下唇，转身噔噔噔地上楼。然后就听到他敏捷的脚步声也跟了上来。苏眠真想也当着他的面摔上门，可是哪里下得了手？哪里还舍得？

她只将大门虚掩着，然后在沙发里坐了下来，背对着门的方向。

他以前有时候会笑她"作"。她就是作，怎么了？她就是舍不得，放不下，可是又只想他来哄她，他来认错，他来宠她。

以后再遇到这样的事，他不许再丢下她，一个人离开。

片刻的寂静后，她听到他推门进来，然后咯噔一声，带上了门。

沙发一沉，熟悉的气息靠近，他在她身旁坐了下来。

苏眠刚刚还在下定决心，等他先开口。哪知他一靠近，她就忍不住了，她就不想作了，脱口而出道："这些天，我每天做了什么事、见了什么人，都详细写在报告里了。专案组能看到，我知道你也能看到……"

那是我的一片拳拳之心，我坚定的心，事无巨细都写了下来，只想让你莫要牵挂，你可看到？

话还没讲完，嘴就被他堵住了。他抱住她的腰，低头就吻了下来。热烈的冰凉的唇、英俊的眉眼、熟悉的气息，只令苏眠整个人都迷醉。她知道再也不用多说，他的心思她懂。她的，他也体谅并明了。

小小的出租屋，幽暗的光线里，一时间，世界上仿佛只剩下他们两个。罪犯、正义、道德、恐惧、担忧……仿佛都与他们无关，只有彼此的眼波流转、呼吸与肢体缠绕。

"韩沉……"她轻轻抚摸着他耳边的短发，"你再也不要离开我了，不要丢下我一个人。"

"嗯。"他亲吻着她的脖子、她的胸口，紧扣她柔弱的十指，"对不起，再也不会了。"

苏眠眼中有浅浅的泪意，可又欢喜得想笑。而韩沉将她压在沙发上，盯着那如蒲草般柔美的身姿，她衣衫半褪，钩着他的脖子，眼睛里全是晶莹的笑意。韩沉心中骤然闪过许多情绪。他想起这些天为她的牵肠挂肚，那是活了二十三年来，从未有过的浓烈深刻的感情；他也想起刚刚站在巷口，看着她身姿娉婷地下了车，她的脸色淡漠、目光颓唐。他知道她这些天有意无意流露出精神病态的特质，以取得他们的信任。可看着这样的她，却叫他胸口气血烦闷……

他伏低身躯，眸光幽沉得叫她心悸。然后他开始更热烈地吻她。

"好啦好啦……"苏眠还未察觉他的刻骨情动，笑着想推他，"不亲了，不是和好了吗？"

这一推，却推不动。反而手腕一紧，被他再次扣住，动弹不得。

苏眠眨眨眼，有点慌："你想干吗？"

韩沉却直接将她打横抱起，进了里屋。

她被丢在了床上。她那可怜的暖黄色的单人小床上。

"韩沉你……"她以手撑床刚要坐起，韩沉已欺身上来，伸手一推，就将她再次推倒。那些烦人的事儿早被苏眠丢到九霄云外，此刻看着韩沉脱掉夹克丢到一旁，朝她靠近，竟只觉得紧张又刺激，还有些羞窘。

昏黄的灯光下，窗外大雪纷飞。他双手撑在她身体两侧，慢慢地靠近。漆黑的眼，如暗色的火。

"给我，好吗？"他轻声问。

他的模样性感得不可思议，苏眠的脸如火烧，身体却仿佛已经自动发软发麻。她实在无法承认好了这么久，还是会被他电到。

"你浑蛋……"她近乎扭捏地低骂道。

韩沉再次扣住她的双手，他的眼睛里有浅浅的笑，明显十分开心的笑。白皙的俊脸上，甚至还浮现了一抹绯红。

"今天彻底浑蛋给你看。"他说。

…………

冬夜是漫长的，雪仿佛永远不会再停。

屋内开着暖气，所以即使什么都不穿，苏眠也只感觉到热，热汗淋漓。

当两具肢体彻底纠缠，寸寸紧贴，她才感觉到什么叫作真正的亲密。尽管很多时候，韩沉表现得有些生涩，但绝对目标坚定、势在必得。两人慢慢地、热烈地摸索着，那种感觉就好像是，身体真的已经融化在一起。

进入的时候，她真的有点疼，然后习惯性地就开始耍赖："疼死了疼死了，不来了。"韩沉多横的人啊，尽管宠她，但决不纵容。他低声哄着亲着磨着，但是没肯退出去。过了一会儿，他忽然反应过来："搏击练习时你中了我的拳都不怕疼，现在倒喊疼了？"

苏眠心中暗叫不好，就听他开始耍流氓了，淡淡地道："我的拳头都受得了，这个……受不了？"

太流氓了！

苏眠瞪着他，他似笑非笑。韩沉是搏击高手，此时此刻，平生头一回有了类似于打通任督二脉的通体舒畅感。

苏眠见他发怔，问："……怎么了？"

韩沉唔了一声，答："舒服。"

苏眠抓起个枕头砸向他。

后半夜，在苏眠的记忆里，是刺激、甜蜜而浓烈的。最后她的手指几乎都抠进了他结实的手臂里，而他的汗滴落在她的脸颊上。她不知道别人的初夜会怎样，反正她是全身腰酸背痛，就像跟他狠狠地打了一架似的。

不，哪里是打架，分明是被他单方面彻底修理了一通好吗？

最后天色将明将暗时，两人才浑浑噩噩地睡去。他即使睡梦中也与她纠缠着，趴在她的背上，十指紧扣。

…………

苏眠醒的时候，一眼就看到窗外的阳光。想必天已经大亮了，只是被厚厚的窗帘遮掩着，透出些光亮来，屋内显得朦朦胧胧。

她的身旁空空如也。韩沉居然已经起床了，他坐在床边，穿好了衬衣和长裤。因为光线很暗，她看不清他的脸。只感觉到他灼灼的视线落在她脸上，不知道已经这样坐着看了多久。

苏眠迷迷糊糊地裹着被子坐起来，身上的酸痛提醒她昨晚的放纵与疯狂。

"你要走了？"她轻声问。

他却答："没有。"

苏眠微怔。他却低头，伸手从衬衫口袋里，掏出了个黑丝绒的小盒子。苏眠一瞬不瞬地盯着他，然后就看到他嘴角一勾，似乎笑了笑。

他起身，在床边单膝跪了下来，将小盒子打开，将戒指送到她跟前。

"嫁给我，苏眠。"

他跪在床边，握着她的手，看着她。而她裹着被子，有些呆呆地坐着，与他对视着。

冬日的早晨，狭窄的房间。没有艳丽的场景，没有花哨的安排。静静的，人生中最普通不过的一个早晨。房间很温暖，光线朦胧幽静。

他就这么向她求婚了。

"等你毕业就结婚。"他低沉而清晰地说，"我这辈子，非你不娶。"

苏眠伸手就搂住了他的脖子，扑进他怀里："我要嫁给你！我也好想嫁给你！"

…………

等你毕业就结婚。我这辈子，非你不娶。

我爱上了一个女孩。她像阳光般温暖，她像斗士般勇敢。

我的爱，看似简单平凡，但一辈子只说一次。

此去千山万水，经年累月。

只对你一个人说。

此去冬夏炎凉，颠沛流离。

半生残失，如鲠在喉，只为我曾许诺你的圆满。

（四）与子沉眠

4月18日，星期六，天气：阴。

我的计划进展得一直很顺利。他们相信了我已经杀人。这要多亏韩沉他们的安排。

已经又有七天没见到他了。想，但是又充满期待。

我想没多久，我们就可以团聚了。想想都让人心里高兴，我都快忍不住了。

后天，4月20日，他们策划又要进行一系列大案。我已经充分获得他们的信任，穆方诚说我可以参与其中，可以见到每个人的真实面目。那就是将他们一网打尽的机会。

还有那个人。

那个露面不多但总让我觉得跟其他人不同的男人。

他是谁？

他总让我觉得很危险，也许我得当心他。

…………

写完日志，苏眠将小小的日记本，塞进床头柜的暗格里。这并不是专案组让她写的日志，而是她写给自己看的。她想，用以纪念这段卧底时光。

当然，还有个不能对别人、对韩沉说的原因。

如果万一她出了事，至少还能有所纪念。

约定的时间到了，她换了身轻便的裤装，下了楼。穆方诚的车正在等她。车上还有另外两个黑衣男人。

一上车，穆方诚就递过来个眼罩。她微微一怔："不是直接去目标地点吗？"

按照计划，今天她会作为团队成员之一，前往某个地点潜伏，并伺机作案。当然，"作案"是假的，杀人也是假的。警方已提前部署好，全力配合她。

穆方诚却笑笑："不急。计划有变，我们得先去一个地方集合。"

"哦。"

五小时后。

时间太过漫长，苏眠眼前一片黑暗，掌心却沁出了阵阵的汗。

车终于停下了。穆方诚扯下了她的眼罩："到了，我的小姐。"他平时都叫她苏眠，此刻似乎不经意间改换称呼，却叫苏眠有些异样的感觉。

下了车。天气依旧阴沉，厚重的云飘浮在山的上方。眼前是一片开阔的绿地，以及一幢别墅。

她已完全不知身在何处。

两个年轻男孩靠在别墅门口的栏杆上，望着他们。穆方诚跟他们打招呼："Ａ！Ｔ！"

这一次，苏眠完全看清了他们的真容。两人跟她差不多年纪，也许还要小上一两岁。Ａ长得更出色些，白皙俊秀，一副玩世不恭的表情，看着她的眼神，更是充满兴味。

"姐！"他唤她，"快过来！等你好久了，吃饭啊。"

之前的几次接触，他都是这么喊她的。

而他身旁，冷峻黑衣的 T，也朝她点了点头。

苏眠忽地笑了，表情有些懒散，有些倨傲，走到他们跟前："成啊，今天终于让我见到真容了。切，就没见过比你们更扭捏的男人。"

T 淡淡地笑了笑，A 却露出极其灿烂的笑容，以及洁白的牙齿。

"姐。"陪她进屋时，A 在她耳边小声说，"我们是真的很喜欢你。你了解我们，我们想和你在一起。"

这天，并没有其他人出现。

吃完饭，苏眠又跟他们几人玩了一会儿，便回到了给她安排的房间。关上门，她全身像是散了架，却不敢露出太多端倪，因为怕房间里有监视器。

她抬头，望着窗外昏黄的落日。一整天不见太阳，此刻它却冒了出来。血红的云彩，渲染着别墅后的天空和山岭。

不祥的预感，便如同这云霞般，在她心中层层晕染、扩大。

被发现了吗？

不，不可能。回顾卧底的日子，她从无纰漏。而且他们若是查知了她的身份和目的，总会有所征兆……

某个惊悚的念头，骤然浮现在她的心中。

知道最可怕的是什么吗？

最可怕的，是他们早就已经洞悉了她的身份，却在这么长的相处时间里，滴水不漏，不露半点端倪，陪她演这场戏。

直至今日，突然发难。

毫无征兆，就改变了作案计划，并且将她带到了这个无人知晓处。现在她也来不及通知专案组和韩沉了。

这也符合他们一贯的作案风格！

如果真的是这样……

苏眠心中冒出阵阵寒意。那就意味着，专案组的抓捕计划会落空，甚至会踏进他们的圈套而损失惨重。

而她，怕是再也回不去了。

夜幕降临。

韩沉站在一座建筑的某个房间里，撩开窗帘一角，拿起了望远镜。

"她来了。"身旁一名刑警小声道。

韩沉的神色更加专注和严肃，透过望远镜，便见到一位苗条女子，戴着鸭舌帽，进入了案发现场。

按照计划，她会开枪"杀死"现场的两名男子。

乌黑长发紧紧地束在脑后，她穿的是韩沉熟悉的外套、长裤，偶尔抬头，隐约可见熟悉俏丽的轮廓。

所有人都屏住呼吸，看着她的一举一动。韩沉看到她，就觉得心头一暖，想起数日前她在自己怀里喃喃低语："韩沉，再过几天，我们就解放了吧？"

"嗯。"他当时答，"我到时候申请休假，陪你。"

她莞尔："陪我，是陪你吧……韩沉臭流氓！"

韩沉，韩沉。

他的名字，从她嘴里念出来，软软的、脆生生的，仿佛总带着几分缱绻缠绵的意味。

她"击倒"了两名目标男子。

她拔枪，上栓。

她"开枪"。

整个过程，她是背对着窗口的，所以专案组众人只能看到她的动作。而这起"作案"后，想必她能获得那些人更深的信任，并且拉开四月二十日大案的序幕，协助警方将他们一网打尽。

所有人看得目不转睛，主要负责监视的刑警，不断报告："顺利！顺利！目标无异样……"

韩沉看着看着，忽然就一怔。

那是一种非常奇怪的感觉，说不出的感觉。

他看着望远镜里，那个他熟悉得不能再熟悉的女人，忽然觉得异样。

可是……刚刚楼下监控拍到的，以及望远镜中看到的侧脸轮廓，的确就是她。

这时，"她"已结束作案，清理现场，然后迅速从现场逃离。

一切结束了，身旁刑警队长放下望远镜，微笑道："一切顺利，可以收队了。"一转头，却瞧见韩沉发愣的模样。

"沉儿，怎么了？"队长问。

韩沉没答，转身到了监视画面前，调出之前一系列片段，盯着"她"看。

她的衣着、她的举止、她的神态，甚至她将手插在裤兜里的帅气的小动作。

依旧没有任何异样，可他就是觉得哪里不对。

韩沉已经连续工作许多天了。收队上了警车后，他一直在沉思。

轿车行驶在夜色里，过了一会儿，他就迷迷糊糊打了个盹儿。

不知何时，车辆一晃，他猛地睁眼，竟惊出一身冷汗。

他知道"她"哪里不对劲了。

生硬。

她的一言一行、她的细枝末节，都让他感觉到了生硬，模仿的生硬。

可也许只有他能感觉到。

韩沉望着车窗外幽沉的天，只觉得阵阵凉意无声地袭上心头。

如果那个女人不是苏眠，是谁？

如果此刻按照犯罪组织的计划，正在"犯案"的人，已不是她，是跟她相貌极为相似的一个女人……

那她现在在哪里？

"马上连线专案组所有领导！"他几乎是低吼道，"情况有变！"

她已身陷囹圄，被那群丧心病狂的人所控制。她将落入何种境地？

他要马上去救她，一定要救她！

夜色静深如同鬼魅。苏眠望着窗外，整座别墅内外已经安静下来。那些疯狂的灵魂，仿佛都已入睡。

夜里三点，人睡得最沉的时刻。她起身，进了洗手间。

仔细检查一遍后，确认洗手间里没有任何监控设备。她脱下高跟鞋，拆下鞋跟；又从胸罩里，拿出金属钢圈……这并不是她擅长的事，但是韩沉手把手教过的，她铭记于心——警方的追踪水平，并不比犯罪团伙的反追踪能力逊色。

没想到今天派上了救命用场。

简易的无线电通信设备即将组装完毕，她却发现少了个零件。仔细一想……少了她的金属打火机。那零件就藏在里头。

今晚跟 A、T 他们打牌时，大家都点了烟。结果 A 笑着把她的打火机拿去用了。

也不知他是有意还是无意，当时苏眠也不能表现得太紧张。

她记得 A 离开楼下客厅时，手里好像没拿打火机。

那打火机，还放在客厅的某个地方？

这好办。

苏眠就这么穿着睡衣和拖鞋，弄乱了头发，又取了根烟，装出一副睡眼惺忪、烟瘾发作的模样，推门往楼下走去。

别墅里并不是漆黑一片。墙壁下方的壁灯，暗暗地照耀着。春夜，还有些冷。苏眠不紧不慢地踩着灯光下楼，到了楼梯口，却怔住了。

站着两个人。

两个西装革履的男人，身材精瘦，面色平静，看到她，都是微愣，没说话。

苏眠心里咯噔一下，手扶着栏杆，往他们俩身后望去。暗柔的灯光下，一个男人坐在沙发里。他穿着黑色西装、浅蓝细纹衬衫，但是没系领带，一只手搭在沙发扶手上，另一只手夹着支烟。火光在他指间缓缓燃烧着。

而这一次，就在大战前夕的夜晚，终于避无可避，狭路相逢。他没有戴面罩，她身旁也没有别人。他的容颜身姿，清晰地映入她的眼帘。

苏眠想象过无数次，这位神秘的首领人物，长什么样，但她万万没想到，他会是这样的……

温润如玉。

白皙的面孔，仿佛没有一点瑕疵；乌黑的眉目，如同弯月；他的眼睛清澈而安静；鼻梁高挑笔直；薄唇微抿着，竟是比她见过的任何男人，都要俊美干净的长相。

只是那眼神，却是不容忽视的。

温和、平静、漆黑，望不见底，眉梢眼角，举手投足，却又偏偏带着某种颓靡的、肆意的男人味儿。

苏眠从来都是天不怕地不怕的人物，然而此刻被他这么静静地注视着，莫名就有些心慌意乱。他的气质太过内敛安静，却比那些嚣张的杀手，更迫人。

身后传来轻微的脚步声，那两名保镖竟然走了，离开了客厅。只留下他们两个。

苏眠笑了笑，走到沙发旁。但到底是有些怯，跟他隔了一米开外坐下。

"还没睡？"她问。

他静了一瞬。

"嗯。"他移开目光，不再看她，抬手，又吸了口烟。

苏眠眼尖，迅速扫视一圈，就发现打火机躺在距离他一尺远的沙发坐垫上。这情况一点也不妙。这若换了别人，苏眠还能插科打诨一番，将打火机弄回来。可他？她竟有些不敢，只觉得自己稍有异动，就一定会被他洞悉。

两人都安静了一会儿，苏眠问："有打火机吗？"她抬了抬手里的烟，示意自己的来意。

他从衬衫口袋里摸出个打火机，丢给她。苏眠接过，是 Zippo 很经典的款式，黑冰天使之翼。暗灰色的打火机躺在她的掌心，又凉又沉。

她低头点烟，深吸一口，又将打火机丢还给他。

"为什么还没睡？"他忽然问道，那嗓音低沉又清澈。

"哦。"苏眠笑笑，"有些烦躁，也有些困惑，睡不着。"

这是她惯用的伎俩，说得含糊其词，再带点情绪，显得真实可信。

他没有追问，只是继续抽着烟。于是苏眠问道："你呢，你为什么睡不着？"

他将烟头戳熄在烟灰缸里，丢掉。然后低下了头，他似乎笑了笑。这个男人的一举一动都安静得像幅画。

他答："在想一个人。"

苏眠忽然有点接不下去话。

这是种很奇怪的感觉，两人明明是第一次"见面"，他的话也语焉不详。可她忽然就感到有些不自在，奇异的不自在。

"哦……"她答，心念一动，单刀直入地问道，"忘了问，你的代号是什么？"

他抬眸看着她。她也状似随意地望着他。

"S。"他答，"叫我 S。"

"S。"她微笑点头，喊道。

他眼中似乎也闪过极淡极淡的笑意。

两人又聊了一会儿天。但是没聊犯罪，也没聊团队中的人，而是聊喜欢的书、电影、音乐，聊一些家常的事。苏眠有些惊讶地发现，他的阅读涉猎竟如此之广，天文地理数学哲学，全都读得很深。很多书名她听都没听过，但是他能用很浅显的话语为她解释概括，那些观点听得她都极为震撼。

他还有很多兴趣爱好都与她相同，譬如喜欢的电影和音乐。他甚至对法医、刑侦、犯罪心理学都有所研究。尤其是法医学，似乎有过多年学习背景。

苏眠心中甚至冒过个可笑的念头——如果不是站在敌对阵营，如果他不是犯罪组织的头领，两人也许真的会成为莫逆之交。甚至他和韩沉，也有可能极为投缘。

当然，她也只是想想而已。她很清楚自己的目的是什么。

是将包括他在内的所有罪犯，绳之以法！为社会消除这一个大毒瘤！

而眼前，这个清隽如玉的男人，竟然就是毒瘤的中枢……

聊了一个多小时，抽了数支烟。苏眠打了个哈欠，伸手捂住嘴，笑了笑："困了，我要去睡了。"

以为这就是告别，他却捻灭烟头站了起来，看样子竟是要送她上楼？

苏眠笑笑："晚安。"刚站起来，忽然脸色一僵，手捂住自己的胸口，眉头紧皱，又坐了下来。

他几乎是立刻握住了她的胳膊："怎么了？"

苏眠心头飞快地闪过某种异样的感觉，但是没有马上反应过来。因为她全副心思都在自己要找的打火机上。眼角余光瞥见，它就在身旁不远的位置，于是她倒吸一口凉气，小声说："最近吃饭不规律，胃一直有些疼。好疼啊，能不能……给我倒杯热水？没事，我靠会儿就好了。"

感觉到他灼灼的目光，始终停在自己脸上，她也没有抬头，只是脸色惨淡地继续捂住胃部。

"好，你靠着不要动。"他柔声说。

"嗯。"苏眠又偷偷瞄了一眼打火机。

眼见他起身去倒水了，客厅里静悄悄的，也没有其他人，苏眠伸手，快如闪电地将那打火机拈过来，塞进口袋里。然后她暗暗松了口气。

转眼间，他已经端着杯热水回来了。苏眠装模作样，靠在沙发里，继续用手轻轻揉着胃。她也不能太快就好啊，于是依旧皱着眉头，轻轻哼着，显出几分苦楚神色。

"很疼？"他轻声问，一只手搭在了她身后沙发靠背上，另一只手将热水递给了她。这似乎随意而亲昵的姿势，令苏眠又有些不自在。

"嗯……"她低声答，"好疼。"接过他手里的水，然而一抬头，就撞上了他的视线。

苏眠忽然就愣住了。

这原本是她简单的小伎俩，原本进行得顺利无比。她喝下热水，再靠一会儿，就可以谎称缓解了不少，就可以上楼回房，去组装她的无线发射器。

可此刻，她却撞见了他的眼睛。

他怎么会用那样的眼神望着她？

关切、心疼、执着、深深的晦涩与怜惜，他眼中的情绪太过浓重而压抑，仅仅只是因为她装作好疼好疼，他就露出了这样暗沉得像要淹没她的目光？

苏眠的心突然一抖。

　　某种不可思议的念头，就这么冲进她的脑海里。一切的前因后果，一切的疑点担忧，他们的弥天大谎，她的步步深陷，突然醍醐灌顶般了悟。

　　可这个可能性，是这样的匪夷所思，他怎么可能，怎么可能对陌生的、素无交集的她……

　　她一闪而过的惊悟神色，也清晰地落入了他的眼中。而他的身形动作，也是一顿。

　　时间，仿佛在这一刻静止了。

　　她坐在沙发里，心中如惊涛骇浪般猜疑着。而他维持着亲近的姿势，几乎将她圈在自己的臂弯里。为她倒的那杯热水，她伸手接过，他还没松手。两个人的指尖，同样微凉修长的指尖，似有似无地触碰在一起。

　　只是一个瞬间，她就看懂了他的情意。

　　而他也察觉到，她懂了。

　　若说苏眠前一秒还感到难以置信，此时他的沉默注视，却是最无声最直接的默认。

　　气氛，突然变得有些尴尬、紧张和诡异起来。

　　"还疼吗？"他轻声问。那嗓音如同潺潺流水，淌在她的耳边。

　　苏眠如坐针毡，飞快地夺过他手里的水杯，喝了一大口："我没事……我喝点热水就好。"

　　她仰头喝水时，他依旧维持原样不动，离她这么近，而目光，始终锁定着她。

　　苏眠将水喝掉大半，放在旁边的茶几上，避开他的目光，说："我先上楼休息……"

　　"被吓到了？"他忽然问。

　　苏眠的心猛地一跳。她知道他在问什么。

　　他竟然直接问，她是否被突然发现的这个事实，吓到了。

　　装傻敷衍已经毫无意义。她一时竟不知怎么回答才好。

　　而她并不知道，此刻的她，在Ｓ眼中心中，又是怎样的模样。

　　原本，他并不想这么快挑明。

　　原本，只想明日计划之后，直接抹去她的记忆，然后重新开始。

可他一人独坐在楼下，想着她，她却忽然到来，像是初识的朋友般，跟他讨打火机，与他聊天，巧笑倩兮，如花如梦。

如今仔细回想，他的生命中，她的每次出现，都在他意料之外，打乱他的计划与心绪，让他移不开目光。

让他想要得到她。

此刻，她就在他的臂弯里，脸色绯红，嘴唇发白。她在害怕，她在紧张，她有些措手不及，那双眼却依旧乌黑动人。他毫不怀疑，她的小脑袋瓜正快速运转着，想着欺骗他应付他的办法。

S的胸口泛起微微的疼痛。

原本，他不想吓到她的。

但既然爱已经被她洞悉，他就不再允许她无视逃避。

他的骄傲无法允许。

"怕吗？"他轻声问，"不要怕。我永远也不会伤害你。"

苏眠的指尖忽然有些发抖。

而他的另一只手，也已经扣在她身旁的沙发上，完全将她圈在了怀中。

然后低头吻了下来。

灯光很暗，彼此只见模糊轮廓。陌生而温凉的气息，慢慢地接近，以及他湛黑难辨的眼睛。眼看两人的唇，即将触碰到一起，苏眠使出全身力气，想要推开他。然而他的身手竟远比她出色，一把抓住她的双手，扣在了沙发上。冰凉的唇，无法阻挡地压了下来。

这是他强势而不允许人抗拒的一面，终于在她面前展露。

苏眠只挣扎了一次，就冷静下来。她如何抗拒？如今身在敌营，激怒他或许会带来更大的、她无法设想的侵犯。于是她就没有再动，只是被他压在了沙发里，全身依旧微微颤抖着。

他的唇，起初是浅尝即止的，温良而柔和，在她的唇上轻啄着。他闭着眼，然后渐渐地深入。无声，却越发动情，吻得她竟有些喘不过气来。她全身如同僵木，而他紧扣她的双手，结束了这个短暂却狠辣的吻。

他抬起眸，眸中有浅浅的水汽，静静地盯着她。

"我爱你。"他轻声说。

苏眠一把推开他，这次他并没有阻止强迫，松开了她。而她立刻跑上楼去，完全没有回头。直至冲进房间，反锁上屋门，她靠在门上，却只觉得全身如坠冰窖。

过了好一会儿，她才缓过神来，冲进了洗手间。心在发抖，她的动作却迅速无比，组装、调试、测试……

简易的无线电装备终于完成了。她躲在最安静的角落里，朝自己的联络人——许慕华教授，发送密码信息——

身份已泄露，原计划为陷阱。救我。

做完这一切，她坐在洗手间的地上，一动不动。

情报她已经成功发出去了。许教授说他会二十四小时开着这条应急通信频道。只要收到讯息，他就能确认她的方位，设法营救。

接下来，等待着她的，会是什么？

她会得救吗？

许教授，还有韩沉，他们能找到她吗？

明天，又会是怎样惊心动魄的一天？

她低下头，从衣领里拉出那根项链。为避免引人注意，韩沉送她的订婚戒指，她一直戴在身上。别人看到，也都只以为是项链而已。

她拿起戒指，看着内环刻着的"H&S Forever Love"几个字，然后送到唇边，轻轻亲了一下。

她想，她已经做好了放弃生命的准备。如果S要强取豪夺，她也不会让他得到。她只会忠于她和韩沉的爱情，忠于心中的警盾。

那么她就会死去。

先于韩沉死去，不能再陪伴他了。所有誓言，也终成泡影。

她伸手抹掉眼泪，然后起身洗了把脸，走出了洗手间。

只是此时的苏眠没有想到，她做好了抵死不从的准备又怎样？如果S要掠夺的，是她的记忆和身份呢？

如果某一天当她醒来，连韩沉是谁、自己是谁都已遗忘，又会怎样呢？

她还如何忠于她的信仰与爱情？

这晚，别墅里负责监视苏眠的 A，并未发现她的异样。至于 S 是否发现，已无从知晓。

直至天明时分，A 接到了 K 的电话。

K，许滴柏，许慕华教授之子。

薄薄的晨雾里，许滴柏的嗓音听起来也有些压抑和颓唐："A，你们没把小师妹看好啊。她凌晨四点，向老头子通风报信了：'身份已泄露，原计划为陷阱。救我。' 这条情报如果被专案组知道，我们的计划就功亏一篑了。"

他说"如果被专案组知道"。

A 瞬间就明白了，抬头看了看别墅二楼，苏眠的房间还紧闭着。

"你父亲现在怎样了？"A 问。

许滴柏淡淡地答："他昨晚在赶去警局的路上，出了车祸。没有大碍，只是暂时昏迷了。"

A 怔了一下，冷笑道："你还真下得去手。"平心而论，A 也不喜欢许滴柏，总觉得他跟他们一样，但又不一样。

电话那头的许滴柏没答。

他正站在医院急救室外，隔着玻璃，看着病床上父亲苍白而憔悴的容颜。他的脑海中，浮现出昨晚那一幕。

父亲的车里、书房里，家里每一个角落，都被他这个不肖子安装了摄像头。当然，大多是以礼物的形式，譬如一个小盆栽、一幅水墨画。而老头子尽管对他从无好颜色，但这些礼物，都被他放在家中最显眼的位置。

所以，当他从监控里，看到父亲收到苏眠的情报，急急忙忙出门时……

他没有别的选择。

想到这里，许滴柏胸中一阵缓慢碾压般的隐痛。他挂掉了 A 的电话。

而 A 挂掉电话，脸色变得有些怔忪。

虽然他早知道的，知道她对他们，不过是演戏，可是这个过程中，他分明感觉到她对他们的理解和真心。

而如今，终于要捅破了吗？

这时，S 从他的书房走出来。A 精神一振，低声开口："S，苏眠她……"

S平静地看着他："我知道了。"

A便不再说话。

然后他就看着S，亲自上楼，一步步拾阶而上，朝苏眠的房间走去。

不知怎么，A心里忽然有些难过。是为了她，还是为他？

门反锁了，S身后的保镖，掏出钥匙打开。A站在楼下，听到苏眠异常平静冰冷的声音，从里面传来："你想都不要想，我宁愿去死。"

S的脸色很清冷，他什么也没说，走了进去。

门在他身后关上。

过了几分钟，他打横抱着昏迷的苏眠，走了出来。

"走吧。"他说，"该做什么，就做什么。"

…………

过了很久后，A时常想起这一天。他想，S到底是一开始就打算陪她一起失忆，还是后来才做了这个决定？那天在那个房间里，两人到底说了什么？以至于在那天之后，世上再无S的存在？

又或者，从小就在血泊中长大的S，其实早就厌倦了这一切？所以，他才想要在犯罪生涯达到最巅峰时离去。而苏眠，是他救赎自己的开始？

韩沉站在警用指挥车前，脸色冰冷。

而专案组组长，以及几位局领导，一脸为难地看着他。

"小韩。"专案组长说，"我们知道你和苏眠的关系，知道你很关心她。这也是之前不同意你继续留在专案组的原因，关心则乱。但是你那么坚持，所以我们也同意了。

"现在没有其他任何证据，证明昨天出现的苏眠是假的。这也太匪夷所思了不是？你也没证据，你只是凭'直觉'。小韩啊，你不是最讲究证据吗？是不是太担心苏眠，乱了分寸啊？

"现在所有行动计划已经部署完毕，我们不可能因为你的一个感觉、一句话，就改变整体计划。而且要是苏眠那边其实进展得很顺利，现在改变计划，一是错过了千载难逢的将他们一网打尽的机会；二是贸然去'营救'苏眠，说不定会造成她身份败露，反而给她带来危险。

"如果你还是不放心，我建议你不要参加今天的抓捕行动了。待在后方吧。小伙子，放宽心。昨天一早不是还收到苏眠的情报，表示一切顺利吗？犯罪团伙绝不至于在这么短的时间发现她的身份。要相信她。"

…………

韩沉一个人坐在电脑前。

时间一分一秒流逝，他在争分夺秒。

苏眠。另一个苏眠。

他们不可能短时间内找到另一个相貌如此相似的人，必然蓄谋已久。而能够整容到这个程度，必然原来样貌就有些相似，否则不可能以假乱真。

他忽然想起苏眠曾经提过，她在 K 省，还有个小姨和表妹。

"K 省"，韩沉在便笺上写下这两个字，夹在钱包最里层。他是如此聪明，潜意识里已有预知，如果今日真的失去她，那么 K 省也许藏着寻找她的线索。

而这个钱包，被他放在办公桌抽屉里。许久后，当失去记忆的他再次来到办公室，与苏眠有关的东西已经被清理一空。唯独这个钱包里的这张纸条，没被人发现。所以后来在寻找她时，直觉令他确认——

她就在 K 省。

在某个地方，也许被什么阻隔住了，不能与他相见。等着他去找到她。

而现在，又该去哪里找她？

韩沉将这宗世纪大案的所有资料，都重新翻了一通。除了今日的计划抓捕地点，还有另外三个地点，也有他们出没聚集的嫌疑。

他没有迟疑，抓起佩枪，孤身便朝这些地方去了。

傍晚时分，他找到了第三个嫌疑地点。

这是郊区，一片废弃的厂房和仓库。

天一点点地暗下来。

有几间仓库，亮起了很暗的灯。如果不是走到近处，完全发现不了。而整座厂房寂静冷清，像是一个人也没有。

但韩沉知道，这里有人。

他拔出了枪，贴着墙，一步步往前靠近，无声无息。

他没想到，会在这里，与辛佳正面撞上。

辛佳，幼时同住在一个大院的女孩，印象中，这个女孩总是跟着他，而他并没有什么耐性应付。后来大了，两家父母总是有意撮合，她也时常出现在他家，令他更加反感。等上了警校，他就彻底不搭理她了。

但她一直不放弃。上个星期，韩沉回家吃饭，她也在。那时韩沉只是笑笑，对父母说："我前两天跟女朋友求婚了，过些天把她带回来，可漂亮懂事了。"辛佳当时脸色难看极了，父母也很尴尬。

他懒得管。

但对于辛佳这个女人，他确实关注很少，了解也不多，只是觉得烦，她还有些偏执。

没想到，她也在这里。

她甚至还穿着白大褂，戴着口罩和手套，看到韩沉，眼中闪过惊诧和恐惧。

"韩沉你……"她话还没说出口，韩沉已一个箭步上前，轻松制伏了她，手枪对准她的太阳穴。

"她在哪里？"他冷冷地、一字一句地问。

辛佳没吭声，嘴角泛起冷淡的笑。

"辛佳，你做这些事，对得起你的父母吗？"他压低声音逼问。

辛佳又笑了笑："我怎么会对不起？怎么会对不起？韩沉，你来晚了，你已经得不到她了。她再也不是你的了，已经结束了。"

她语焉不详，韩沉却听得心头剧痛。一个手刀狠狠地劈在她的颈部，她昏死过去。他将她丢在地上，持枪继续上前。而她迷迷糊糊中，却还小声挣扎道："韩沉……不要去……你别去！会死的……"

韩沉没理会。

辛佳趴在地上，只见他的身影没入了夜色里。模模糊糊中，她听到了枪声传来，如同清脆的鸣叫，划破了沉寂的夜空。她知道，那是他的枪声，她就是听得出来。

他在杀死她的同伴。他在突破重重险阻，去救他的心上人。

他已经为了她，不要命了。

辛佳的眼泪一下子流了下来。

然后她看到毒气室的方向，燃起了火光。一定是 A 提前埋好的、打算用于毁灭证据的炸弹，被他们的枪战，提前引爆了。

然后，她就听到了连环的爆炸声，像是终于要将一切吞没。

当天色全黑时，一切，终于结束了。

满地都是爆炸后的硝烟气味，火光燃烧在他们脚底。A、T、L、R、E、K，也即夏俊艾、谢陆、季子苌、罗斌、辛佳和许滴柏，一起走向被炸得面目全非的毒气室。

他们必须在警察赶来前，将要带走的人，带走。

很快，就到了跟前。

残垣断壁间，地上躺着三个人。

韩沉紧抱着苏眠，苏眠的头埋在他的胸口。两人全身灰黑，双目紧闭，不知死活。而苏眠的身后，S 静静地躺着，面色沉静，仿佛只是陷入了沉睡，唯有眉头轻皱，不知在为谁担忧。

辛佳第一个冲过去，扑在韩沉身边，探明他还有鼻息后，喜极而泣，然后开始拼命地掰他的手，要将他们分开。

L 不发一言，跟上来，帮她把韩沉抱到了怀里。

她制毒，他用毒，一直是搭档。谁都知道 L 爱辛佳，而辛佳不爱 L。但 L 从不承认。

"你们想干什么？"许滴柏冷声发问。

下一秒，辛佳已从怀中掏出个小药瓶，对准了他们："你们不能杀他！杀他等于杀我。我要带他走。反正他已经进了毒气室，即使……不成为植物人，也会失去记忆，大脑会受到损伤。他不会再对我们造成威胁……我要带他走！这是空气传播的病毒原体，如果你们不同意，那我也不活了。"

"辛佳！"一直沉默的 T，忽然低喝一声。他是众人中身手数一数二的，抬手就从辛佳手里夺过了药瓶。

辛佳脸色剧变，T 却低头看着她："带他走吧。"

辛佳一喜，立刻抱起了韩沉。A一直没说话，也没表态。R和许滴柏对视一眼，欺身就要上前，T身后就像长了眼睛，反手一把拔出背上的霰弹枪，拦住了他们。

辛佳带着韩沉上了一辆车，瞬间开远了。

剩下的五个男人，看着地上的苏眠和S。

T背起了S，A抱起了苏眠。R开车，许滴柏和L一言不发地跟上。一行人也上了车，离开了这里。

此后，是一连串的报复性犯罪。包括白锦曦，她也以苏眠的身份，出现在杀人团中，令专案组确认：这个女孩已经彻底变节，是她致使韩沉在爆炸案中重伤昏迷不醒，是她和她的犯罪团伙，致使大量警力非死即伤。

公安大学的名录上，真正抹去了苏眠这个名字。几名局领导引咎辞职，数名刑警被调职。而遭遇车祸的许教授，昏迷数日后醒来，他接到的那一条情报，并不足以洗脱苏眠的清白。而他在儿子许滴柏来医院探望时，只冷冷地问："滴柏，这件事，真的与你无关吗？"

许滴柏只觉得发自肺腑地剧痛。而老人已躺下，闭上眼睛，自此之后在他仅余的半年生命里，再也没与这个儿子交谈过。

此后的数月，那三个人，一直昏迷不醒。起初，辛佳对自己的药物有信心，但当时发生了爆炸，她现在也不确定，对他们三人，到底会造成什么样的伤害。

"现在，他们随时都有可能醒来。"她这么说。

某天夜里，在某个小城，如今只剩下七个人的犯罪团队，临时藏匿着，等待着S的苏醒。而关于后续如何做，他们曾经有过一次投票。

"S的指令，是在他和苏眠昏迷后，将苏眠送到江城，替代白锦曦的身份。"R说，"而S一直就有个掩饰身份，徐司白，法医。这些年，S也已经完成了法医的学业。让他回到这个身份，一年后，他会调职到江城。然后一切，重新开始。"

许滴柏忽然笑了笑："对于精神病态者来说，这真是个浪漫得要死的决定。"

"我们还有个选择。"L抬头，看着众人，"如果S也会失忆，就让他们俩跟我们在一起，说他俩是一对。这样S也能达成心愿，他想对她做什么就做什么，根本不用大费周折。"

他的话一说完，所有人都安静下来。这个做法是违背S之前的安排的，但他们都是些强取豪夺之徒，这做法自然更合他们胃口。

"我反对。"T开口，"这不是S的意思。"

"投票吧。"R说。

很快就有了结果。

对于L的提议，只有T和许湔柏反对。T反对的理由，是必须尊重S的心愿；而许湔柏之所以反对，是因为他认为杀了苏眠更好。

L、R和辛佳都同意，就让S和苏眠待在一起。A想了很久，也同意了。

所以最后的决定，是什么也不做，静候他们醒来。醒来后，就告诉他们，他们俩是情人。哪怕再用点药物、用点催眠，让S得到苏眠的身心。也许，他就依然能做原来的那个他，引领他们变得无所适从的人生。

然而一个月后的某天清晨，众人发现S和苏眠都不见了。

小屋的病床上，空空如也。一同消失的，还有T和他的枪。

L低骂了一句，A眼尖，拿起桌上留下的一纸信笺，是T的笔迹，只有一句话——那不是S想要的人生。

有些事，或许冥冥中自有注定。当数日后，一行人寻到了K省，顺藤摸瓜，找到了T的藏身地。却只见他一人，背着枪，独坐在屋内，在看电视。

百无聊赖的肥皂剧，他吃着盒饭，看得很专注。屋内没有其他人。

A、L、R……几人，心里同时咯噔一下。R最先发问："他醒了？"

T抬头看着他们，点头："他醒了。"

这天晚上，他们几个开车，到了尸检所的大门外。

等了很久，就见到一辆白色的雪佛兰，缓缓地开了出来。那曾经是他最钟爱的车型，没想到失忆后，他的选择依然相同。

一个男人，坐在驾驶位上。

他看起来，与曾经的那个人，是那么不同。他不再穿冰冷的黑西装，而是换上了浅灰色的休闲外套。只是里头依然是他钟爱的白衬衣。他的头发剪得很短，面目清隽如雪。

他的手轻搭在方向盘上，少了曾经的随意颓唐，多了几分安静专注。副驾驶位上，甚至还放着几个文件盒，上面清晰标注着"尸检所，徐司白"字样。

他没抽烟。

像是察觉了什么，他忽然抬头，往他们的方向看过来。

目光交错，他又平静地、漠不关心地移开了。

就像看到的，是陌生人。

七人团的车，远远地跟着他。

一直跟他穿过小城，开过数条街道，到了一个宁静的住宅小区里。他将车停在一幢高层住宅前，他上了楼。他住在 10 栋 3 单元 705 室，两室一厅。这是远在美国的"父母"为他留下的房子。他活得简单而平静。小姚是 T 安排在他身边的助理。小姚也曾经是团队的小角色，大约知道他的身份，但是不够确切，会忠心守护，并且守口如瓶。在这次车祸受伤失忆前，他已经向上级提出了调职申请。一年后，不出意外，他就会调往江城任职。他的人生即将如同预计那般发展，重新与她相遇，重新开始干净的，与他们、与罪恶无关的人生。

而数日之后，远在北京的韩沉和江城的苏眠，也相继醒来。

但那不过是异曲同工的阴谋与篡改而已。

韩父韩母，已经通过某些关系，对警局和韩沉昔日的兄弟们施压："难道我们韩家就不要脸面吗？那个女的是连环杀人犯啊！而且已经死了！韩沉既然已经失去记忆，他的性格跟石头一样硬一样拗，为什么还让他知道这些事？还有什么意义？"

而昔日同僚，大多牺牲。剩下的，领导引咎辞职；调职的调职。猴子和大伟等人看着奄奄一息的韩沉、抬头不识人间的韩沉，他们知道曾经那个嘴贫骄横、不可一世的韩公子，已经死了。他们立下重誓，不对他说起那个女人。

四年后，江城。

素色夜总会。

韩沉坐在屏风后，抽着一支烟。

而思思在屏风外忙碌，在替他冲泡咖啡。

他并不喜欢在这种地方流连。但那个女人，生死未卜下落不明。他最怕的是她被人拐骗控制欺凌。而贫民窟、红灯区，最能控制那些失落的躯体和灵魂。

一支，又一支。

慢慢地，又抽得有些心浮气躁。

他想她。他清晰地感觉到，自己在思念那个女人。可是如果连面目姓名都记不清楚，思念要何以为继？

"咖啡好了。"思思送来咖啡。

他接过，道了声谢："我过几天就走。谢谢你。"

思思却连忙摇头："该我谢谢你才对，韩大哥，你帮我们太多了。"

与思思相识，只是个意外。

他醒来后，身上拥有的那个女人存在过的唯一证据，就是无名指上的戒指。在他昏迷期间，一直取不下来。

就像是她的化身，固执地等待着他的发现，发现有关她的秘密。

S&H My heart。

要有多爱一个女人，才能将她视为自己的心爱？

他通过戒指，找到了制造厂商。但时过境迁，并无任何线索。只知道这种戒指，都是成对发售的。

而在素色夜总会，某次不经意地寻找，他撞见思思手上，也有同样的戒指。

那一刹那，他的心跳几乎停止了。但是当他看到思思的脸，某种奇异的感觉涌上心头。

他知道她不是。

不知道为什么，他就是知道。他或许认不出那个女人，但是能感觉出她。

他想，如果再遇到她，他一定会对她有感觉。

因为戒指的缘故，再加上思思孤儿寡母，却看得出是个好母亲，于是他对他们颇多照料，并且也拜托她，帮忙在这一带红灯区，寻找那个女人。

所以，他才逗留此地。

"韩大哥，出事了。"思思突然喊道，她撩起窗帘，看了看楼下，眉头皱到一起，"警察来抄窝了！"

韩沉并不会紧张。

"行了，我知道了。"他答，又点了根烟，不疾不徐地抽着。

天色已经全黑下来。门外传来混乱的叫喊声、脚步声。

然后，他听到有人靠近。

思思紧张得说不出话来。

咔嚓一声，有人将钥匙插进孔里，门被无声无息地打开。

他捻灭了烟头，静静地等待着。

"出来。"一个清脆娇美的女声，从屏风后传来，带着几分骄横，又勉强赔上了几分耐心，"到警局去录一份口供，有没有违法，不会冤枉你。"

韩沉本不想搭理，但是当他抬起头，有那么一瞬间，忽然就失神了。

因为警察临检，院落里的灯已经悉数亮起，透过窗户照在屏风上，将屏风外那个女人的身影，也清晰地映了上去。窈窕娉婷，恍然如梦。

他知道太阳底下总是隐藏着真相，他知道脚底下不知哪一寸土地，也许就埋着腐朽的白骨。而此刻，他的耳边只有夜风吹动树叶的声音。窸窸窣窣，窸窸窣窣，像是小声地向他诉说着，那个不为人知的秘密。

无情冷面

自从韩沉和苏眠的恋情公开后，岚市公检法系统最引人注目的钻石王老五，就这样淡出了广大女性的视线。

然而，很快，另一个男人，代替韩沉，成为女警察、女法医、女律师甚至女法官心目中的理想结婚对象。

他就是，冷面！

干公检法的女人，大多是学霸或者不太擅长交际的，要找男人，系统里一大把；可要找个称心如意、知冷知热的男朋友，也不是那么容易。

而这个男人，这颗新的"公检法男人之星"，却简直满足了广大女性对男朋友、对丈夫的所有要求！

首先，他很帅。眉目英朗，身材高大。虽然没有帅到韩沉那个逆天的程度，毕竟韩沉的眉目看一眼都能让女人心头怦然一跳。但这样更好啊，刚刚好，帅到韩沉那个高度，真的会让女人很没有安全感。

还有，据常跟他一起去健身房的周小篆说："冷面有八块腹肌还有漂亮的人鱼线呢！怎么穿上衣服一点都不显得壮呀？"听到这个小道消息的女人们都暗暗扼腕叹息——周小篆你个棒槌身材懂个屁，男人要的就是这种精而不壮的身材！

其次，他很正，很专一，绝不贪图美色。据说他好多年前交过一个女朋友，分手后就一直单身。有女孩追求，他都无动于衷。这样专一的男人，如果你能重新打开他的心，让他成为你的男朋友，你说他会有多爱你？

再次，他还有数不尽的优点！他擅长刑侦，业绩突出，是岚市警界最优秀的人才之一。跟着他，虽不说大富大贵，但他一定可以为你构筑安稳向上的未来；他的身手枪法万中挑一，是K省历届搏击、散打、射击比赛的冠军霸主，你要成了他的女人，简直就是嫁了个武林盟主，还有谁能欺负你？还有，最逆天的是，他居然还非常非常擅长厨艺，尤其会煲汤！据说黑盾组那帮人，一有空就去冷面家，吃个肚饱肠肥，乌鸡汤、甲鱼汤、野菌汤、猪肚汤……他从不重样，所以黑盾组才总是那么精力旺盛，都是被冷面喂养得好啊！

所以，一个男人的身上若同时聚集了这么多优点，他还是个单身，他还不善言辞，那还有什么理由，阻止他成为最受女人欢迎的男人？！

…………

不知何时，岚市每个分局、法院、检察院的单身女性，或多或少都听说了冷面的存在。

不知何时，冷面也开始无缘无故接二连三地遭遇猛烈追求或表白。

譬如……

他去某分局拿资料，正在冷冷清清的档案室里，分烟给管理员老头，就突然有几个年轻女警走了进来。长发飘飘，香风阵阵，个个穿着警用衬衣，那叫一个俏丽飒爽，管理员老头眼睛都看直了。

冷面看都没看一眼。

那几个女警你看看我，我看看你，笑嘻嘻地围过来："你就是大名鼎鼎的冷面老师吧？我们是你的粉丝！我们对黑盾组很感兴趣，明年想报考呢，冷面老师，能不能指导我们一下啊？"

这要换其他任何一个男人（不包括韩沉），对着这样一群警花，只怕也会飘飘然。而冷面……

他只微微地蹙了一下眉头，拿起档案，依旧垂下眼睑，避开她们的容颜。

"不能。"他转身走了。

众女警面面相觑。

又譬如……

某日，他去法院送材料，刚进大院，就被一个年轻的女检察官叫住了：

"冷面，来我这里一下。"

某起凶杀案最近正在审查，检察官找他必然事出有因。冷面不疑有他，跟着女检察官进了办公室。

坐下后，女检察官先把卷宗递到他面前，问了几个问题。冷面又微蹙了一下眉头，因为都是很简单的问题。按说身为检察官，智商不应该这么……想到这里，他就抬头，看了她一眼。但他不知道的是，就是这淡淡的幽沉的又很有男人味的一个抬眸凝视，让女检察官再也把持不住。她想自己好歹是高知识高学历，身材长相也不错，被誉为 ×× 法院之花，跟他真的是……很配。她也抬眸看着他，轻轻地、轻轻地问道："冷面，听说你没有女朋友？"

冷面还在看卷宗，随口答道："嗯。"

"那你觉得我怎样？"

冷面虽然沉默寡言，却不是周小篆那样的青涩雏儿，闻言手一顿，放下卷宗，看着女检察官。

"不怎么样。"

女检察官顿觉很窘。

冷面已起身："没其他事，我走了。"

然后他就走了。

…………

这样的事发生很多次之后，冷面的"无情"之名彻底响彻整个公检法系统。真是个让人喜欢又让人心碎的男人啊。所有人都在纷纷猜测，到底要什么样的女人，才能俘虏冷面的心呢？

甚至连黑盾组内部，都开始八卦这个热门话题。某天中午在办公室吃完盒饭，唠叨拿筷子一敲茶缸，当当当："买定离手啊买定离手啦，到底有谁能采下冷面这朵高岭之花啊？！"

这种无聊话题，韩沉和冷面自然是不会参与的。周小篆和苏眠自然是热衷的。

周小篆冥思苦想后摇摇头："不知道耶！我也不是很懂这个……"

苏眠则跟个情场老手似的叹了口气："俏丽活泼的，他不喜欢；冷艳御姐范儿的，他也不喜欢。看来冷面的口味一定是比较奇葩的。"

冷面沉声道："闭嘴。"

…………

所有人都以为，冷面会一直这么孤冷下去。连冷面自己，似乎都习惯了这样的生活。其实他也不是对前女友余情未了，她早已结婚生子。他只是不知道如何开始一段新的恋情。

大概，是感觉未到，不能勉强。

直至某一天……

那本是很寻常也很平静的一天。唯一的小风浪，大概是冷面在抓捕犯人时，手臂被割了一刀。于是就在这个阳光寂静的午后，他敲门进入医务室。

医务室里有淡淡的消毒水味，但是又有某种更浓更淡的清香，像花草的气味。

他一低头，就看到桌上放着盆很小很小的绿植。还有个小鱼缸，里面一尾小小的金鱼游来游去。在这样严肃而充满男人味的警局里，忽然看到这样的小风景，莫名就让人心里安静下来。

"等一下啊！我洗个脸马上出来！"里间有个脆脆的女声响起。

那声音，居然还很好听。

冷面往里间的纱帘望了一眼，就在一旁的椅子里坐了下来。脑海中，自动浮现跟这个医生有关的讯息。似乎是曾经听唠叨他们八卦过，医务室来了个新的实习医生，说是长得不错，还没有男朋友。

其他的，他就没有仔细听了。

等了一会儿，帘子被挑起，有人走了出来。冷面抬头望过去。

…………

周小篆觉得，冷面这几天有些奇怪。怎么每天中午都去医务室呢？不就是胳膊被划了一刀吗？上次他被许湉柏捅了一刀，跑医务室也跑得没这么勤啊。难道其实他的伤势比表面看起来更重？

怀着这个猜测，这天晚上大家一块儿吃饭时，周小篆特别关切地开口："冷面，你最近怎么老往医务室跑啊？是不是伤口还没好啊？"

话音刚落，所有人都抬头看着冷面。

冷面淡淡地喝了口汤："不是。我在追人。"

噗！噗！噗……小篆、唠叨和苏眠嘴里的汤全给面子地喷了出来。韩沉也抬眸看着冷面。

"追人？"唠叨一脸不可思议的表情，"不会是我们理解的那个意思吧？"

对于这种废话问题，冷面根本就不答，继续喝汤。

在座的好歹都是侦查高手，瞬间就把整件事串了起来。

唠叨道："你在追医生？她可是很抢手的啊！我也想追啊！"

冷面抬头看他一眼："放弃吧。"

唠叨怒道："你！！！"

周小篆道："啊啊啊！那个医生姑娘我好喜欢的，冷面你真有眼光。"

冷面笑笑。韩沉不多说什么，拍了拍他的肩膀，以示鼓励。

女人对这种事的反应到底比男人迟钝些，苏眠沉思片刻，终于想起医生姑娘是谁了，一拍大腿："冷面，你喜欢的竟然是这种又软又萌的女人！"

冷面低头点了根烟，淡淡一笑："我就喜欢这种又软又萌的女人。"

自从冷面盯上了新来的医生姑娘，一个又软又萌的女孩，他就三天两头往医务室跑。

然后，某个阳光灿烂的下午……

"你说什么？夏医生说，她完全不喜欢冷面这个类型的男人？"

周小篆不可思议地张大了嘴，一旁的苏眠无可奈何地摊手："我有什么办法？人家就是这么说的。医务室的几个小姑娘都听到了。"

两人说完这几句话，就偷偷转头瞥向冷面。

冷面哥哥正坐在窗前，冷硬白皙的侧脸线条，又 man 又柔和。他偏头点了根烟，没吭声。一旁的唠叨已经嚷嚷开了："那丫头说她不喜欢冷面？怎么可能不喜欢冷面呢？冷面可是全警局最受欢迎的男人，甩我和小篆一条街呢！怎么会有人不喜欢他呢？一定是有误会！"他嚷嚷了半天，眉宇间全是愤愤，语气却明显幸灾乐祸。

同为"不受欢迎男人"的周小篆听得内心暗爽：太幼稚！太没有节

操了！

苏眠是以战斗状态要替冷面争取爱情的，她担忧地趴在冷面桌前："冷面哥，咋办啊？要不我把人给骗到咱办公室来，你先霸王……"

她话没说完，就被一旁走过的韩沉摁住脑袋："出什么馊主意？"

苏眠道："这算什么……"

"己所不欲，勿施于人。"韩沉的嗓音淡淡的，意有所指。在别人眼里看起来当真是很酷很帅也很有责任感，可苏眠一下子就听懂了，脸上一烧。

昨晚她的确是"不欲"了，但是他明明还是"施"了啊，浑蛋！

其他四人叽叽歪歪，唯独男主角冷面，低头吸了口烟，什么也没说，起身走了。

医务室就在院内另一座小楼上。此时正是阳光寂静的时分，楼前楼后根本就没什么人。夏医生所在的二楼，阳台上有几盆小小的绿植，风吹得窗帘轻轻飞扬。

冷面就站在楼下，靠着一片栏杆吸烟。过了一会儿，就看到他那又萌又软的姑娘，穿着白大褂，走出办公室，手撑着下巴，望着远处，一副无聊发呆的样子。

冷面就这么一口口地抽着烟，平时毫无表情的刚毅容颜，此刻终于也有了几分落寞。

她不喜欢他？

为什么？

久违的心动感觉，还未开始，就要结束吗？

上一次是好了三年，被人甩了。这次，出师未捷身先死……

警局医务室的工作，其实是非常非常清闲的。大清早，夏子柒无事可做，喂完了金鱼又浇完了花，就到阳台上溜达。

原本还是懒懒散散的，结果一抬头，她就看到楼下一个熟悉的身影。

阳光正好，他一身警服，靠在墙角吸烟。他抬着头，倒像是在看这边。

夏子柒的脸腾地烧了起来。

他来了。

他又来了。

迟琛。

虽然所有人都叫他冷面，连食堂的大妈都会笑呵呵地跟他打招呼："冷面又来啦。"但夏子柒却牢牢记住了他的大名。因为他的名字，就跟他的人一样，看一眼都能令人心头惊慌悸动。

世上最好的爱情，是两情相悦、心有灵犀。但若他太不动声色，她又完全没把握，那么这个过程，注定就是甜蜜、苦涩而磨人的。

夏子柒默默地站了一会儿，假装没看到他，但是眼角余光还是缠绕在他身上。过了几分钟，突然就见他将烟头丢在地上，一脚踩灭。

然后……

就朝医务室走来。

夏子柒赶紧就逃进屋里，喝了一大口水，又拍了拍滚烫的脸，平稳呼吸，做出一副正襟危坐心无旁骛的姿态。

冷面敲门走进来时，看到的就是这样一幅画面。房间里静静的，洁净又温暖，一如她这个人。而她坐在桌后，眉目干净，娴静清秀。

冷面的心，就这么无声无息地怦然跳动着。

一个念头，变得清晰而坚定：

她想让他放弃？

没那么容易。

空气里，仿佛有一种燥热和烦闷的气息在浮动。

冷面在她桌前坐了下来。

夏子柒双眼紧紧盯着面前的医书，不敢去看他的眼睛。因为他的目光太灼人，总是会让她浑身不自在。

"你的伤已经完全好了，不用再来了。"她说。

她完全是就事论事，冷面的心却又默默地被伤了一次。静默片刻，他答："今天伤口不太舒服，请你再检查一次。"

这么无耻又无赖的行为，冷面平时真的很少做。但大概是跟韩沉混太久了，他承认自己有被影响到……

"哦。那你把衣服脱了吧。"夏子柒淡淡地说，心里却有些失落——原来只是因为伤口不舒服，才来找她的啊。

可这不也正常吗？不然他因为什么原因来找她？难道他还喜欢她不成？

冷面背对着她，拉开夹克拉链，夹克里就是件衬衣。他半褪下来，露出受伤的肩膀。夏子柒站起来，微微弯下腰，仔细打量他的伤口。

愈合得很好啊……他怎么会不舒服呢？

"是哪种不舒服？"她认真地问。

哪种不舒服？

冷面还真答不出来，沉默了几秒钟，慢慢地答："痒，有点疼，还有点烦躁。"

周围那么静，偌大的屋子里，就他们两个人。他的夹克脱到了一半，鲜红的伤痕，像月牙一样印在他的肩膀上。他的皮肤是夏子柒最喜欢的小麦色，大概是长期锻炼的原因，显得紧致而有力。只单单看肩膀和脊背，都会觉得这个男人的身材实在是……

内敛，又野性。

一如之前每一次给他检查伤口，视觉冲击实在太大，而且还有愈演愈烈的趋势。心慌之下，所以夏子柒也没听清楚他说的什么话，但又不好意思再问一次。于是她唔了一声答："那我再给你开点药吧。"

冷面道："……好。"

男人的心里有些紊乱的气流在激荡。一个声音说：她果然心里没有他。他的话如此暧昧不明，跟不亲近的人，他绝不会讲"有点烦躁"这样的心事。她却全不关心。另一个声音却又默默地叹息着：果然是又软又萌，很软很萌……男人的烦躁，能用药治吗？

夏子柒有急智，药很快就开好了：两盒维生素、一盒蛋白粉。

咳咳，他是刑警嘛，平时看他们黑盾组在食堂都是狼吞虎咽，大盘大盘的肉，给他补点营养物质也好。

冷面穿好衣服，拿起药，扫了一眼，没出声。

夏子柒淡定自若地微笑道："再见。"

冷面到底内心是跟韩沉一样的帝王范儿，面无表情地站起来，走到门口，忽然顿住。

"会再见的，夏子柒。"

夏子柒瞬间一僵。

等他走了出去，她几乎是一头撞在桌面上：完蛋了完蛋了！他一定觉得她开维生素和蛋白粉，是在敷衍他。瞧他说的那句狠话：会再见的！甚至还记住了她的名字。听说他对女人从来就没有好脸色，一定是记仇了！

她好像已经看到，自己的这份暗恋，已经随风而逝。

唉，迟琛。风一样的男子……

而与此同时，风一样的男子冷面，刚回到办公室坐下。手还插在口袋里，握着那几盒药。

虽然不明白她为什么要开维生素给他，但想到她刚才萌萌的每一个表情、每一句话，男人的心，依然是柔软而躁动的。

再低头看着手里的药盒，从来没太多表情的俊脸，慢慢地，被那躁动挑起了一层红晕。

她开的维生素……

吃掉。

之后有那么一段时间，冷面实在是太忙了，无法再更进一步。但至少，跟夏子柒保持着不间断的联系。这不间断的联系指的是……

隔三岔五，会在食堂遇到她。这时黑盾组当然团结一心，立马坐到她周围的桌子，并且把最好的角度留给冷面，让他可以全方位无死角地观察自己的姑娘，并且若有别的男刑警不怀好意想坐到夏子柒身边，苏眠和周小篆会立刻像守护公主的战斗兽一样冲过去，不由分说把人挤开，占据她身旁，成功地替冷面把人看住、守住。

还有，刑警队哪名刑警受了伤，从来不会多事的冷面，却一改常态，亲自送刑警去医务室，看着上药。有人也奇怪："冷面最近怎么这么热心啊？不会是……嘿嘿，看上医务室那个小姑娘了吧？"黑盾组的人多黑啊，深谙追女人不可打草惊蛇的道理，于是韩老大就会站出来淡淡地说："冷面这个人，跟同事交流太少。是我让他去的。"

…………

一来二去，两人倒是渐渐熟悉了。冷面开始知道，这女人的确没有男朋友，而且干脆拒绝了局里的几个刑警（呵……）；夏子柒也开始知道，冷面看着很冷漠很不近人情，但其实心很细，几次陪同事过来看病，很多细节，她没注意到，他都会淡淡地提醒；他现在没有女朋友，前任女友嫌他工作太忙，跟他分手了。而他真的不轻易动心，这些年一直单身。可如果她是他的女朋友，一定不会这么伤害他……

怎么办……好像，越来越喜欢他了。

这种磨人而又患得患失的互相试探与靠近，终止于一个周末。

这个周末，全省警务系统自由搏击大赛，正式举行。本来这种比赛，已经拿奖无数、几乎等同于绝世高手的冷面，已经不屑于参加了。无奈黑盾组有苏眠、周小篆、唠叨等二货，得失心看得太重，非要他去拿第一。

他无所谓，于是就去了。

而夏子柒在得知他要参加比赛的消息后，一整天都坐立不安心痒难耐，到了傍晚，早早地也去了。

夏子柒到得挺早。她进去时，足以容纳百余人的场馆，才来了十几个人。她匆匆瞄了一眼，心中一喜，来这么早，就是想先占一个视野好的位置。谁知刚往观众台走了两步，就感觉到两道熟悉的、很有压迫感的视线，停在自己身上。

啊……

她慢慢地抬起头，结果就看到了冷面。

他就坐在场地边的休息席里。他……只穿了件白色紧身背心、深灰色运动长裤，拿着瓶矿泉水正在喝。而眼睛，就这么直直地望着这个方向。

夏子柒并不是个容易脸红的女孩。可这样的他，实在是令人无法直视。夏子柒垂下滚烫的脸，默默地走到了观众席坐下。

他怎么会来这么早？

夏子柒瞬间有种无所遁形的感觉，完蛋了，还有一小时，比赛才开始。她举头四顾，看到的全都是脸蛋红扑扑、有意无意看着冷面的小姑娘。

到得这么早的，一般都是花痴……

冷面今天为什么到这么早呢？

他真不是个积极分子，但是黑盾组有三个人绝对是。于是大名鼎鼎的、向来以深沉睿智著称的黑盾组，就这么早早地跟一群怀春女孩，一起抵达现场……

冷面兀自盯着相距甚远的角落里的夏子柒，发射强烈电波。韩沉低头在看手机新闻，苏眠几个也没注意到夏子柒的到场。他们三个在忙啥呢？挑衅啊！坐拥历届搏击比赛冠军，这仨货能不嘚瑟吗？

彼时已经有几个参赛刑警到了现场，他仨就去惹惹这个，逗逗那个。

周小篆道："哟，老周，你也来参赛啊，要不要跟我们冷面比画比画？"

苏眠道："小陈帅哥！你怎么来啦……"压低声音，"我知道你报名了，但是冷面说你打不过他呢。"

唠叨哼着小调："冷面啊冷面，最棒的冷面，最帅的冷面……打遍天下无敌手。"

…………

韩沉看一眼这丢人的仨货，尤其是那个满脸红光的小女人，抬手按住自己的额头——他一直以为，是多年的粗糙市井生活，令她变得大大咧咧吊儿郎当。现在看来，似乎回到他身边，也没令她变得精致骄矜……

不过……他微微一笑。

他的口味果然越来越奇葩了，竟然觉得她这样更可爱，也更……性感。

然而，刑警都是血性的。在这三人的撩拨下，终于有人忍不住了，起身走到冷面跟前："冷面，要不咱们先试两把？"

那仨立马兴奋激动起来，周围的那些年轻姑娘也都把目光投过来。

正如野狼一般，沉静而不动声色地打量着盘中餐的冷面，压根就没看不知死活来挑衅的炮灰刑警。他微蹙了一下眉头，比赛还没正式开始，他根本没闲心切磋。刚要拒绝，却在这时，一眼瞥见相隔数十米的夏子柒，也把脖子伸得长长的，在往这边看。

冷面忽然就想到了一个很重要的问题。

她今天，是来看谁比赛的？

是来看他吗？

还是其他人？

…………

静默片刻，他果断有了个决定，以策万全。

他决定把今天每一个对手都打到鼻青脸肿，让她无法直视。

只能看他。

当晚的其他男选手，还不知道战神冷面，做了这个残酷的决定。尤其是被周小篆等人撩拨得跃跃欲试的这名年轻小刑警，还高高兴兴地等着冷面赐教，心想就算输了，能在冷面哥哥手下走几招，也很拉风啊。而且听说冷面哥哥看着冷，其实人最温柔最细心了，肯定下手不会太狠。

这时，冷面站了起来，朝他点了点头："过来。"

包括黑盾三人组在内的一群观众们默默沸腾：好帅好帅真的帅！而夏子柒有些紧张，有些激动，还有一点点……替他担心，他前不久不是才受伤吗？希望他不要再受一点点伤了。

一分钟后……

全场寂静。

年轻刑警躺在地上，呜呜呜好想哭，一分钟被连续放倒了五次，丢人丢大发了！左眼还中了一拳变成了熊猫眼！他被传言骗了，冷面哥哥一点也不温柔！

而在除了韩沉之外，其他人统统目瞪口呆的眼神中，冷面完全目中无人地拍了拍手，将对手从地上拉了起来，然后一拍对方肩膀，转身走回座位。那身姿实在太洒脱太 man 太有味道，全场女生竟然齐声尖叫起来："啊啊啊啊！"

夏子柒都忍不住想要尖叫，望着那众人瞩目却又格外冷峻的身影，只觉得心都要跳出来了。

太喜欢了。

太喜欢这个人了，怎么办？

是从什么时候开始，已经喜欢他喜欢到不知道怎么办才好？

而冷面听着耳边全是女人的叫声，稍稍，耳根有些红。

但是面上，冷漠不动。

本来冷面的计划，到现在为止，应该说进行得很顺利。然而有道是，这个世界上，不怕神一样的对手，就怕猪一样的队友。他刚坐下没一会儿，唠叨就开始跟苏眠嘀咕耳语。当然，今晚一直处于走神状态的冷面，依然没注意到。

过了一会儿，苏眠就走到自家男人身边坐下，靠了上去，那声音甜得……

"老公……"

韩沉抬眸看她一眼："想都不要想。"

苏眠一把抓住他的胳膊："你就跟冷面打一场，怎么了？难道你怕打不过他吗？人家很想看很想看很想看你出手啊……"最后这句"人家"，绝对是唠叨耳提面命教她的，可这么娇嗔肉麻的一句话，宠女朋友宠得没边的男人，就是会听得通体舒泰。

韩沉放下手机，在她期盼又爱慕的眼神中，伸手一拍她的脑袋，低语："我要是赢了冷面，能得到什么？"

苏眠嗔道："……臭流氓！"

韩流氓却已站了起来："说定了。"

苏眠窘了，说定了什么啊！！！

她要反悔！

来不及了。

韩沉走过去，一拍冷面的肩膀。

而冷面原本很淡漠地回头，以为会看到第二个不知天高地厚的挑衅者，谁知一眼，看到了自家老大。

无语……

而在韩沉站起来的第一秒，全场的气氛就再次被推向一个高潮。韩沉是谁啊？虽然从不参加搏击比赛，但是每个跟他交手切磋过的人，都只能扼腕叹息。他的神格，比冷面更高啊……

全场都兴奋了。唯一一个在担心的人，大概就是夏子柒了。跟韩沉打啊……冷面他，打得过吗？

虽然心里很清楚，就算打不过韩沉，也没什么，可她就是不想他输。

就觉得他那样的人，不应该输。如果输了，就会让人觉得很心疼，是怎么回事？

然而有时候，女人担心的问题，在男人这儿，往往都不是问题。

冷面只默默地注视了韩沉一秒钟，然后就神色极淡地抬头，往夏子柒的方向看了一眼。

韩沉多敏锐的人啊，也就这么状似无意地抬头，然后就看到了夏子柒。

两个男人再次对视。

秒懂。

冷面的眼神说：老大，我帮了你那么多次，这回，你看着办。

韩沉的眼神说：收到。放心，一定做得漂漂亮亮。

…………

后来，有人评价说："两人的这次交手，绝对是K省公安厅历史上，最惊心动魄的一次自由搏击。虽然不是正式比赛，虽然观众只有数十人。然而传闻中两大高手的对决，直看得现场的人连呼吸都忘记，此后多年，都无法忘怀……"

最终，韩沉以极小的差距落败。然而他是极有风度的，输了之后，还点点头，意味深长地说了句："冷面，绝对是K省公安厅最强的刑警。"

韩沉多骄傲的人啊，竟然给予冷面这么高的评价，甚至自愧不如。

回到两人交手之后的现场，这时场馆内的人也越来越多，目睹或者听闻了刚刚这场交手的人，情绪几乎都要沸腾了，全都热烈地讨论着。

而两名当事人，却依然很淡定地回到自己的座位。韩沉回到苏眠身边，苏眠已经注意到夏子柒的到来，所以非常支持男友的行为——这样才够义气嘛！而满身热汗的冷面坐回座位，拿起水瓶，继续盯着远处脸蛋红扑扑的夏子柒。一仰头，却发现水瓶已经喝空了。

沸沸扬扬的会场里，冷面刚要起身，再拿一瓶水过来。然而，黑盾组的某些人，脑洞都是开得非常无厘头的。苏眠一把拦住他："等等！别喝！"

冷面动作一顿，就看到苏眠拎起一瓶水，朝夏子柒跑去。

苏眠跑到她身边，什么也不必说了。要知道苏眠也正为着两个男人刚才的惊天一战而兴奋热血着，所以行为难免也剽悍了些，直接把水瓶递给夏子柒："子柒子柒，冷面的水喝光了，你给他送一瓶过去吧！"

周小篆和唠叨一口水差点喷出来，冷面傻了。

有这么牵线搭桥的吗？！冷面老谋深算步步为营了这么久，你做得这么直接，突然就让他一局定生死？即使高冷霸气如冷面，也没有心理准备啊！

韩沉默然不语，拍了拍他的肩——冷面，对不住。

然而刚刚说过，女人的脑回路，和男人的确也是不同的。夏子柒平时再冷静有心思，在这样的环境里，脑子里也是乱哄哄的，脸上热腾腾的。当苏眠把水递到她面前时，她脑子里只想：为什么让她去送水？是因为苏眠跟她关系不错吗？她送水过去，他会喝吗？既然是苏眠拜托的，他应该看不出她喜欢他吧，没事的……

"哦。"夏子柒接过来，脸色依旧很淡定地起身朝冷面走去。

韩沉淡笑不语。唠叨和周小篆转惊为喜，激动得都快要疯掉了。而冷面的心跳也扑通扑通的，看着她走近。

夏子柒整个人已经被热气熏得晕乎乎的，远远看着他站起来，看着他热气腾腾的身躯和英俊的脸，更觉得无法直视。

到了跟前。

黑盾组其他四人，全都假装什么都没看到，转头过去，聊天的聊天，喝水的喝水。

夏子柒道："锦曦让我拿瓶水给你。"

冷面面无表情地伸手接过："谢谢。"

相对无言。

夏子柒突然就慌乱起来，脸上却更淡定："我还有事，先走了。再见。"

冷面道："你……"

然而平时说话太少，一时间竟然语塞。他想问：你拿水给我，到底是因为自己愿意，还是纯粹因为你比较呆，苏眠让你干什么就干什么？

但他怎么能直接说她呆呢？那说什么？

正在思索更恰当的用词，夏子柒却忙不迭地转身要逃走。冷面眼明手快，就要拉她的手，却见她脚步一顿，转头朝他笑了："迟琛，你表现得实在太好了。加油！"

冷面整个人都僵住了。

唠叨几个都傻眼了，眼睁睁地看着夏子柒匆匆离去，一把抓住一动不动的冷面的肩膀："你怎么不追啊？怎么不抓住她的手？"

苏眠急道："关键时刻，上啊！你是男人！"

韩沉也看着他："怎么不追？"

哪知道冷面静默片刻，竟然缓缓地、极开心地笑了。

他平时真的是很少很少笑，这一笑简直看得周围的人有点接受不了。

然后他双手往裤兜里一插，腹黑又淡定的气质表露无遗。

"她喜欢我。"他很肯定很肯定地说，"她也喜欢我。"

低沉的嗓音里，有藏不住的温暖和笑意。

哎？

苏眠等人的脑袋有点转不过来。怎么突然就这么笃定？

"是因为她对你说加油还是她给你送水？"周小篆疑惑地问。但这也不能说明人家喜欢他吧？

在众人疑惑又兴奋的目光中，冷面只露出一个极意味深长的笑容："那些不重要。"

"那是什么？"连韩沉都参不透了。

冷面从地上抓起外套穿上，显然是准备追出去了。然后抬头，看着众人，他一字一句地说："如果她不喜欢我，怎么可能记得住我的名字？"

"……"韩沉和苏眠都被冷面的神逻辑所"折服"。

周小篆挠头道："这样吗……"

唯独同样不被人记住姓名的唠叨，一拍大腿，完全被说服了："有道理！她一定喜欢你，冷面，赶紧追！"

冷面追出搏击馆，原本想在路上就将人给拦下来。结果跑了一长段路，也没看到人。直至跑到医务室楼下，远远看到她办公室的灯已经亮了。

冷面忽地就笑了。

跑得真快。

夏子柒回到办公室，整张脸还是烫的。但她的心情，绝不像冷面起伏那么大。温暖、甜蜜、忐忑，一如过去这几个月，与他偶然相处的点点滴滴。

就这样吧。她想，能做个朋友，也好。他们肯定是不能再进一步了。冷面那样的性格，怎么可能跟女人再进一步……

正想着，忽然就听到咚咚两声。

低沉有力。

夏子柒有些奇怪，大半夜的，谁来啊？

"谁啊？"她扬声。

"冷……"门外的男人顿了顿，改口，"迟琛。"

隔门相望。

夏子柒的心扑通扑通……他来干什么？

门缓缓打开，他就站在月光之下，又高又直。短发上还有潮湿的汗，整个人仿佛也冒着热气。他看着她，眼睛黑漆漆的。

夏子柒忽然就无法直视这样的他。这样的夜色，这样两个人。某种无法控制的紧张和燥热，仿佛在空气中弥漫。

她转身走进屋里，不看他："有事吗？"

冷面一声不吭地跟了进来，还顺手关上了门。

夏子柒的心跳更快了，一时也不知道如何自处，干脆就回桌前坐下，装模作样地翻开一本书。见他杵在桌前不出声，她于是又问了一遍："你找我……有什么事？"

冷面沉默了一会儿。

然后忽然将双手从裤兜里抽出来，按在了桌面上，身体慢慢伏低。他的身材本就高大挺俊，这样站在灯下，几乎就将她整个笼罩住。

夏子柒的心都快跳出来了——他想干吗啊？闷声不吭的。

"明知故问。"低沉微哑的嗓音，在她头顶响起。

夏子柒简直就要疯了——她到底"明知"什么了？发生了什么事？她不过是按照苏眠的要求，给他送了瓶水。难道他就这样洞穿了她的心思？

也对哦，他本来就是黑盾组的神探之一。

"你为什么记得我的名字？"磁性的，却含着淡淡笑意的嗓音。

冷面打算挑明了。现在还不挑明，就不是男人了。

然而这问题却叫夏子柒丈二和尚摸不着头脑，顺口就答道："啊……我记得局里所有人的名字啊，你叫迟琛，还有周小篆，唠叨大名叫施珩……"

话还没讲完，就见对面的男人，微微色变。

夏子柒问："怎么了？"

冷面却沉默了。

夏子柒忽然感觉到，对面的男人气场有了明显的变化。刚刚进来时，当真是有点震住了她。那富有压迫性的姿态，那淡淡的一句"明知故问"，简直……像一匹忽然露出爪牙的狼，说酷帅狂霸跩也不为过。

可此刻，他默默地站着，却好像又变回了平时那个沉默、坚韧、可靠的刑警冷面。

夏子柒觉得自己对着他，心真是越来越软了。怎么觉得此时此刻的他，莫名有些叫人心疼呢？可她完全还没想清楚，心疼的点在哪里？

总不会……总不会是因为，她记住了别的男人的名字，他，吃醋了吧……不可能，一定不可能。

她的心思兀自千回百转，冷面却也为了难。

原本打算挑明之后，无论她怎么回答找什么借口，他都会说："你喜不喜欢我？我喜欢你。"

但他万万没想到，她居然也知道唠叨的名字。

晴天霹雳。

然而他不善言辞，夏子柒却不是。两个人这么默默对杵了一会儿，她岔开话题："你今天，刚才……没受伤吧？"

当然没有。

冷面正要回答，一抬眸，就看到她在灯下如湛湛水光般的眼睛。话到嘴边，又咽了下去。

"手疼。"他淡淡地说。

夏子柒立刻关心起来，起身握住他的手："我看看。"

冷面等的就是这一刻！他决定不表白了，直接用行动表示！

夏子柒的手指刚一触到他的手背，完全没看清他的手怎么晃了一下，瞬间就将她的手给紧紧地抓住了！

夏子柒呆呆地抬头看着他。

他也默默地低头看着她。

她连呼吸都变得有些艰难，声音小得像动物："你……想干吗？"

冷面道："我想……"

屋外，窗户下方。

苏眠拼命往前挤，想要抢个好位置。可唠叨平生就以八卦为天职，哪里肯示弱，那身板就死死地堵在前头。周小篆看他俩掐架，真是恨铁不成钢，压低声音道："哎哎，你们轻点！别被看到。手都拉了，冷面马上要亲了！别坏事儿啊你们！"

这样的动静，冷面要是还察觉不到，那真是对不住"传统刑侦"四个字。他顿了顿，没有回头，因为他知道回头也没用，那仨货根本就是无孔不入。而且还可能唐突佳人，把她吓退。

他虽然不善言辞，但是够果断啊，立马低声对她说："外面有人偷听，我们去里间。"他一只手拧开里间的门，另一只手还抓着她不放。

夏子柒被他捏住了手，整个人都还是晕的呢。她只哦了一声，就这么被他……推了进去。关门。

可里间是哪儿呢？

是储物间。

两人相拥着一进去，冷面才发现里面堆满了东西，几乎只容得下两人落脚站立。而他竟然就这么顺手，将她推到了墙上！

冷面的心情悄无声息地激动起来。

脑子里，突然就冒出常听周小篆他们提到的一个词：神助攻。

不得不说，共事了这么久，终于有一次，没有被他们三人坑，而是被神助攻了！

夏子柒也发觉周围环境太暧昧，灯光又暗，而他靠得太近，几乎都压在她身上……她有些慌乱地问："谁在外面啊？"

"我们组里几个人。"

"他们在干什么？"

冷面想了想，客观地答："聊天，凑热闹。"

"哦……"夏子柒小声问，"他们在聊什么？"

话音未落，就见他低头，盯着她，那目光沉黑得叫人心慌意乱。而他脸上，居然露出了一丝难以捉摸的笑意。

神助攻，这次真的是太完美的神助攻。

"他们说……"他缓缓地答，"冷面要亲了。"

…………

隔日。

夏子柒去上班时，总觉得不自在。

大概是因为……咳咳，嘴唇被亲肿了的缘故。

而他身为黑盾组一员，虽然忙得昏天暗地，可现在在一起了，夏子柒才发现，原来他也可以无处不在。

大清早，他就开车到她家楼下，来接她上班。

明明半夜三点，他才送她回家。

甚至到单位时，他还从后备箱里拿出一个保温桶给她。

夏子柒惊讶得瞪大眼："你……为什么要煲汤给我？你昨晚没睡吗？"虽然听说过他的煲汤神技，但幸福来得太突然，她还是震惊了。

冷面没出声。为什么煲汤给她？是因为昨晚苏眠给他发的短信，说：**恭喜恭喜！冷面，以后记得给小医生多煲汤哦，一定能把她吃得死死的。**

冷面要的就是把她吃得死死的。

而且昨晚……

"嗯，没睡。"他答，"睡不着。"

夏子柒抱着保温桶，幸福都快要溢出来。其实……她也是。为了这个男人，睁眼到天亮。

中午，虽然大家都是在食堂吃饭，但是医务室的饭桌，跟黑盾组，向来是没有交集的。

结果这天起，就看到他端着满满一大盘饭菜——夏子柒默默注视：他吃得好多啊——众目睽睽下，他直接走到医务室的饭桌坐下，并且对她身旁坐着的女孩说："借光。"

全食堂的人，都是用一种震惊的眼神注视着他俩，夏子柒的脸都快滴下血来。哪知还有更窘的，黑盾组其他人还直接跟了过来，要跟医务室拼桌，周小篆还笑嘻嘻地说："都是自家人，自家人，别客气啊！"苏眠则直接凑到她耳边说："小医生，你要习惯哦，黑盾组的男人都这么我行我素，不在乎旁人目光，是不是特别窘？我跟你说，还有更窘的呢，冷面他……"话没讲完，就被韩沉给拎了回去。

…………

算起来，今天是她和冷面在一起的，第八天。

每一天，都聚少离多。每一天，都甜甜蜜蜜。

大中午的，夏子柒趴在桌面上，看着窗外碧蓝的天。

省厅大院里，很多警察在出动，很多人在奔跑忙碌。医务室显得格外冷清寂静。她又转头，望着电视里的新闻。

半岛广场已被劫持，警方正在试图解救人质。据说还发生了塌方，有人被埋在地底。

而同时播报的，还有另一条新闻：一辆地铁，被歹徒劫持，具体情况不明。

夏子柒闭上眼，将脸枕进了胳膊里。

这一等，就从天亮等到了天黑。

冷面还没有回来。

冷面，你到底什么时候回来呢？

番外二
圣诞记

鹅毛大雪，落满整个世界。

苏眠和韩沉，驱车从韩家出来。夜色很深，车轮碾轧积雪，发出一路吱呀轻响。

沿途树木灯光点缀，商厦门前全悬挂着"Merry Christmas"的灯饰与彩蛋。苏眠才想起今天是圣诞节。

韩沉像是察觉她的心思，将车打了个弯："去什刹海走走？"

"好啊。"她以手指轻点自己的嘴唇，寻思问道，"你以前不是挺会玩的吗？怎么总带我去什刹海一个地方？不腻？"

韩沉笑笑，手指也在方向盘上敲了敲。

"那里总让我想起你。"

记忆的恢复，并不是像电视剧里那样，一朝之间，就拨开云雾得见天日的。它是一寸一寸、一点一点，溜进他的脑子里。

有时候是为她倒一杯水，脑子里忽然就响起她曾经的声音："韩沉，你怎么这么慢啊？水呢水呢？渴死我你负责啊！"

然后就是他那时吊儿郎当的声音："有我在，渴得死你？"

她就骂流氓了。

有的时候，是午夜梦回，他和她走在什刹海的厚冰面上，他第一次拉住她的手；还有，他开着哈雷摩托车，带着她在什刹海周围古香古色的建筑旁兜风；以及后来，只有他一人，照旧骑着摩托，驶过什刹海。有女孩瞧见了，故意尖叫嬉笑招惹。他的心却如同冰封的什刹海，他那时想，这辈子大概是等不来春暖花开的那一天了。

现在等到了。他当然要带她去什刹海。

她刚才问他腻吗？

呵……怎么可能？

他想站在冰面上吻她。男人守得云开，自然百吻不腻。

他心里兀自美着。一旁的苏眠手托着下巴，却想：去走走散心也好。毕竟今天的韩家之行，也不是那么顺利，甚至还有些沉闷。

不过，也已经比她预想的更好了，能跟他的父母长辈们，坐在一张桌上吃饭。但是有些事，是需要宽容的；有些事，还需要时间。

想到这一茬，她忽然笑了，一双眼跟澄亮的珠子似的，水光流转地望着他："你的性格其实真的很横。想得到什么，就要得到什么。谁都拦不住，父母拦不住，兄弟也靠边站。"她想了想，又下了结论，"自小惯出来的吧？"

"也许吧。"他答，"别的事我不见得这么横。你的事儿，就得这么横。"

苏眠心里那叫一个甜，伸头就在他侧脸上啵了一口。他却说："急什么，约会地点还没到。一会儿你该口渴了。"

苏眠道："……谁会亲你亲到口渴啊，臭美。"

车内暖烘烘的，苏眠坐在他身侧，却像是能闻到他大衣里那清淡好闻的气息。窗外，雪还在下。已经到什刹海了。

因是圣诞，冰面、湖边聚集了不少人在玩。他们甚至还能听到对岸酒吧隐约的音乐声。韩沉将车停在路旁，两人牵手下车。

走出一段，他忽然问："怨我爸妈吗？"

苏眠跟他十指牢牢相扣，摇了摇头："不怨，真的。"沉默了几秒钟，微笑说，"我爸妈已经没了……其实吧，现在我就希望，你跟我好，跟他们也好。"

韩沉心头动容，将她搂进怀里，两人静静地抱了一会儿，他用低沉轻慢的嗓音在她耳边说："咱俩最好。"

这话难得有些孩子气，又像是在说情话哄她。苏眠抬头，望着他俊朗的轮廓，扑哧笑了："咱俩都到什刹海了，现在玩什么呀？大冬天的。"

他眼眸中也漫过笑意。

"玩……亲呗。"他轻喃，漫天风雪里，低头吻住了她。

这是个冰冷又火热的吻。冷的是彼此的脸颊，是她扣在他大衣上的纤细手指；热的，是他的胸膛，还有无声交缠挑逗的唇舌。

过了许久才松开。韩沉拥着她，看一群孩子在冰面上打冰球，还有几个青年人，兴致勃勃地在堆雪人。苏眠一下子来了兴趣："韩沉，咱们也去堆啊！"

韩沉看一眼她的手指："你手不冷？"

苏眠咬牙："不怕冷！"

她不怕，他可舍不得。斜瞥她一眼，他径自走向积雪较厚的地方，说："把手插回口袋里。我来。"

苏眠眨眨眼。

"韩沉……你说你是心疼我，还是自己想玩？"

韩沉蹲下，抓起一把雪，在手里掂了掂："你觉得我想玩这个？大晚上我想玩什么，难道你不清楚？"

苏眠微愣，脸上顿时一烧。这流氓耍得……简直登峰造极了！

他动手开始了。本来苏眠想在边上帮忙，却被他拦住了："别添乱。"苏眠就想不通了，堆个雪人而已，用得着那么全神贯注，甚至还仔细观察琢磨吗？

慢工出细活，过了好一阵子，雪人才堆好。但立马吸引了旁边不少人的注意。

"这个雪人堆得真好！"

"跟雕塑似的，真好看。大师啊，这是。"

…………

韩沉没搭理旁人的寒暄，拍了拍手上的雪，站了起来。苏眠也瞅着那雪人，这……

别的雪人，都是胖乎乎圆滚滚的。堆得差的，歪歪扭扭；堆得好的，憨态可掬。唯独他这个，分明是个身材窈窕的少女，长发、小脸、纤腰、长裙。难得的是他就靠一双手，拍拍捏捏，甚至将身材的线条感都塑造出来了。

旁人也不是傻的，看韩沉身边站着个她，有人明白了："堆的是女朋友吧？"

"瞧着还真有点像呢，那身材。"

一个打扮很潮的女孩，艳羡地对苏眠说："你男朋友太厉害了，把你堆得这么像！"

苏眠被众人打量得有点不好意思，可又抑不住甜蜜得意："哪里哪里，我也不知道他这么会堆雪人。"斜瞥韩沉一眼，他大概本意并不想招来这么多人围观，所以脸色挺冷峻。只是与她目光相对时，眼睛里隐隐有笑意。

看热闹的人都散了。韩沉搂住苏眠的肩，跟他一起看着雪人。

"我也真没想到，你居然堆得这么像。你看着身材、肩膀、腰，还真跟我差不多！"她笑眯眯地说。

哪知他静默片刻，却说道："那几年，醒着睡着，脑子里都是你。虽然认不清脸……身材倒是熟得不能再熟了，闭着眼都能描出来。"

这话说得苏眠心里又热又躁，想起他曾经说过，做过跟她一起的……春梦。

结果他瞥她一眼，低声说："当时就该早点把你办了，验明正身。何至于拖那么久才相认？"

这话说得又轻又暧昧，十足的调情。苏眠脸上发烫："韩沉，你能不撩我吗？"

韩沉轻轻笑了。

又黏糊了一会儿，苏眠看着雪地上那个孤零零的少女，一时心血来潮："我堆个你吧。"

韩沉表示不抱期望。见她执意要堆，便掏出自己的黑色皮手套丢给她戴着，任由她糟蹋。

很快，苏眠的雪人也堆好了。

只是这个……

韩沉抄手注视着雪人浑圆的腰身、略歪的脸，勉强算得上憨态可掬的模样，开口道："你堆的是周小篆吧？"

苏眠自知堆得粗糙，但又忍不住笑了："小篆哪有这么胖？"

"神似。"他言简意赅。

苏眠眉开眼笑："韩沉！咱能不这么损周小篆吗？"

…………

与此同时，相距千余公里的岚市，也下了飞扬的大雪。

刑警队的那些大老爷们儿，对雪可没什么兴趣。唯独周小篆，拖了唠叨下楼，去堆雪人。

两人蹲在雪地上，正堆得兴高采烈，周小篆忽然觉得鼻子痒，连打了两个喷嚏。唠叨抬头，促狭地望着他："小篆，有人在想你哦！"

周小篆摸了摸鼻子，美滋滋地答："是吗是吗？"

两人堆得更起劲了。

…………

韩沉和苏眠并肩而立，看着面前两个雪人。

韩沉忽然开口："明天去领证？"

苏眠微征了一下，答："好啊。"眼珠一转，又偏头看着他，"我是不是答应得太快了？现在你是不是觉得娶我，就跟去买棵白菜那么简单啊？"

"那得看谁买。"他看着她，眼眸清亮如星，"一般人他买得到这么水灵的白菜吗？韩沉独一份儿。"

苏眠简直爱死他说"韩沉独一份儿"时的那股傲慢劲头，嘴里却说："我怎么就是白菜了？我至少也是……香菇，高级香菇！"

夜色越发深沉。远处，灯红酒绿，纸醉金迷；近处，欢声笑语，人来人去。两人安静地拥着，抬头只见雪落如羽，夜色似墨，刹那恢宏。

离开他们的一天

不知不觉，已过去了大半年。

黑盾组办公室里，始终只有三个人在。渐渐地，大家也习惯了。

今天是十二月三十一日，今年的最后一天。到了傍晚时，雪花渐渐落下来。玻璃窗上全是雾。办公室里开着空调，又暖又静。

唠叨点了根烟，一推门出去，就见冷面一个人站在楼道里，也在抽烟。大冬天的，硬汉就是硬汉。他也不嫌冷，迎风吹着，烟气凌乱。

唠叨往他边上一站，含上烟："想啥呢？"

冷面没答。

没答就表示他不愿意回答。唠叨也习惯了，又将他肩膀一勾，说："今天可是跨年夜啊，马上下班了，你怎么安排？是不是陪小夏夏浪漫一晚？"

这个问题，倒是令冷面微微一笑。

"是。"

"啧……"唠叨有点伤感，"瞧你得意的！这不是气我们这些单身的人吗？哼，我去跟小篆吃火锅，道不同不相为谋！"

他咋咋呼呼地走了。留下冷面在原地，静默片刻，从怀中掏出个黑色丝绒小盒子。

其实刚才没跟唠叨说太多。今晚，他岂止是浪漫而已？

他要向她求婚。

大雪纷飞中，冷面盯着掌心的戒指盒，慢慢地，脸有点红了。

然后又面无表情地将戒指收回怀里。

还没想好怎么开口……

华灯初上。

积雪的路上，有些堵车。冷面将车开得很慢，副驾上的夏子柒，心情却因为假期和他而飞扬着。

"元旦放假这几天，你打算干点什么啊？"她问。

"陪你。"

冷面答得很快，夏子柒心头一甜。她知道他为什么答得这么干脆，黑盾组平时很忙，他现在又是临时负责人，陪她的时间很少。虽然他不说，但是她知道他心里一直愧疚着，所以现在一放假，就……

看似淡定，实则迫不及待把整个人交到她手上。刚才在办公室，她就看出来了。下班铃一响，他已出现在她办公室门口。她还有点事没做完，于是他就杵在那里等，引来不少人围观。

"哦。"夏子柒轻飘飘地答道。

她怎么觉得，冷面这人，其实很有忠犬潜质呢？

不过这个想法，就暂时不要告诉他了。

两人驱车到了城中一家环境雅致的餐厅。

人很多，但冷面居然提前预订了包间，所以两人得以进入能看到江景的包房。

莫名地，夏子柒的心情有些紧张起来。

今天这么郑重其事，他想做什么啊？

她望着坐在桌子对面、眉目俊朗的男人，简洁的深色夹克，勾勒出他笔挺精瘦的身材，搁在桌上的双手，指腹掌心都有薄薄的茧。

夏子柒的心扑通扑通跳得更快了。

她知道他要干什么了。

莫非是因为"那件事"？

那件事，就是男女之间最亲密的事。

两人有了亲密关系，就在前不久。想想其实挺窘的，夏子柒没想到会这么快。

那天也不知道怎么回事。她感冒了，病得晕晕乎乎。他衣不解带，还请了两天假，在床边照顾。后来她晚上发寒发冷，他脱了衣服钻进被窝，将她抱进怀里。第二天她基本好了，人却还是在他裸露的胸膛里。他搂着她的腰，眼睛很亮很亮，手臂十分有力，翻身压住她。

然后就……

然后，本来病已经好了的她，咳咳……"体力不支"又倒下了，在床上多躺了三天。

那之后，他就一直在忙。偶尔打电话，对于那天的事，两人也都没多谈。想起来，今天还是那天之后，两人再次见面。

他肯定是为这件事心中愧疚，今天才会这么用心吧？毕竟，让她几天没下床啊，咳咳……

夏子柒兀自开着小差，冷面的内心却也不平静。

夏子柒，嫁给我？——这么直接的请求，她肯定觉得太突兀。而且一点也不美好。这点常识冷面还是知道的，求婚是大事，一定要让心上人感到美好。

夏子柒，有结婚的打算吗？——

不行。如果她说"没有"呢？而且这么不直接，他要讲多少句话，才能说到求婚上去？

"夏子柒，我……"他开口。

夏子柒睁着那双明澈的眼睛，盯着他。

他端起茶杯喝了一大口，刚要从怀里掏出戒指盒。忽然间，手却被她握住了。

他抬头看着她。

她的脸有些红，神色却很镇定："那天的事……我们都有些冲动。但是……我是愿意的，你不要自责。"

冷面听得微怔，很快明白，她是在说什么事。

浅麦色的脸，微微有些泛红。

"不是为那件事。"他慢慢地说，"那天我的确……不太冷静，但是很清醒。"

于是夏子柒的脸更红了："那是为什么事？"

冷面静默片刻，从怀中掏出戒指，在夏子柒惊讶的目光中，牵过她的手，捏住无名指，直接套上。然后也不给她反应的机会，握紧她的手，扣在桌面上，令她动弹不得。

"这件事。"他言简意赅。

夏子柒呆了好一会儿，才在他的禁锢下，动了动手指。可是他抓得可牢了，也就只能在他掌心挠挠痒。

"哪有你这样求婚的……"她的声音跟蚊子似的埋怨道。

"嗯。"他继续握着她的手，头也不抬地答。

夏子柒都想笑了："你嗯什么嗯啊？！"

冷面唇角微勾。夏子柒作势想抽手，没抽动；再抽，还是没动。最后两个人都笑了，就这么牵着手。而窗外，雪越下越大，一片片如花朵落下，落在他们的世界里。

其实唠叨也没跟冷面说实话。

如此良辰美景，大雪跨年，他怎么可能跟周小篆两个人，苦哈哈地去吃火锅呢？

他其实也是佳人有约，只是不太好意思跟冷面讲而已。

他要去相亲。

只不过，因为这已经是第 N 次相亲。而前面的相亲，都无疾而终，所以他实在不好意思再在办公室里炫耀了。人家韩沉、冷面，明年说不定都要抱娃了，他还是孤家寡人一个，说起来真是羞愧啊。也就不求上进的周小篆跟他一样。可周小篆有点心智不全嘛，他怎么能跟小篆比？

待冷面早早离开办公室去接佳人后，唠叨也特意去换了身体面的衣服，甚至还喷了点香水，然后打了个车，出门了。

坐在车上时，唠叨望着窗外的雪，稍稍有点忧伤。

算起来，那两个人，已经回江城养伤很久了。

为什么回江城呢？他问过韩沉。韩沉答，那是他和她重新相遇开始的地方。

唠叨认为这个隐居地点选得很有深意。意味着他们要彻底放下过去，重新开始。所以他很为他们高兴。

只是，总是会想念啊。有时候心里不太痛快，就只好喋喋不休地发泄情绪。然后一个劲儿地忙碌，忙得跟周小篆似的。毕竟黑盾组，少了两个人，怎么还能算是黑盾呢？

这么想着，他的思绪又跑到了另一个地方去。

那是他和冷面，待在死亡列车上的那一天。冷面说看到了一个人跳下车。而之后，冷面也确认，那个人是徐司白曾经的助手小姚。

前些天已经传来消息，说在南方某小镇，发现了疑似小姚的踪迹，也许不日就能抓捕归案。想到这里，唠叨心里并不会特别高兴，只是有尘埃落定的感觉。算了，不想了。

这时，出租车已经到了约定的酒店。他下了车，寒风吹得他精神一振。

想起来，他真的相亲过好多次啊，每次都以失败告终。有一次他甚至在办公室里感叹："我觉得这世上最适合的人，可能真的是冷面。只有他能忍耐我的嘴。"冷面果断答道："闭嘴！"

呜呜，冷面真是太粗暴了！

不管了，每一次相亲，就是一次战斗、一次博弈啊。唠叨对着雾气蒙蒙的玻璃，整理了一下自己的头发、衣服，又咧嘴一笑。

他今天一定要以全盛状态，牛气哄哄地征服对方！哪怕她最后还是不喜欢他，他也要留给她一个光辉灿烂的爷们儿形象。

"唠叨！你是最棒的！"他又对着玻璃，握了握拳头。

正这么美滋滋地想着，就在这时，倏地看到一只白皙的手，从里头擦了擦玻璃上的水汽。然后一个苗条的女孩轮廓露了出来。她手里拿着份《岚市晚报》，那正是他们约好的接头暗号。而她隔着玻璃望着他，明显把他刚才的举动都看得一清二楚，眼睛都快笑弯了。

正忙着对窗理云鬟的唠叨，看到她的笑靥，忽然就呆住了。

为什么他突然感到了久违的羞涩呢？

唠叨走了之后很久，周小篆才收拾东西，离开办公室。

外头下了好大的雪，他裹紧外套。这样的天气，他几乎把自己包成了个粽子。

下楼路过档案科时，他却是一怔。

室花小姐，她已经有男朋友了啊。就在前几天圣诞夜，周小篆某天下楼，就看到个高大英俊的男人来接她。开的是好车，看样子家境不错。室花小姐那天还穿着长裙化了淡妆，看起来漂亮极了。

周小篆挺替她高兴的，但又有点难过。其实两个人并不是全无机会，他也曾请她吃过几次饭，看过两场电影。那些时候，她也打扮得这么漂亮。看他的眼睛，也不是冷淡无情的。

可是他实在太忙了，黑盾组太忙了，他压根儿就把她忘在脑后了。等七人团的案子结了，他才想起，两人都有几个月没联系了。

这位金龟婿，大概就是在这时候，乘虚而入的吧。

周小篆只略略伤感了一下，又重新抖擞精神，继续往外走。想起来也是缘分使然嘛，那个男人，应该有更多时间陪她，对她更好吧。

想着想着，手机却忽然响了。他低头一看，有短信，而且还不止一条。

小篆，新年快乐！

小篆，新年好，在做什么？

小篆哥，在做什么？晚上要不要去看烟花？

几位全是本市公检法系统里的单身女青年，打过一些交道。可是周小篆没想到跨年夜，居然也有人约自己。而且还叫他哥，他明明记得那个女孩比自己还大两个月呢。她为什么叫他哥啊？

虽然有点迟钝，但是小篆也隐隐感觉到这些短信里的暧昧。他有点激动，又有点紧张，还有点不知所措。

果然啊，之前唠叨就说过，公检法系统里，爱慕黑盾组男人的女孩可多了。他一直以为跟自己没关系。没想到，她们终于也注意到他了？

周小篆兴奋了好一会儿，最终平静下来，甚至还清了清嗓子。明明是回短信，他还是有点小紧张。

终于还是将她们一一回绝了。

这样美好的夜晚，他又是孤身一人，踏着积雪，慢慢地走回宿舍里。

只是偶尔又想起了苏眠和韩沉。唉，他们如果在的话，一定会带他一起玩的啊……

隔天上班，唠叨和冷面听说他在跨年夜拒绝了好几个女孩的邀约，都愣住了。

唠叨问："你抽什么风啊！平时不是总是抱怨没有女孩喜欢你吗？"

冷面则想得更深一些，沉默片刻，问："还没忘记她？"

唠叨顿悟。

两人一起望着周小篆。但心里都有些嘀咕，看不出来啊，这小子竟然是个痴情种。

哪知周小篆怪异地看他们一眼："没有，我早就放下她了……"他又摸摸自己的头，有些不好意思又有些激动地说，"就是这次七人团案件后，我很好地思考了一下人生。当然，她们喜欢我，我也挺高兴的。但是吧，我突然觉得自己年龄其实还小，应该更加努力工作，终身大事以后再谈……"

话音未落，冷面默默地转过头去。唠叨又好气又好笑："你岂止是年龄小？心理年龄也就是小学生吧！活该没有女朋友！"

番外四

薄神与韩神的相逢

周末，风和日丽。

苏眠和韩沉窝在酒店里，吃饭，看电视，说话，整日厮磨，做着些琐碎却甜蜜的事。到了下午，她想出去透气，韩沉说："带你去一个地方玩玩。"

两人这趟回北京，探亲加休假，也没特意去哪儿玩，两个人似乎都觉得，只要待在一起，干什么都行。

所以韩沉要带她去玩，她当然欣然应允。

傍晚时分。

苏眠没想到，韩沉带她到了城中一家新开的射击训练馆。约莫因为是新鲜玩意儿，大冬天的，这里生意也很好。射击台前，站着一排排的人，大多是年轻男女。枪声啪啪不绝，有打得好的，迎来一片喝彩；有枪枪脱靶的，周围哄笑声不断。

气氛十分好。

苏眠的激情一下子被点燃了，抓住韩沉的胳膊："秒了他们！秒秒秒！"

韩沉笑笑，接过服务生递过来的防护器具戴好，然后整理枪支，站到了射击台前。苏眠瞅着他的一举一动，忍不住感叹："你这样子可真帅。"

韩沉举起枪，瞄准不远处的靶子："你要不要打？"

苏眠道："我射击水平很一般。"

交谈间，韩沉已经连射五枪出去，枪枪正中红心。他用枪口点了点自己身旁的空位："过来，教你。"

苏眠美滋滋地跑了过去。

这样的高手驾临，自然很快吸引了不少人的注意。韩沉虽然生性低调，但跟自己的女人在一起，多少有点显摆的意思——要不他干吗带她来这儿？于是靶子越移越远，射击难度越来越高。就跟当年他不开轿车，非要骑酷炫拉风的摩托车带她兜风，是一个道理。而苏眠本来就是个张扬的性格，此刻见这么多人瞩目，望向韩沉，自然越看越帅。

就在这时，苏眠听到身后一个柔美的嗓音说道："这个人射击好厉害！"

苏眠很受用，也没回头，微微一笑。而韩沉自然也是不搭理的。

结果这时，听到另一道醇厚悦耳如同管风琴般的男声，不紧不慢地说道："'厉害'，是个模糊而主观的标准。你应该说他表现出职业顶尖水平。夸人要夸到点子上——这是你说过的。"

周围的人全侧头望去，苏眠也觉得这人讲话的调调，十分与众不同，但并不让人讨厌。

这时，又听那女声似乎含了笑意，嗔道："你学得倒是快。"

那男人似乎也笑了，答："当然。他展示射击技巧，是为了取悦身边的女人，我学习讲话的艺术，是为了取悦你。这是男人的天性，你不需要夸奖。"

这话有些绕。旁边的人都反应了一会儿，才有人笑出声来。苏眠忍不住也笑了，然后果然听到那女孩似乎有些不好意思地低声说道："你小声点！不要在公共场合说这种话！"

这时，韩沉也放下了枪。刚才的对话他全听到了。

他觉得这男的不太正常吧。废话太多。

他和苏眠一起回头望去。

那两个人，站在人群中，毫无疑问是引人注目的。女孩婉约清秀，见他们回首，含笑点头，让人看了特别舒服。而她身旁的男人，高挑清瘦，脸庞白皙，穿着件深灰色高领毛衣。他有些意味深长地看着韩沉和苏眠，狭长的眼睛里有清澈的光，不知是在观察，还是在考量。

韩沉也在打量他。他知道这个男人不是寻常人。

——不能怪韩沉戒心太重。因为每个头一回见到薄靳言的人，都会被他看似深沉的表象所迷惑，以为他是个腹黑有城府之人。

薄靳言身旁的简瑶，也看着眼前这对出色的男女。苏眠实在太漂亮，但又不是那种盛气凌人的漂亮，而是帅气又聪明的漂亮。简瑶一看就心生好感。

还有她旁边的韩沉。

简瑶并不是花痴的女人。但是韩沉是那种帅到会让女人觉得晃眼的男人，简瑶也不能幸免。看到他时，她怔了一下，才移开目光。

"你脸红什么？"薄靳言忽然开口，"上次看到那个韩国男演员，你也脸红了。"他似乎这才反应过来，看了看韩沉，点头，"他确实容貌过人，但你每天对着我，为什么还会被他惊艳？"

简瑶……

韩沉……

苏眠……

苏眠早在公安内刊报道上，见过薄靳言夫妇的照片，此刻再目睹他讲话的调调，哪里还会做第二个人猜想？她伸出手，率先打开话题："薄教授，你好！简瑶，你好。"

简瑶眼睛眨了眨。她刚才也猜出这两个人，说不定是警务系统的。而薄靳言怎么说也是名人，被认出也是常有的事。

"你好！你们是……"简瑶跟她握手。

"他们是韩沉、苏眠。K省黑盾组骨干，七人团案件的受害者兼破案刑警。"薄靳言的嗓音在旁边响起，"也就是你之前看完案件报道后，一直念念不忘的人。"

都听过彼此的名声。韩沉的神色照旧淡淡的，苏眠却好奇地问："薄教授，你怎么知道是我们？"

薄靳言低声轻笑："常理推断。"

韩沉忽地也笑了，说："薄教授真是名不虚传。"

这样一语双关的话，薄靳言是绝对听不懂的。他脸上浮现淡淡的倨傲的笑："谢谢。"苏眠面不改色，用胳膊撞了韩沉一下，示意他不准使坏，不准嘲笑薄教授。他可是她的男神。

而简瑶已经习惯了薄靳言仗着智商招惹别人，又被人从情商上欺负回来，所以只是无奈地笑了笑。

薄靳言感觉已经"寒暄"得差不多了，正要告辞，然而韩沉可是那种男人得不能再男人的家伙。男人，自然就有自己交友的方式。他将手枪玩得飞快，抬眼看着薄靳言："要不要一起玩？"

"好啊。""好啊。"两个女人一起答道。

薄靳言微蹙眉头："我输的概率偏大。"

"不是偏大，是一定输。"韩沉接口，"跟我玩枪，不必计较输赢，重要的是过程。"

两个女人大眼瞪小眼。

薄靳言道："……开始吧！"

其实韩沉真不是故意欺负薄靳言，或者有意压他一头的，他没那么无聊。但韩沉是什么性格呢？在办公室里有意无意，都会逗一下二货周小篆；以前跟那群哥们儿混的时候，谁都被他呼来喝去，尤其是脑袋不太灵光的家伙。但他们真要有什么事，韩沉却也是最先维护、保护他们的那个人。

如今对着薄靳言，虽然听说这家伙的智商高得离谱，但韩沉下意识就想逗他，就跟本能似的。

两个男人都拿好了枪，站在射击位上。韩沉忽地又转头问："需不需要我让你？我可以换左手。"

薄靳言不屑："呵……"

结果，当然是显而易见的。虽然薄靳言的射击水平也算不错，但到了韩沉、季白之流面前，那就完全不够看了。总成绩，韩沉甩了他一大截。以至于最后结束游戏，四人互相道别时，薄靳言的脸色都有些臭。

等回到家了，简瑶特意给他煲了他最喜欢的鱼汤，奉到他跟前，温言细语："别不高兴了，尺有所短，寸有所长。你上次跟季白打台球，还不是……"咳咳，被修理得很惨。

彼时，薄靳言正坐在书桌前沉思，闻言却淡淡一笑："你认为我为了输赢生气？不，我当然没有生气。"

简瑶舀了勺鱼汤，喂进他嘴里："那么大侦探，你刚才在想什么？"

薄靳言的脸微微一烫。

他有点分神了，想，爱情真是个奇怪的东西。两人已经相处这么久，为什么每次她用言语行动向他表达爱慕（譬如现在喂他最喜欢的鱼汤），他还是会心潮澎湃呢？

"我今天之所以答应跟他玩枪，是想要观察他。"他解释道。

简瑶一怔，又听他说道："你知道的，他们两个人，在七人团案件中受到了很大伤害。所以我想的是，通过竞技比赛，观察他的心理和行为是否有异常，是否需要辅导和介入。好在观察之后，我认为他们心态依旧保持得很好。"他顿了顿说，"他们两个非常有才华，非常难得。当然了，还不如我这么难得。但是，尽管萍水相逢，我认为我理应帮助他们……"

话没说完，他就被简瑶搂住脖子，亲了一下："你真好。你最棒了。"

薄靳言微微一笑："我当然最棒。但是你可不可以先不要抱我？先坐在我身上，把鱼汤喂完。那可以同时满足我的两种欲望，拥抱只能满足一种。"

"……"

同一时间，韩沉和苏眠也回到了酒店。

想起薄男神那臭臭的脸色，苏眠就有点想笑，说："你不觉得吗？薄靳言真的是又帅又可爱。"

而韩沉想起射击过程中，薄靳言停在自己身上的目光。那目光饱含深意，乍一看会令人觉得十分高深。

"他并不像传言中所说，情商那么低。"韩沉说。

苏眠很感兴趣："为什么？"

"玩枪只是借口，他在观察我。"韩沉说，"他对我们俩感兴趣。"

"噢噢！"苏眠一下子兴奋起来，"真的吗，他可是我男神！"

韩沉瞥她一眼："他是你男神？那我是什么？"

苏眠道："谁把自己男朋友当男神啊？"

韩沉笑了笑，然后毫不留情打击她："我的话还没说完。你的男神情商不像传说中那么低，但是也绝对不高。"想起射击结束时，薄靳言看他的眼神，尽管脸色很淡定，但眼睛里分明藏着一丝得意。就像是在说：其实我的目的根本不是陪你玩枪，我的目的已经达到了。韩沉眼力多好，这点小情绪他要是看不出来，就枉为 K 省第一神探了。

苏眠轻轻捶了他一下："你以后不准欺负他。"

韩沉捉住她的手，漫不经心地说："这我哪能控制啊？是他先招我的。你不如去告诉他，叫他别那么幼稚？"

苏眠拧眉道："……我怎么觉得，你分明乐在其中呢？"

番外五
香菇

　　苏眠自从怀孕后，口味就变得很奇怪，以前爱吃的，突然连闻都不能闻；以前不爱吃的，有的却喜欢了。而且她性格本来就娇气，这下更加变本加厉，肆无忌惮，譬如喝水都要韩沉端来喂，在家里走几步就喊腰酸要韩沉来扶。晚上要是睡不好，她更是哼哼唧唧一直挠韩沉的背。

　　连周小篆在单位看到她这副样子，都觉得没眼看。他和冷面唠叨私下嘀咕，韩神可是个少爷性格，苏眠这么作，他能受得了？两口子可别吵架了。谁知道他们去了那俩人的家，只看到苏眠越发娇气，事事依赖。而韩神事事顺从，做牛做马，眉都不皱一下，反而显得心情很舒朗的样子。

　　周小篆说："想不到韩神是个妻奴。"

　　冷面说："不，他是男人楷模。"

　　唠叨说："我突然不想结婚了，尤其不想要小孩，怎么办？"

　　苏眠胃口不好，还挑剔，为了给她补身体，韩沉无师自通学做了一道黄焖鸡火锅。一大盘鸡端上来，那香味简直要把屋顶掀翻，周小篆三人口水狂流，抢着下筷子。

　　韩沉却只看着苏眠，见她夹起一块鸡肉，先是闻了闻，露出有点嫌弃的样子。他不动声色地继续看，等她送到嘴里，嚼了嚼，又吃了口饭，没有露出厌恶表情，就松了口气，低声嘱咐："吃得下就多吃几块。"

　　苏眠恹恹地说："我尽量，我想喝橙汁。"

　　韩沉不动，劝说道："吃完饭再喝，你现在胃本来就不好。"

苏眠皱眉。

"听话，用汤汁泡饭好不好？"

"唉，好吧。"

韩沉已拿起汤勺，给她舀了两勺香浓的汤汁，浇在饭上，又挑了一个小鸡腿和一个鸡翅给她，再替她把鸡皮撕掉。这恃宠而骄的妖妃，这才慢条斯理地继续吃。

忙活了大半天的韩沉，这时才有时间拿起碗筷，开始吃饭。看得那三人，摇头叹气，怒其不争。

不过，他们五人的饭桌，向来竞争激烈。哪怕韩沉炖的这只鸡有四斤多，里头还有土豆、香菇打底，还做了其他几道小菜。可那三人，谁会先吃菜？哪怕今天少了苏眠这个主力军争抢，四个男人的筷子依然你追我赶，下得很快。

周小篆边吃边称赞："好吃好吃，太好吃了，这世上有什么是韩神做不了的事？"

唠叨附和："要不他是韩神呢？拆得了枪，拿得起锅铲。韩神一下厨，就没冷面什么事了。"

被拉踩的冷面，才不和他计较。吃饭的时候说什么话，两个傻子，那样多影响速度。

韩沉也不说话，不过他鸡肉只吃了几块，就吃起了土豆、香菇。

只有苏眠，慢吞吞吃着，她偷偷抬头看韩沉，英俊年轻的轮廓，白皙而修韧的手。围裙被他解下搭在椅背上，真的很难把他跟厨房，跟眼前这道色香味俱全的菜联系在一起。可他偏偏做了，不仅做得很好，还做得安之若素，心甘情愿。

苏眠低头笑了，然后也拿筷子，在锅里挑了块好肉，放到韩沉碗里。韩沉也没说什么，抬起一只手搭在她的椅背上，过了一会儿，滑下来，轻轻捏她的腰。

苏眠突然脸色一变，夹起碗里一片薄薄的东西："香菇！韩沉你怎么能往里放香菇？"

四个男人都是一愣。

周小篆问："香菇怎么了？"他还没吃香菇呢，闻言夹起一片，唔，真香，像肉。

唠叨说："挺好吃的啊。"

冷面也夹了一筷子香菇，品了品，眯眼点头。

韩沉却知道，苏眠一向不爱吃香菇，温言细语解释道："菜谱上写着加香菇提味提鲜，知道你不爱吃，我放得不多，切得也很细很薄，你别吃就好了。"

苏眠的眉头都快拧巴了："可是我闻到就想吐，你就不能不放吗？明知道我不喜欢吃香菇，还要放！"啪的一声，放了筷子。

韩沉无言以对。毕竟，他不常做菜，而且是第一次做这道菜。对于他这样的技术流选手，严格遵循菜谱是理所当然的事。

他再次解释："我试过了，鸡肉和汤里都没有什么香菇味儿。"

苏眠说："可是我看到就想吐。"

周小篆三人面面相觑，都想扶额，这也太、太娇蛮不讲理了吧？这怀的不是个孩子，是个金蛋吧？

周小篆没好气地说："你可以不看啊。"

唠叨低声道："我觉得香菇很好吃，很入味。"

冷面说："非常好吃。"

结果韩沉完全不领他们三人的情，又柔声哄道："你这次忍耐一下，下次再也不放了。"

苏女王这才挎着脸，重新拿起筷子。韩沉又把她碗里稀稀拉拉的几片香菇，全部夹走吃掉，毫无怨言。

"……"周小篆、唠叨、冷面三人再无话可说。

周小篆想，从今天起，在自己心中，韩神就不是韩神了，他是韩·小绵羊·沉。

苏眠发了一会儿脾气，自己又好了，继续数米粒似的吃饭。中间某个时候，她愣了一下，又嚼了嚼，低下头，咽了下去。韩沉转头看她一眼，她神色不变。

因为韩沉还做了其他几道菜，到最后黄焖鸡里的鸡肉被吃掉大半部分，还剩下些土豆、香菇。

　　那三人蹭完晚饭就滚蛋了，韩沉陪苏眠下楼散步消食，再回来加班处理卷宗，苏眠则窝在沙发上看电视。她自从怀孕就暂时调岗文职，悠闲得很。到了九点，苏眠早早困了，韩沉就把工作搬到房间里做，陪着她入睡。等到了十二点，苏眠早已睡得四仰八叉。韩沉揉了揉眉心，看着床上的她，笑了，替她盖好被子，才关灯上床。

　　苏眠睡到半夜两点，醒了，饿醒的。

　　这是最近常有的事，她每顿吃不下太多，容易饿。之前半夜醒来，有时候找点面包垫垫，要是韩沉被吵醒了，就会起来给她下一小碗面——他下面是最好吃的。

　　但是今天，苏眠瞅了瞅旁边熟睡的男人，又回味了下嘴里残存的某缕异香，悄摸摸下了床，去了厨房。

　　这些天韩沉其实睡得也不好，他很警觉，往往她一动，或者起来，他也会跟着醒。今天大概因为加班得比较晚，就睡得沉一些。但是某个瞬间，他忽然就惊醒了，发现手边是空的。

　　门缝外有光，还有一丝香味传来。韩沉笑了，披了件衣服起床，径直去了厨房，果然就看到里头开了盏小灯，有个人坐在餐桌上，捧了个碗，埋头在吃。

　　"怎么不叫我？"韩沉问。

　　苏眠却像是被吓了一跳，慢慢抬起头，手像是有意无意地挡住碗，嘴巴上还有油和饭粒："唔……看你睡得香，不想吵你，我自己用微波炉热点饭就好啦。"这小动作怎么可能逃得过韩沉的眼睛，他走到她身旁坐下，拉开她的手，看到碗里的东西。

　　苏眠讪讪地。

　　半碗饭，半碗香菇。都是晚上剩下的，大概全被她捞了。

　　韩沉放开她的手，往后一靠，抄手看着她。

　　苏眠觉得整张脸都要丢干净了，毕竟白天还为香菇冲他发脾气，当着兄弟们的面。现在却被他抓到半夜跑来偷吃。

"怎么又吃香菇了？"韩沉问，"不是看到就想吐吗？"

苏眠小声说："以前是很讨厌香菇，但是后来无意吃到一片，觉得……还不错。"

韩沉叹了口气："那白天还把我一顿骂？"

苏眠立刻说："那我也不知道自己的口味会变嘛。"又拉住他的一只手，"对不起，我不是故意的。"

韩沉笑了，懒洋洋又有点傲的样子，任她拉着捏着，最后才一拍她的肩："行了，没和你生气，赶紧吃。喜欢以后我就多放点。"

"好，就这么做，切得薄薄的，煮得很入味。"

"就这么做。"

苏眠又吃了几口，韩沉就在边上看着她，也不说话。苏眠吃着吃着，心里突然变得酸酸涩涩的，说："我这些天，是不是好任性啊？"

韩沉答："没有，一点都不任性。"

苏眠眼眶也酸了："你睁眼说瞎话。我吃东西挑剔，嫌这个不好，那个不好，老是折腾你。又懒，不想动，什么都使唤你。还总是乱发脾气。你怎么受得了啊？"

韩沉笑了，很随意地说："是你就没什么受不了的。"

苏眠的眼泪啪嗒一声就掉了下来。

韩沉无奈地说："怎么就哭了？"伸出手指，抹去她的泪。

他听她哭哭唧唧地说："我也知道自己这样不对，有点过了。可我就是忍不住，想要让你时时刻刻围着我转。"

他的脸靠过来，轻声说："我围了啊。"

苏眠又被惹笑了，泪眼汪汪地看着他："你真的一点也不生气，不觉得没面子，以后不会跟我翻旧账？"

韩沉说："……我又不是你。"

苏眠又捶了他一下，说："我真没想到，你还有脾气这么好的时候。"突然她又顿悟了，"难道……我是母凭子贵？"

要不，韩沉以前那个狗脾气，现在能变得这么好。

韩沉笑出了声，说："再胡说八道一个试试？我以前难道对你不好？

你现在跟个小孩子似的，难道我也得跟个小孩子一样，还和你怄气？我看了一些怀孕的资料，你这个时候，口味就是会变得奇奇怪怪的，吃东西也会难受，会容易累，会情绪化，这些都是正常现象。你为了生我们两个人的孩子，这么辛苦。我不过做点小事，还能不愿意？还能冲你撒火？那我还是个男人吗？"

苏眠拉住他的手说："完了完了，更喜欢你了怎么办。韩沉，你要记住今天说的话，等我生完孩子，你也要这么任劳任怨没脾气啊。这种衣来伸手饭来张口站在全家食物链顶端的感觉实在是太棒了。你一定要坚持下去。"

韩沉只是笑，说："要是等生完了，你还这么娇气……我自然有办法治你。"

苏眠脸一热："呸！"

数月后，苏眠生下一个儿子，取名韩朗。这让一心盼着生女儿的韩沉和周小篆，微感失落。想生儿子的苏眠、唠叨和冷面，则心满意足。

等到孩子四个月时的某个晚上，苏眠还像从前那样使唤韩沉。

"韩沉，给我倒杯水。"

"韩沉，帮我把电视打开。"

"韩沉，我想吃草莓，给我洗五个好不好？"

埋头加班、屡屡被打扰的韩沉，终于忍无可忍，把手里的卷宗一丢，看向躺在沙发上四体不勤五谷不分，左边脸蛋仿佛写了个"懒"字，右边脸蛋仿佛写了个"娇"字的女人，他走过去，弯下腰，说："你再使唤一个试试？"

"韩沉呜……呜呜呜……呜……"

其实，在一段少年相知、万幸重拾的爱情里，哪有什么你弱我强，你吃亏我上当？哪有什么桀骜不驯，迁就退让？只有将心比心，只有日夜牵挂。一丝一毫的疼痛委屈，都恨不得替你受了。一分一秒的安静凝视，都是我的珍之重之，无人知晓。